The Curse of Lord Stanstead

by Mia Marlowe

カサンドラ　炎をまとう女

ミア・マーロウ

荻窪やよい=訳

マグノリアロマンス

ヒーローたちのモデルとなってくれた、
わたしの夫へ。

MUSEの世界へようこそ

ＭＵＳＥ（メタフィジカル・ユニオン・オブ・センサリー・エキストラオーディナリー）とは、カムデン公爵によって召集された（〝力ずくで無理やり集められた〟と言う者もいる）特殊能力者集団である。その目的は、英国王室をあまたある敵国の脅威から守ることだ。公爵は、ジョージ三世が狂気に陥ったのは、一部の特殊能力の持ち主たちによるものではないかと推測していた。ＭＵＳＥを結成したからといって、国王陛下を助けられるとはかぎらない。だがカムデン公爵は、摂政皇太子には父君と同じ運命をたどらせるわけにはいかないと考えていた——。

MUSEのメンバー

カサンドラ・ダーキン——社交界にデビューしたばかりの、ヘンリー・ダーキン卿の次女。愛称キャシー。ロンドンで頻発中の不審な発火事件の原因は彼女にある。初恋相手と深い仲になったことで開花した特殊能力のせいだ。彼女自身、結婚できないことよりも、自分の特殊能力のほうが恐ろしいと感じている。

ギャレット・スターリング——スタンステッド伯爵の甥であり、遺産相続人。他人の心に念を送る人心操作能力がある。彼の暗示には誰も逆らえない。カムデン公爵の依頼で、カサンドラ・ダーキンの発火能力をコントロールする手助けをしている。毎晩のように大酒を飲む放蕩者だが、それには理由がある。ギャレットが悪夢を見ると、その内容が現実になってしまうからだ。そんなことが起きないよう、親密な人づき合いを避けている。

エドワード・セント・ジェームズ（カムデン公爵）——MUSEの創設者。類まれな才能を持つ特殊能力者たちの保護者であり、指導者でもある。敵国の脅威から英国王室を守ると同時に、死者である妻メルセデスと話す手段を探している。これまでメルセデスと幼い息子の不可解な死の真相を探ってきたが成果はあがらなかったため、超自然世界に目を向けようとしているのだ。

ヴェスタ・ラモット――高級娼婦、火の魔法使い。カサンドラの教育係として、彼女に発火能力と男性のあしらい方を伝授する。やもめのカムデンと〝つき合って〟いたことがある。

ピアス・ラングドン（ウェストフォール子爵）――読心能力者。相手にどんな考えでも植えつけられるギャレットとはまさに対照的で、ウェストフォールは相手のいかなる考えも読み取ることができる。残念ながら、彼は不要な雑音を取り除く術を知らない。〝声が聞こえる〟という特殊能力のせいで、つい最近まで精神科病院に入れられていたが、カムデン公爵の口添えで退院することができた。ただ、絶え間なく聞こえる周囲の〝心の声〟のせいで、暴力的な衝動をかきたてられてしまう。

メグ・アンソニー――元メイド、千里眼。人でも物でもすぐに捜し出すことができるが、その能力のせいで危険が及ぶと考え、ふだんは千里眼であることをひた隠しにしている。カムデン公爵に畏敬の念を抱くあまり、きちんとしたレディになれなければ彼を失望させてしまうのではないかと心配でたまらない。おじのもとから逃げ出してきており、出生の真実を隠している。

カサンドラ　炎をまとう女

1

〝ひとたび〈オールマックス〉に参加したら、王侯貴族のように悪いことは何もできなくなる。だが水曜の夜の集まりに呼ばれなかったら、正しいことも何もできなくなる〟

――コーネリアス・ラットレル（ある伯爵の非嫡出子にもかかわらず、生来の機知のおかげで、〈オールマックス〉の招待状を常に持っていた人物）

「あの火事はわたしのせいじゃないわ」カサンドラ・ダーキンはそう信じていた。少なくとも、信じようとしていた。

「もちろん、あなたのせいじゃないわよ」姉のダフネに優しく腕を叩かれ、カサンドラはひどく驚いた。ずっと気になっている不安を自分が口に出していたことに、まるで気づいていなかったのだ。

「そんなばかなことがあるはずないわ」ダフネが言う。「レディ・ワルドグレンのターバンのダチョウの羽根飾りに壁の燭台のろうそくの炎が燃え移ったとき、あなたは彼女から遠く離れていたんだもの」

「それを言うなら、〝あの鼻持ちならないレディ・ワルドグレンのターバンの、滑稽なダチョウの羽根飾りに炎が燃え移ったとき〟よ」カサンドラは姉の言葉を訂正した。ダフネは注意するような一瞥をくれたが、反論しようとはしなかった。辛辣で意地悪な物言いをするレディ・ワルドグレンには、誰もが不愉快な思いをさせられているのだ。

ただし、みな公の場ではそんな感情をひた隠しにしていた。

ダフネの言うとおりだ。羽根飾りが燃えたとき、カサンドラはレディ・ワルドグレンのそばにいなかった。けれどもその騒ぎが起きる直前、レディ・ワルドグレンの近くを通り過ぎたときに、自分の名前がささやかれているのを耳にしたのだ。口調から察するに、レディ・ワルドグレンはカサンドラの悪口を言っていたのだろう。

とはいえ、いくら相手がレディ・ワルドグレンでも、人の頭が炎に包まれるところなど誰も見たくない。幸いだったのは、ワルドグレン卿がすばやく対応してくれたことだ。どこか嬉しそうに妻の頭から奇妙なターバンをはぎ取ると、足で踏みつけて火を消したため、ことなきを得た。そのあと、〈オールマックス〉での集まりが中断されることはなかった。

もしレディ・ワルドグレンの一件だけだったら、カサンドラもあっさり忘れていただろう。でもその週だけで、ダーキン家のしゃれたタウンハウスで原因不明の出火騒ぎが三度も起きていた。一度目は朝食室だった。カサンドラの父が紳士クラブ〈ブルックス〉で聞いた、領地の隣人であるベルフォンテ子爵の息子の噂話を披露していたときだ。なんでも、息子の口デリックがいよいよ伯爵の娘に求婚しそうだという。

あとの二回はカサンドラの寝室で起きた。最初は、ロデリック・ベルフォンテが出席する予定の夜会に着ていくドレスを選ぼうとしていたとき。そしてその夜、カサンドラが夜会から自宅へ戻ってきたときに、もう一度起きた。メイドに〝この薄桃色のシルクのモアレは二度と着ないから燃やしておいて〟と告げた瞬間、炎が燃えあがったのだ。

化粧台の上のろうそくが倒れたとき、もしカサンドラが〝燃やして〟という言葉を口にしていなければ、ひんぱんに起きている出火騒ぎが自分と関係あるのではないかなどと不安になることはなかっただろう。たしかに、どの騒ぎのときもカサンドラはその場にいた。でもだからといって、火事の責任が彼女にあることにはならない。

そんなことがあるはずはない。

それでもなお、今日カサンドラは慎重に慎重を期して、舞踏室の暗がりに身をひそめ、いかなる種類の炎からも離れるようにしていた。

「ねえ、キャシー、お願いだからもっと背筋を伸ばしてちょうだい」カドリールのステップを踏む踊り手たちを見つめながら、ダフネが言った。「あなた、しおれたユリみたいに見えるわ」

カサンドラ自身も、まさにそんな気分だった。胴着(ボディス)の襟ぐりは大きく開いていて、なんとも落ち着かない。そのせいで自然と肩を丸めてしまうのだ。「だから、肩掛け(フィシュー)を結んで胸元を隠したいと言ったのに」

「ばかなことを言わないで。夜の集まりには、それくらい襟ぐりの深いドレスを着て当然よ。ほら、レディ・カウパーを見てごらんなさい。恥ずかしげもなく両肩をあらわにしているわ。さあ、あなたもこんなふうに、もう少し背筋を伸ばして」ダフネは背中を弓なりにし、形のいい胸を強調してみせた。エンパイア・スタイルのドレスのおかげで、胸の線がことのほかきれいに見えている。ただし、ダフネはケント在住の男爵の息子の求婚を受けており、もう着飾る必要がない。「今夜はみんながこぞって胸を見せびらかすはずよ」

「でも、わたしはこの胸が気になってしかたがないの」まるで文学少女（ブルーストッキング）みたいな言い草だ。カサンドラにも、それはわかっていた。だけど、どうしてもそう言わずにはいられない。正直なところ、社交シーズンが終了するまで、胸だけでなく自分のすべてを隠しておきたかった。いえ、できることなら、父を説得してウィルトシャーに戻りたい。〝あなたの末娘が結婚適齢期の男性の関心を引くか、それとも無残にも売れ残るのかを、わざわざ見届ける必要はありません〟と言って。

そのとき、オーランド・メイン卿がダンスのパートナーをリードしながら、カサンドラの脇を通り過ぎた。彼に意味ありげな一瞥を投げられ、ウィンクをされたとたん、カサンドラのうなじのあたりが突然かっと熱くなった。オーランドはロデリックの親友なのだ。

ロデリックはオーランドに何を話したのだろう？

「自分に自信を持たなくてどうするの？　そんなことでは、結婚適齢期の紳士の関心なんて引けないわよ」

「ええ、お姉様の言うとおりだわ」カサンドラはぴしゃりと答えた。「いっそのこと商売人を雇って、その人の店のウィンドウにわたしを飾ってもらうべきなのかもしれない」

「そんな品のないことを言ってはだめよ。わたしたちは売りに出されているわけじゃないのだから」

「お姉様はもう売りに出されているわけじゃない、って意味でしょう?」

カサンドラが十歳のとき、先見の明があった父親は東洋に目をつけ、インドで一財産築いて、その後英国王室への貢献が認められて準男爵となった。だが準男爵の地位があっても、古い伝統を誇る英国貴族の中では、ダーキン家は単なる成り金にほかならない。カサンドラに興味を抱いた貴族がエステルハージ伯爵夫人のいとこしかいないのは、そのせいだ。父親が賭け事で巨額の借金を抱えているために一刻も早く結婚したい彼は、〈オールマックス〉の集まりの招待状を毎週のように買いあさっているらしい。

うちの一族が正真正銘の〝英国貴族〟として認められるまで、あと百年はかかるだろう――それがダフネの意見だった。

「そういう社交界のルールがいいとは思わないわ」ダフネは明るい調子で言った。「だけどね、わたしの婚約者があまりお金を持っていないおかげで、わたしに彼と同じ立派な貴族としての血筋を求めてこないことをありがたく感じているの。とにかく、いつかレディ・ムーアランドになれるのは嬉しいことだわ」

残念ながら、ロデリック・ベルフォンテの父親は借金に困っているわけではない。広大な領地だけでなく、現金も潤沢だ。それゆえ子爵である父親が息子に望むのは、政治的にも社会的にも一族の地位と影響力を高める相手との結婚なのだ。そういうロデリックの父親の要求を、つい最近準男爵の地位を与えられた男の次女であるカサンドラが満たせるわけがない。

カサンドラも、そのことは百も承知だ。もし本当にロデリックを愛しているなら、彼にとっていちばんいい結末を望むのが筋だろう。ロデリックを引き留めようとするのは、あまりに身勝手すぎる。

だからこそ、心から願わずにはいられない。ロデリックに対する想いをうまく隠せていますように、と。

周囲の人は気づいているのだろうか？

ロデリックの別の友人が、カサンドラに笑みを向けている。おそらく、そういう疑いの目で見れば、今の彼女にはロデリックと性的な関係を持ったしるしがはっきりと見て取れるのかもしれない。カサンドラは舞踏室の床に視線を落とした。

目の前にある堅木の床に、よく磨き込まれたブーツが現れた。銀色の留め金が光っている。

「ミス・カサンドラ、よければわたしと踊ってもらえるかな？」

カサンドラはそろそろと視線をあげた。光沢のあるストッキング、礼儀にのっとった膝丈ズボン（ブリーチズ）、糊のきいた白いシャツ、高級な仕立ての上着。そしてその上にあったのが、オーランドの少年のような丸顔だ。

レディたるもの、適切な紹介を受けた殿方からのダンスの誘いは、常に受けなければならない。カサンドラはもう何年も前からオーランドを知っている。子供の頃、彼がロデリックの家に訪ねてくると、よく遊んだものだ。オーランドとロデリックは、ベルフォンテ家の広大な領地の壁をこっそり乗り越えて、少し離れた場所にあるカサンドラの父の家にやってきた。当時、〝干し草の山にひそむ竜から救出される乙女〟になりきって遊ぶのに夢中だったカサンドラとダフネにとって、ロデリックとオーランドは干し草の山を一撃で倒せる王子様だったのだ。

オーランドは今、カサンドラとどんなゲームをしたいと考えているのだろう？

そんなことを考えてはだめだ。彼の瞳にそんなずる賢さはみじんも感じられない。

たとえそうだとしても、カサンドラは頭痛を理由に、オーランドからのダンスの申し込みを断ろうかと迷っていた。舞踏室の向こう側に、レディ・シルビアをいざなったロデリックの姿が見えたのはそのときだ。一瞬、カサンドラの心臓の鼓動は完全に止まった――まさに、オーランドとガボットを踊れない完璧な言い訳ができたことになる。

レディ・シルビアはほっそりとしているが、女性らしい曲線の持ち主だ。金色の巻き毛だけでなく、肌も青白くて完璧な顔立ちをしている。伯爵の娘であるレディ・シルビアは軽やかな足取りで舞踏室へ現れた。どこから見ても愛らしい女性だ。

レディ・シルビアは圧倒的に高い社会的地位にいるわけではない。それでもなお、彼女のきわめて優美な魅力には誰も抗えないだろう。カサンドラはつくづくそう思い知らされた。どうして衝動的に、あんな愚かなことをしたのだろう。

ロデリックが前かがみになり、レディ・シルビアの耳元で何かささやくと、彼女は笑い声をあげた。その場にいる者全員の心を明るくする、この世のものとは思えない軽やかな笑い声だ。

オーランドが咳払いをした。

カサンドラには、彼からのダンスの申し込みを断る理由が何一つない。残念ながら、彼女の心臓は再び鼓動し始めている。とはいえ、この場所には言いようもない不穏な何かがくすぶっている気がしてしかたがない。

あえて言うなら、敵意のようなものだ。だが、誰もレディ・シルビアに敵意など抱かないだろう。彼女はこれ以上ないほど育ちもいいし、美しい。ロデリックはなすすべもなく彼女に惹かれ、求婚するはずだ。カサンドラには、それをどうすることもできない。あの二人はどう考えてもお似合いなのだから。

カサンドラは突然気づいた。今あたりに漂っている敵意は、ほかでもない彼女自身から発せられている。あと二回まばたきする間に、舞踏室にあるろうそくが一本残らず燃え広がるに違いない。

「もちろん、ダンスの誘いをお受けします、オーランド卿」カサンドラは立ちあがり、礼儀正しいお辞儀をすると、なんとか笑みを浮かべた。「喜んで」

「例の交霊会が行われた部屋には秘密の羽目板がある。つまり、あのコーンウォールの霊能者の能力は偽物だ」エドワード・セント・ジェームズことカムデン公爵は、贅を凝らした応接室の中を行きつ戻りつしていた。自分ではわりと穏やかな気質だと考えているが、そんな彼にもオオカミのような激しさ――必要とあらば、たとえ仲のいい友人でも群れから容赦なく切り捨てる――があると知れば、周囲は驚くだろう。「それがきみの考えなんだな?」

「ああ、あいつはコーンウォールの社交界と同じくらい怪しい」質問に答えたのはギャレット・スターリングだ。彼がカムデンを〝友〟と見なしていないのは明らかだった。英国貴族の中でも最も大きな影響力を持つカムデンを前にしても緊張する様子はなく、革張りの袖付き安楽椅子の肘掛け部分に片方の足を無造作にのせている。

もしカムデンが群れを率いるオオカミだとすれば、スターリングは群れから慎重に距離を置く迷い犬と言えるだろう。集団に加わるのか、あるいは離れるのか心を決めかねている。

カムデンはスターリングのブーツをにらみつけた。もちろん、ここカムデン・ハウスは高級娼館の応接室ではないけれど、スターリングには〝もう少し礼儀にかなった態度を取れ〟と命じたい。ただし貴族院のメンバーが相手ならば服装を注意し、口論になっても平気だが、ギャレット・スターリングの場合は話が別だ。カムデンはスターリングのすばらしい能力に大きな期待を寄せているのだ。

それにスターリングを叱責するのは、雄牛の目の前で赤旗を振りまわすのに等しい。

カムデンがスターリングに目をとめたのは、ある晩フェアバンク卿の屋敷で開かれたディナーパーティでのことだった。どこからともなく〝衣類をすべて脱ぎ捨てて噴水で泳ぎたい〟

という考えが思い浮かぶと同時に、すぐ近くである種の心的エネルギーが解き放たれるのを感じたのだ。だから、それがカムデン自身の考えではないことに気づいた。心的エネルギーの出所をたどると、長テーブルのはるか端に座る、ある紳士に行き着いた。そこでカムデンは気づいたのだ。あの男こそ、MUSE――メタフィジカル・ユニオン・オブ・センサリー・エキストラオーディナリー――のメンバーに加えるべきだと。

けれどもスターリングは喜んで加わったわけではない。彼は、他人の心の内側に侵入して念を送るといういたずらをするだけで満足していた。しかし彼にはもう一つ、手を焼いている能力があり、カムデンがその能力を抑えつける手助けを申し出ると、MUSEに加わることをしぶしぶ了承したのだった。

「コーンウォールの霊能者に関する結論を書きとめておいてくれ、バーナード」カムデンは応接室を歩きまわりながら、執事に申しつけた。歩けば歩くほど頭がよく働く。また一人、特殊能力者が偽物だとわかった今、募る欲求不満を振り払う必要があった。

「かしこまりました、閣下」執事のたるんだ頰とぼさぼさの白い眉毛を見るたびに、カムデンはいつもバーナードという名前のマウンテンドッグを思い出してしまう。とはいえ、この信頼できる執事はあまりに威厳たっぷりのため、カムデンはその事実を言い出せずにいた。

パラディオ式窓の下にある小さな書き物机に座ったバーナードは、言われたとおりにこの打ち合わせの詳細を殴り書きし始めた。

「閣下、もし今度ぼくをへき地に送り込むときは」スターリングが口を開いた。バーナードに比べると、これっぽっちも敬意が感じられない口調だ。「ヒ素を少量入れたワインを使わせてほしい」

「毒を盛るのは女の手口です」応接間の隅から聞こえたのは、メグ・アンソニーの小さな声だ。彼女は袖口からハンカチを取り出し、サイドテーブルのほこりを拭いた。「閣下がそんな女々しい手段に訴えるわけがありません」

「感謝するよ、ミス・アンソニー。きみの言葉はありがたく受け取っておく」カムデンはそう言うと、彼女にしかめっ面をした。「だが、今の行為はいただけない。つい掃除をしてしまう癖はそろそろやめないか？」

「もちろんです、閣下」メグはがっかりした表情になると、ハンカチを袖口にしまい、堅苦しいお辞儀をしてみせた。「本当に申し訳ありません」

カムデンの爵位を軽視しすぎているスターリングとは対照的に、メグはカムデンを過大評価しすぎている。感じよく笑えるといいのだが――カムデンは祈るような気持ちで唇に笑みを浮かべた。「さあ、座ってくれないか」

メグが両方の眉をあげた。「まあ、そんなことはできません。不適切すぎます」

「ばかな」カムデンは言った。「わたしが〝座れ〟と命じれば、きみはそれを適切だと考えるのかもしれない。でも、わたしはそんなふうに命じたくないんだ。きみ自身の価値に気づき、ここに座って当然だと考えるようになってほしい」

「この集団における命令は、いわゆる〝仕事〟とは違う」スターリングがうなるような声で言う。「とはいえ、閣下がぼくらに何かを頼んだら、いくら無理難題でもいやな顔をせず、とっととやれという意味なんだよ、メグ」

「スターリング、彼女はミス・アンソニーだ」カムデンは告げた。「砕けた呼び方をするのはやめたまえ」

スターリングは肩をすくめ、目をそらした。相手が人であれ、ものであれ、彼は何も気にしていないかのような開き直った態度を取る。けれどもカムデンは知っていた。スターリングが何に対しても無関心な態度を貫くのは、相手にどんな影響が及ぶか不安だからなのだ。そんなスターリングを助けられなかったら、と思うとそれだけで恐ろしい。思わず罵り言葉を口にしそうになったが、カムデンはすんでのところでこらえた。

カムデンはメグ・アンソニーをMUSEに加入させるため、彼の保護のもとなら彼女も貴族のレディになりすまし、社交界に無理なくとけ込めるはずだと説得した。メグには、特殊能力を持つ彼女こそレディになりすますのに適任だという自信を持ってほしい。それがカムデンの願いだ。そのためには、彼女の前で紳士らしく振る舞う必要がある。それにこの屋敷に住む彼以外の者たち全員にも、メグを見下すような態度があってはならない。

「さあ、こちらへ、ミス・アンソニー」カムデンはスターリングの反対側にある袖付き安楽椅子を身ぶりで指し示した。メグが部屋を横切り、椅子の端にちょこんと腰かけたのを見て、とりあえず安堵する。膝の上できつく重ねられた彼女の手の甲は白くなっているものの、少なくとも座ってくれたのだ。カムデンは口を開いた。「さて、バーナード、ASPに関してはどうなっている?」

「その謎の物体が英国内にこっそり持ち込まれたという確証はない、とのことです」執事がページを繰る。遠方に散らばったほかのMUSEメンバーからの、週に一度の報告書だ。

「ブライトンにいるわれわれの〝観察者〟が手がかりをつかみましたが、それが誤報であることがわかったのです」

「そのASPとやらは本当に存在するのか?」スターリングが尋ねた。

「ああ、たしかに存在する」カムデンはきっぱりと答えた。「フランスにいるメンバーが、たしかな情報として知らせてくれたんだ」

ナポレオン・ボナパルトはエルバ島に追放されている。しかし、だからといって、欧州大陸が英国王室の不幸を願わなくなったわけではない。戦争という手段が失敗した今、あまたある敵国は別の手段に目を向け始めている。しかも簡単には防ぐことができない〝特殊能力〟という神秘的な手段だ。実際にカムデンとMUSEは、ジョージ三世を狙った古代遺物をすでに三個、英国への搬送途中で没収していた。ただしカムデンは、彼らの目をかいくぐり、英国内にASPと呼ばれる古代遺物がこっそり運ばれたのではないかと疑っている。そのせいでジョージ三世が狂気に陥ったのではないかとの疑念を、いまだぬぐえずにいるのだ。

「そのASPがどんな物体かわかれば、閣下のために見つけられるのですが」メグがぽつりと言う。

「ああ、そうに違いない。ところが、わかっているのはただ一つ。ASPは毒ヘビのように、見てすぐにわかる武器ではないということだけだ。もし一目で武器とわかるほど目立つ形なら、きみがすでに見つけているはずだ。おそらく、ＡＳＰとはとてつもない破壊力を持つものの略称に違いない。これまで収集した機密情報を合わせて考えると、次の攻撃の対象は国王陛下ではなく、摂政皇太子らしい」

カムデンは行きつ戻りつするのをやめ、炉棚の上に飾ってある妻メルセデスの肖像画を一瞥した。妻がこの肖像画のモデルになったのは、初めての子供を身ごもったことに気づいたばかりの頃だ。画家は巧みな筆遣いで、メルセデスの愛らしい顔立ちに母になろうとする輝きをつけ加えている。今でも夜になると、カムデンは独り寝のベッドで、妻のシルクのようになめらかな肌の感触を恋しく思い出すことがある。心に暗い影が差すのを感じ、彼は肖像画からあわてて目をそらした。

「そうだ、ミス・アンソニー」妻を思い出したことに誰も気づいていなければいいのだが、と祈るような気持ちで、カムデンは言葉を継いだ。「王室からきみに感謝の念を伝えてほしいとのことだ。国王陛下のダイヤモンドのカフスボタンは、きみが言ったとおりの場所にあったそうだ」

メグは恥ずかしそうにお辞儀をした。

そのとき応接室の扉が大きく開かれた。入ってきたのはヴェスタ・ラモット。幾重もの真珠の首飾りにアーミン毛皮で縁取られた赤いベルベットのドレスを合わせ、生き生きと踊るような足取りだ。

「遅れてごめんなさい」応接室へ入るなり、ヴェスタは言った。「なかなか劇場から抜け出せなかったの」

ギャレット・スターリングはすぐにひざまずき、ヴェスタの手袋をはめた手を取ると、十歳以上年上とも思えぬその美貌に敬意を示した。ヴェスタが彼に艶然たる笑みを向ける。次にメグ・アンソニーが礼儀正しく立ちあがったのを見て、ヴェスタはすぐさま彼女の両方の手を取り、左右の頬を軽く触れ合わせ、メグをひどく驚かせた。

最後にカムデンに向き直ったヴェスタは、口紅をつけた唇で〝エドワード〟と呼びかけようとした。けれどもすんでのところで気が変わったのだろう、拍手喝采を浴びるオペラの歌姫のごとく腰をかがめて堂々たるお辞儀をし、ゆっくり立ちあがると、大胆にもカムデンの全身にゆっくりと視線を這わせた。意に反して、カムデンは欲望がわき起こるのを感じた。

「こんばんは、閣下」ヴェスタが瞳をいたずらっぽく輝かせる。「今日はことのほか……お元気そうだわ」

「さあ、座って」スターリングが言う。「きみは今にも敷物によだれを垂らしそうに見える。もしきみがスパニエル犬なら、閣下はお仕置きのために、きみのヒップを新聞紙で叩いているところだ」

「まあ、ひどい人ね」ヴェスタはスターリングに向き直り、扇をひらひらさせて、蠱惑的な笑みを広げた。「ヒップを軽く叩かれるのがわたしの好みだと、どうしてわかったの？」

スターリングが笑い声をあげる一方、メグ・アンソニーはこれ以上ないほど目を見開いている。カムデンはすばやく会話の流れを元に戻した。

「ヴェスタ、今夜ここに来てもらったのは、ロンドンできみと同じ能力を持つ人物を見つけたからなんだ」

「あら、たった一つの能力だけでわたしと同じなんてありえないわ、閣下」ヴェスタは必要以上に足首を見せながら、ゆっくりと長椅子に腰かけた。「わたしがいろいろな能力の持ち主だってことは、あなたがいちばんよく知っているでしょう?」

カムデンはたしなめるように口をへの字に曲げた。高級娼婦ヴェスタの顧客（パトロン）になれるのは、富も地位もあるごく一部の運のいい男だけだ。しかし、ここ数年――MUSEを設立し、活動を始めたばかりの頃を除けば――カムデンは彼女と愛人関係にはない。二人とも力を合わせて重要な仕事を行わなければならない。そのうえでヴェスタとそういう関係を続けるのは、不適切なことに思えるからだ。

おまけにヴェスタは独占欲が強い。それゆえ、最近では彼女を見て欲望を募らせるだけで満足するようにしている。彼女に感情面で振りまわされる気はさらさらない。

「つまり、火の魔法使いの新人が野放しになっているということだ」カムデンは言った。「だからきみの助けが必要なんだ」

「あら、もっとはっきり言ったほうがいいわよ。そうしないと、また気の毒なミス・アンソニーを驚かせることになるわ」ヴェスタはブロードウッド社製のグランドピアノの上にある火のないろうそく立てに向かって、扇をひらひらとさせた。たちまちろうそくの炎が燃えあがるのを見て、メグが体をこわばらせる。

「まあ、あなたって猫みたいに神経質なのね」ヴェスタはふっくらとした唇をすぼめた。

「あなたに合う殿方を見つけなければならないわ。いっそのこと、一度に二人の殿方をね！」

メグは耳まで真っ赤になった。「その新人の火の魔法使いの名前はわかっているのですか、閣下？」

「いいや、わからない。ただし、その能力が発せられている場所の特定はできた。ダーキン卿の屋敷からだ」

「カムデン、さっき〝新人〟と言ったわよね？　ということは、その人物は能力を得たばかりなのね。ダーキン卿に子供はいるの？」ヴェスタが尋ねる。

「ああ。娘が二人いる。どちらも結婚していないが、一人は最近婚約が決まった」カムデンは答えた。「しかし、火の魔法使いがあの屋敷の使用人の可能性もある」彼は元メイドのメグを一瞥した。「特殊能力の持ち主が貴族だけでないことは、ミス・アンソニーが証明済みだ。ただし、発火させる能力は女性特有のものと考えて間違いないだろう」

「あら、すてき」ヴェスタは言った。「類まれな力を持つ女性がまた一人いたなんて」

「若い貴族のレディがそう思うかどうかは疑問だ。その女性は自分の能力に戸惑っているんじゃないだろうか？　あるいは恐れているかもしれない」カムデンは言葉を継いだ。「彼女が力を発揮するたびに、発火の度合いが強烈になっている。しかも、どんどん不安定になっているんだ」

そう言い終える前に、カムデンは胸にじわじわと温かさが広がるのを感じた。またしても心的エネルギーがどこかで発せられた証拠だ。目を閉じて、みずからの心の中に意識を集中させ、新たな火の魔法使いが何者か見きわめようとしてみる。とたんに彼は大きくあえぎ、自分の胸をつかんだ。生々しい特殊能力の波動が全身にせりあがってくる。手足が業火に包まれ、熱い炎で肌がちりちりと焼かれる感触がした。

新たな火の魔法使いは恐るべきパワーの持ち主だ。もし彼女に能力を抑える術を教えなければ、ロンドンの街は一六六六年のような大火に包まれることになるだろう。

カムデンの心の中に映っているのは、あたり一面が炎に包まれ、圧倒的な熱であらゆるものが焼き焦がされている光景だった。彼は思わず息を押し殺した。肌が粟立っている。もし火の魔法使いがカムデンの徹底的な調査に気づいて阻止しようとすれば、今度は心の中に、無数の水ぶくれとやけどで体じゅうの肌をただれさせた彼自身の姿が映るかもしれない。

われに返ったとき、カムデンのかたわらにいたのはヴェスタだった。彼女はいつの間にか椅子から立ちあがり、彼の腕を取り、体を支えていた。反対側からは、スターリングがカムデンを支えている。いつもこうだ。新たな特殊能力の持ち主を特定しようとすると、カムデンはこういう状態に陥る。特殊能力を抑えられない相手から発せられる生々しく爆発的なエネルギーのせいで、意識を失ってしまうのだ。けれども、そばに別のMUSEのメンバーが現れて警告のサインを送ると、彼はそのサインを感じ取ることができるのだった。

「気をつけてくれ、閣下」スターリングは先ほどまで座っていた袖付き安楽椅子にカムデンを座らせた。カムデンは震える吐息をつき、あたりに煙と熱が残っていないか確かめた。

ヴェスタが彼の前にひざまずく。「何を見たの？」

「熱を感じただけじゃない。炎も見た」新たな特殊能力者を捜し出すとき、カムデンはそこから発せられている爆発的な心的エネルギーに対し、完全に彼自身を開くようにしている。だが今回は、強烈な稲妻に触れようとしているよちよち歩きの幼児のような状態で、どうにも手が出せなかった。新たな火の魔法使いのパワーを妨げ、こちらの領域に引き入れることなど、とうてい無理だったのだ。

とはいえ、今回カムデンの意識に二人の人物の名前が刻み込まれた。ダーキン家の姉妹の名前だ。これはつまり、姉と妹の両方が火の魔法使いか、一人が火の魔法使いでもう一人のすぐ近くにいるかのどちらかということだ。

「ダフネ」カムデンは苦しげに息を吸い込んだ。「あとはカサンドラだ。特定できなかったが、少なくともそのどちらかが火の魔法使いなのは間違いない」

「ダフネ・ダーキン、カサンドラ・ダーキン」メグ・アンソニーは繰り返すと、白目をむき、全身をこわばらせた。しばし体を震わせ、落ち着かなく動くまぶたを閉じ、椅子にくずおれる。次の瞬間、メグは二度まばたきをして、まっすぐ起きあがった。それからハンカチを取り出し、口の端についた泡を拭いた。

「今夜、ダーキン姉妹はどちらも〈オールマックス〉にいます」メグが小声で言う。

「くそっ」メグの前では悪態をつかないと決めていたにもかかわらず、カムデンは弱々しくつぶやいた。「わたしには招待状がない。きみが行ってくれ、スターリング」

「ぼくが招待状を持っているとでも？」

「きみが招待状を持っていないのはわかっている。しかし招待されていないからといって、その場所に行けないことにはならない。特殊能力を使うんだ。〈オールマックス〉の舞踏会に入り込み、ダーキン姉妹のうち、どちらが火の魔法使いか探り、連れてくるんだ」

「そんなこと、どうやったらできるというんだ？　さては彼女を混乱させて、ぼくを焼き殺させるつもりか？」

「それは賢明とは言えないわね」ヴェスタが大真面目で答えた。「閣下の言うとおり、もしその女性が自分の能力に目覚めたばかりだとすれば、彼女はつい最近貞操を失ったことになる。そう考えると、彼女はままならない現状に怒りを募らせて、自分の特殊能力をやみくもに振るっているんじゃないかしら」

「ぼくは最近婚約したほうに賭けるよ」スターリングが言う。「結婚初夜まで待てないと考える花嫁は大勢いる。それか、彼女は婚約相手のベッドでの技術に満足できないのかもしれない」

ヴェスタはスターリングにしかめっ面を向けた。「ここは慎重にならないと。姉妹のうち、どちらも火の魔法使いの可能性がある。もし彼女たちが発火を起こしているとすれば、きっと怒っているからだわ。そんな女性が、スターリングのような放蕩者に魅了されるはずがないと思うの。少なくとも——」彼女は半笑いを浮かべた。「あなたに彼女の発火能力を抑える力があることを知らせるまではね」

「だが、ぼくには姉妹のうち、どちらが火の魔法使いなのかわからない」

「ウェストフォールを連れていけ」カムデンは提案した。

「ウェストフォールだって？　彼がなんの役に立つというんだ？」スターリングが反論する。

「つい数日前に精神科病院から退院したばかりだろう？」

「そのわずかな間に、彼はわたしが作成した心のトレーニングに熱心に取り組んだ。彼のそういう態度を、きみもぜひ見習ってほしい。実際、彼は驚くべき進化を遂げたんだ」相手にどんな考えでも植えつけられるスターリングとはまさに対照的で、ウェストフォールは相手のいかなる考えも読み取ることができる。「ただし、ウェストフォールは不要な雑音を取り除く術を知らない。それでも意識を集中すれば、雑音の中から役立つ情報を聞き分けられるんだ。彼ならば、新たな火の魔法使いを特定する助けになるに違いない」

スターリングは目をぐるりとまわしてみせた。「わかったよ。それで、彼はどこにいるんだ？　まだ拘束衣を着せられたままなんじゃないか？」

「ウェストフォール卿はもはや拘束されておりません。温室にいらっしゃいます。植物を見ると気が休まるそうです」バーナードが羽根ペンを戻し、立ちあがった。「お呼びしましょうか？」

「ええ、ミスター・バーナード、そうしてください」そう答えた瞬間、メグは体を震わせた。自分が命令を下す立場にないことを、すっかり忘れていたようだ。彼女は取りつかれたようなまなざしでスターリングを見た。「お願いです、ミスター・スターリング、どうされるつもりにせよ、とにかく急いでください」

2

〝ミューズよ、われに歌いたまえ、紆余曲折の人生を送ったあの男の歌を〟

――ホメロス『オデュッセイア』

「頼むから、便秘に悩まされているような顔をするのはやめてくれないか?」〈オールマックス〉の舞踏室へと続く長い階段をのぼりながら、ギャレットはピアス・ラングドンことウエストフォール子爵に言った。

「頼むから、ご婦人とすれ違うたびに、心の中でドレスを脱がせるのはやめてくれないか?」ウェストフォールが言い返す。「はっきり言うと、きみの心はイノシシの巣穴みたいに乱れている」

ギャレットは冷笑を浮かべた。ウェストフォールときたら、まるで歩く説教師のようだ。もしこの直立不動の姿勢を取った連れの男をからかう楽しみを思いつかなければ、彼に困惑しきっていただろう。「まさか、女のシルクとレースのドレスの下に何があるのか、一度も考えたことがないなどと言い出すんじゃないだろうな？　それとも、きみは男好きなのか？」

「男は好きじゃない」ウェストフォールはふいに顔を赤らめた。「もちろん、レディのドレスの下がどうなっているのか興味はある。だが紳士たるもの、そんな憶測をするのは許されない」

「一つ訂正がある」ギャレットは言った。「ぼくは紳士じゃない」

彼らは幅広の階段をのぼり、一組の男女のそばを通り過ぎた。ギャレットは意固地にも、女らしい体形をした女性がストッキングしか身につけていない姿を心に思い描いた。階段をあがる彼女の青白いヒップが波のように動いているイメージだ。ギャレットはそのイメージをウェストフォールの心に送りつけた。

彼がギャレットをにらみつける。「このろくでなしめ」

「気のきいた答えを思いつかなくても、せめて感謝の言葉くらい口にしてもいいだろう？」ギャレットは肩をすくめた。「あるいは自分の見たイメージが気に入らないなら、それを見ないようにすればいい」

「そんなに簡単な話じゃないんだ」ウェストフォールが歯を食いしばりながら言う。「そもそも、見ないようにすることができないんだよ。ぼくは周囲にある、あらゆるものを手当たりしだいに受け取ってしまう。そういった情報が一つ残らず、ぼくの中で叫び声をあげているんだ」彼は肩越しに振り返り、背後にいる女性に内気そうな笑みを向け、声を落とした。

「ちなみに、あの女性はきみと同じくらいみだらなイメージを抱いているよ。ぼくはきみと違って魅力的ではないはずだが、どういうわけか、彼女はぼくら二人がストッキングしか身につけていない姿を想像している」

「それはストッキングじゃない。きっとブリーチズだ」ギャレットは含み笑いをした。「好きなように空想させておけばいい。きっと年配の女性たちから、〝殿方はズボンの下では何を考えているかわからない〟としつこく教えられたんだろう」

「よくそんな憶測で、相手の心の状態がこうだと決めつけられるな」

ウェストフォールの口調は思いのほか皮肉っぽい。ギャレットは彼に向き直った。「きみは人間が好きじゃないんだな、そうだろう?」

「そうだとしても、ぼくを非難できるか? 結局、ぼくには彼らの考えていることがすべてわかってしまうんだ」ウェストフォールは上着を強く引っ張ると、実際には何もついていないのに、下襟の糸くずを払うようなしぐさをした。

ギャレットは気づいた。この子爵は細かなことにこだわらずにはいられない、何よりも管理を好む男なのだろう。何しろ、常に他人の心の声にさらされ、人々のあからさまな欲望や情熱、秘密、陰謀といった情報の波にどっぷりとつかっているのだから。ウェストフォールのように潔癖で気難しい男にとっては、まさに地獄に違いない。彼が狂気の淵へ追いやられても当然だ。

ギャレットが他人の心持ちについて考えることはめったにない。だからこそ、ウェストフォールを気の毒に思っている今の自分に驚きを感じた。

「哀れむ必要はない」ギャレットは同情の言葉を一言も口にしていないのに、ウェストフォールが低い声で言った。そういう思いを心に浮かべただけで伝わったのだろう。「家族に精神科病院へ送られても、ぼくは正気を失わなかった。怪しげな治療を二年間受けさせられてもだ。そうしているうちに、カムデン公爵の口ききのおかげで病院から解放されたんだ」灰色の目を決然と光らせて言葉を継ぐ。「心の声が聞こえるからといって、必ずしも頭がどうかしているとはかぎらない」

「つまり、ほんの少しだけまともじゃないということだな。そう聞いて安心したよ」ギャレットはシリング硬貨を二枚、〈オールマックス〉の門番ミスター・ウィリスに手渡した。同時に、〈オールマックス〉の招待状二通を手渡しているギャレット自身のイメージを門番の心に植えつけた。

　そのイメージを受け取った門番は二通の招待状を見た気になり、シリング硬貨を返すと二人に手を振った。

「周囲にいる人たちと比べると、ぼくはいたって正常な心の持ち主に思える」ウェストフォールは扉を押し開いた。耳に飛び込んできたのは、招待客たちが会話する声だ。あたり一帯にブーンという音が流れ、音楽さえかき消されてしまっている。

　ウェストフォールが一歩あとずさりした。すでに青白い顔が、さらに白くなっている。

「大丈夫か？」ギャレットは尋ねた。

　ウェストフォールはごくりと唾をのみ込むと、肩を怒らせた。「ああ。こんなに大勢の人たちの心にさらされるのは久しぶりなんだ」

「そうだろうな。だがありがたいことに、これは社交界の集まりだ。下品なことを考えている者などいない」

「いや、むしろその逆だよ。小心者ほど、よからぬことを絶えず考えているものなんだ。たとえばあの隅にいる既婚女性は、先ほどからひっきりなしに招待客の衣服を値踏みしている」

ウェストフォールの眉間のしわがさらに深まる。「とはいえ、すぐに仕事に取りかかる必要があるな。いつまでこの状態に耐えられるかどうかわからない」

「ならば二手に分かれよう。きみはダフネ・ダーキンを捜してくれ。ぼくは妹のほうを捜してみる。たしかコンスタンス、だったかな？」

「カサンドラだ」

「了解」ギャレットは若い女性たちがずらりとそろった舞踏室に目を走らせた。色鮮やかで気品ある光景は、さながら英国庭園のようだ。彼女たちのうちの一人が、カムデンの新たな〝ペット〟になることになる。ギャレットはその女性を気の毒に感じていた。「もし何か重要なことがわかったら、ぼくに知らせてくれ。そうすればすみやかに拉致できるだろう」

「拉致？　そんなにひどいことにはならないはずだ」

「ぼくはその女性を誘惑するつもりだ。だがどのみち彼女を説得して、見知らぬ他人と一緒にここを抜け出させなければならない」ギャレットはサイドボードを一瞥した。〈オールマックス〉のいつものメニューだ。紙のように薄くスライスされたパンとパウンドケーキに飲み物。ちなみに、飲み物にいっさいアルコールは含まれていない。「ここでは紅茶とレモネードしか飲めないのがつくづく残念だな。デビューしたてのレディも酔っ払えば、こちらの言いなりになるのに」

「カムデン公爵はどんな手順を踏めと？」

「いや、問題のレディをカムデン・ハウスに連れ帰る方法について、公爵からは何も指示されていない」ギャレットは淡々と答えた。「公爵が口にするのは、彼が望む結果だけだ。そのために具体的にどう動けばいいかは、ぼくたちで決めなくては」

いざとなれば、ギャレットはその女性の心に念を送り、〝付き添い役もなしで、しかも見知らぬ男二人と一緒にこの屋敷を抜け出し、評判が台なしになってもかまわない〟と思わせることもできる。とはいえ、できれば自分の能力を使わずにすむほうがはるかに面白そうだ。社交界にデビューした女性の中でも、純粋な魂の持ち主はめったにいない。しかもヴェスタによれば、新たな火の魔法使いはもはや処女ではないという。純潔を守ろうとする処女よりも、はるかに大胆に違いない。

「きみはMUSEのメンバーになって長いのか？」射るようなまなざしで室内を見まわしながら、ウェストフォールが尋ねた。

「ああ、もう何カ月にもなる」公爵にカムデン・ハウスへ連れていかれたのは今から六カ月前、ギャレットがアヘン窟で意識を失ったときだ。アヘン窟を訪れたのは、自分でも持て余している別の特殊能力――相手の将来に関する悪夢を見る能力――からどうにか逃れたいと考えたからだった。他人の心に念を送る能力は心から楽しんでいる。一方で悪夢を見る能力に関しては、楽しんでいるとは言いがたい。

もっとも、そういった悪夢をひんぱんに見るわけではない。そうならないために細心の注意を払ってきたからだ。五年前から誰とも親密な関係にならないよう心を砕いてきた。もし親しくなれば、彼らの悪夢を見るかもしれないから。目覚めると、悪夢が現実になってしまう。しかも悪夢が現実になるのがその日なのか、その月なのかわからない。しかし結局、彼の悪夢は現実世界で本当のことになってしまうのだ。たとえそうなるのがいつかわからないとしても、拷問のような日々であることに変わりはない。

カムデン公爵の下で活動することにいらだちを覚えてはいるが、ギャレットは悪夢が現実になる能力を抑えるための助けを必要としていた。もし悪夢を見ないようにできれば、誰かの一生を台なしにすることもない。

もう二度と。

「希望を捨てるな、スターリング」まるでギャレットからいちばんの恐れを打ち明けられたかのように、ウェストフォールがふいにぽつりと言った。「きみにとっては、さぞ重荷だろう。だが、公爵がきみの治療法を見つけてくれるに違いない」

「さあ、どうだか。彼がぼくの利用法を見つけようとしているのは間違いないがね。それと、ウェストフォール……」ギャレットは言った。低いが脅しつけるような声だ。「ぼくの頭の中からとっとと出ていけ」

カサンドラはカドリールを踊り終え、パートナーにお辞儀をした。今夜が早く終わればいいのに。またしても、そう思わずにはいられない。新しい靴のせいで足がひどく痛い。先ほどは頭が痛くなればいいと願っていたのに、今や右目の奥が本当にずきずきと痛み始めている。しかも最悪なのは、ダンス・カードに鉛筆で記された次の名前がロデリック・ベルフォンテであることだ。

ロデリックがかたわらにやってきたとたん、ワルツの調べが始まった。

まったく！　よりによってワルツだなんて。

ロデリックが口にしたのは、ダンスの了解を求める礼儀正しい言葉ではない。カサンドラの愛称だった。

「キャシー」

なんて親密な呼び方だろう。まるで愛撫されているかのようだ。

舞踏室にあるろうそくの炎がすべて、揺らめいている。

カサンドラがお辞儀をするのも待たず、ロデリックは彼女の体を引き寄せてワルツの構えになると、舞踏室の中をくるくるとまわり始めた。カサンドラは文句を言うこともできなかった。というか、抗いたくないと思う自分もいる。ドレスの生地の上からでも、ウエストに当てられたロデリックの手のひらのぬくもりがじんわりと伝わり、たちまち全身がうずき出した。

「会いたかった」ロデリックが言った。

驚きのあまり、カサンドラは思わず笑ってしまった。けれどもそれはレディ・シルビアのような軽やかで心地いい笑い声ではなく、しゃっくりとげっぷの中間のような奇妙な音だった。だが、ロデリックは何も気づいていない様子だ。

カサンドラは彼の顔をちらりと見あげた。ありえないほど青い瞳をして、形のいい眉もひそめられていない。彼女とは違い、ロデリックの心が千々に乱れていないのは明らかだ。彼は唇をゆがめ、皮肉っぽい笑みを浮かべている。

「まさか、わたしのことをあざ笑っているの？」

「そんなわけがないだろう？」ロデリックが前かがみになり、彼女の耳元でささやく。「きみのことを夢見ていたんだ」

カサンドラはたしなめるように、一瞬彼をにらんだ。「だめよ」

「どうしても夢を見てしまう。きみはぼくの心の一部なんだ」そのとき初めて、彼女はロデリックの声に悲しみを感じ取った。「きみには、今ここで起きていることがわからないのかい？」

「ここで起きているのは、あまりに明らかなことだわ。レディ・シルビアは本当にかわいらしいもの。誰もが、あなたとあの伯爵のお嬢さんの婚約発表はいつだろうと期待しているのよ」

「キャシー……」

彼から名前を呼ばれるたびに、カサンドラは心臓をえぐられるような痛みを感じた。ロデリックの右肩の向こう側に意識を集中させ、彼と目を合わせないようにする。「彼女は最高の花嫁候補だわ。悪口を聞いたことがないもの」

返す返すも残念だ。もしレディ・シルビアが意地悪なレディなら、ロデリックのために戦えたのに。でも実際は、彼を愛していると公言することも、彼を守るために戦いを仕掛けることもできずにいる。

本当の愛とは、好きな男性にとっていちばんいい結果が出るよう望むことだ。カサンドラはそう考えていた。なるほど、彼女の父親は裕福な準男爵かもしれないが、父の全資産をもってしても、ロデリックとの結婚にはこぎ着けられない。社交界には目に見えないバランスが存在する。カサンドラはそういうバランスに重きを置いているし、悲しいことに無視できずにいた。ベルフォンテ家の一員であるロデリックはレディ・シルビアを差し置いてまで、地味なミス・カサンドラ・ダーキンと一緒になろうとはしないだろう。

ロデリックがため息をついた。「ぼくにはぼくなりに果たすべき義務がある。きみがそのことを理解してくれているのはとてもありがたい。ぼくには自分の意思だけで決められないことがあるんだ」

彼のやや長めの濃い金色の前髪がはらりと額にかかった。その髪を優しく払ってあげたい。そんな衝動に駆られたものの、カサンドラはどうにか思いとどまった。幼なじみ同士とはいえ、あまりに親密すぎる行為だろう。

「わたしにはわからないわ。その人の人生を左右するいちばん個人的な決断が、社交界の掟によって決められてしまうなんて」彼女も頭の中ではわかっている。あの伯爵の娘を差し置いてまでカサンドラを選んだら、ロデリックは頭がどうかなったと思われるだろう。でも、もしそうだったらどんなにいいかと考えずにはいられない。「従僕よりも個人的な自由が許されないなら、貴族であることになんの価値があるのかしら?」

ロデリックが含み笑いをした。「変わったものの考え方だね。だから、きみのことを愛しているんだ」

「愛しているですって?」カサンドラは祈るような気分だった。どうか、今感じている弾けるような嬉しさが声に表れていませんように。一瞬舞踏室がひときわ明るくなったように感じたが、ろうそくの輝きはふいに失われた。レディ・シルビアと結婚するつもりだとすれば、ロデリックは本気でこの言葉を口にしたわけではないだろう。「もうすぐ別の女性に求婚しようとしている殿方が言うべきことじゃないわ」

こういう場合、どんなふうに反応すべきなのか、カサンドラには痛いほどよくわかっている。ダフネと一緒にミセス・ユージニア・オッドボザムのマナー本『良家の子女のための行動様式』を一言一句、暗記したのだ。それなのに、カサンドラの体はマナー本とはまるで違う反応を示していた。これほどロデリックの近くにいるせいで、今や体の奥の秘めやかな部分がうずき始めている。痛いほどのうずきのせいで、せっかくミセス・オッドボザムの本を読んで必死に身につけようとした〝レディらしい振る舞い〟をすべてかなぐり捨ててしまいそうだ。

「まだレディ・シルビアに結婚を誓ったわけじゃないが、どのみちそれは取るに足りないことだ。愛は結婚という慣習に縛られるべきものではない。そうだろう？　昔読んだ騎士たちの愛の物語を覚えているかい？　彼らは結婚しなくても、常に心の中で愛しいレディに愛情を捧げていたんだ」そのとき、ロデリックが少年時代の彼に戻ったように見え、カサンドラは胸が締めつけられる思いだった。「つまり、ぼくが結婚しても……ぼくらの関係を終わらせる必要はない」

カサンドラはまばたきをして彼を見あげた。「いったい何が言いたいの？」

「わかるだろう？　シルビアの持参金があれば、ぼくはきみとの関係を続けることができる」

「わたしとの関係を続ける？」

「もちろん、きみのためにこぢんまりとした屋敷を探すよ。しゃれてはいるけど、人目につかない場所で……」

ロデリックは何か話し続けていたが、カサンドラはそれ以上何も聞きたくなかった。心にぽっかりと穴が開いたかのようだ。もしここが無数の好奇の目が集まる舞踏室でなければ、へなへなと床にくずおれていただろう。

彼女はなんとか体をまっすぐに保ち、ありったけの力を振りしぼって威厳を保とうとした。どうしようもない憤りを感じる。そして今、憤りが激しい怒りに取って代わろうとしていた。ぐっと背筋を伸ばした瞬間、奇妙にも煙のにおいがしたような気がした。

「ああ、ここにいたんだね、ミス・ダーキン」ロデリックの背後から男性の声が聞こえた。聞き覚えのない声だ。その男性は身長が一八〇センチほどあるロデリックと同じくらいに背が高く、がっちりとした肩の持ち主だった。「きみと踊ろうと思ってきたんだ」

「割り込むつもりか？」ロデリックは顔をしかめて振り返ったが、ふいに唇の端に奇妙な笑みを浮かべた。「もちろんだ、友よ。急に用事を思い出して、すぐにその場所へ行かなくてはいけないんだ。このレディを思う存分、楽しませてあげてほしい。残りのダンスを楽しんでくれ、愛しい人」

ロデリックはカサンドラの指先を取って軽くお辞儀をすると体の向きを変え、若い男性に囲まれているレディ・シルビアのもとへまっすぐ進んでいった。

新たにやってきた男はカサンドラの手を取り、ワルツを踊る一群の中へ舞い戻った。軽やかなステップだ。

「待って、いったい何をしているの？」カサンドラは男の手を振り払おうとしたが失敗した。この紳士に見覚えはない。既婚のレディたちはどこにいるのだろう？　彼女たちがこんなマナー違反を許すはずがないのに。「人違いだわ」

「きみはミス・カサンドラ・ダーキンだろう？」

「ええ、だけど――」

「ならば、人違いではない」彼が温かな茶色の瞳でカサンドラをまっすぐに見つめた。突然彼女は居心地の悪さを感じた。ロデリックもハンサムだが、この男性の比ではない。見知らぬ男は、まるで日食のごとき雰囲気だ。全体的に暗く沈んだ印象なのに、なぜか心惹かれてしまう。それなのに目をくらますほどの危うい魅力ゆえ、ずっと見続けていられない。

「わたしたちは正式に紹介されたわけではないわ。こんなふうに踊るのは不適切よ。だって、わたしはあなたを知らないんですもの」

「それは妙だな。ぼくはきみを知っているのに」男は片方の口角をゆがめ、なんとも魅力的な笑みを浮かべた。「前に偶然出会ったのに、ぼくがきみの印象に残らなかったに違いない」

「そんなわけはないわ」

「ありがとう」

「別にあなたを褒めたわけじゃありません」カサンドラはいらだちを覚えた。「あなたのように礼儀知らずな人なら、絶対に忘れるはずがないという意味よ」今や煙のにおいが強くなっている。彼女はふと不思議に思った。なぜこの人はにおいについて何も言わないのだろう？「踊っている最中の男女に割って入るなんて、よくもできたものね」

男はいっこうに動じる様子を見せず、腕を伸ばしてカサンドラをくるりと回転させた。「何者か知らないが、ダンスがうまいのは間違いない。「ボストンの社交界では、ダンスに割り込むのが適切な行動と見なされているんだ」

「もしそうなら、わたしはボストンにいなくて本当によかったわ」カサンドラはあたりのにおいを嗅ぎ、男性から目をそらした。

「そもそも、ボストン社交界がきみにいてほしいと考えるかどうかは疑問だがね」

カサンドラは弾かれたように男のハンサムな顔を再び見つめた。いえ、むしろ彼は口を開かないほうがハンサムだ。彼の口からこぼれる一言一言に、いらだちを感じずにはいられない。「どういう意味？」

「きみがいたら、ボストンがロンドンと同じくらい燃えやすい街になるという意味だ。きみがいないってことは、今この瞬間、ボストンはロンドンよりはるかに安全だということだからね」

燃えやすい？　どうしてこの男は、最近カサンドラの周囲で出火騒ぎが起きていることを知っているのだろう？「あなた、頭がどうかしているの？」

「いいや。ぼくはギャレット・スターリングだ。お見知りおきを」彼はステップを間違えることなく、頭を傾けてお辞儀をした。「言っておくが、ぼくは頭がどうかしているわけじゃない。だが、もしそういう男のほうがいいなら、連れのウェストフォール子爵が喜んできみの相手をする。かわいそうに、彼には心の声が聞こえるんだ。ほら、ヤシの鉢植えの横で若いレディと話しているあの男だよ。いや、彼はレディより植物のほうに注意を向けているのかもしれない。ここからだと、どちらなのかよくわからないがね。彼は人より植物のほうが好きなんだ。もしかすると、彼と一緒にいるのはきみのお姉さんじゃないのか？」

カサンドラは男の視線の先をたどった。たしかにダフネが殿方と一緒にいる。でも、その男性はごくふつうに見えた。カサンドラのいらだちがさらに募った。今すぐダフネと入れ替われたらいいのに。「ええ、あれはダフネよ。だけど——」

「ならば、ぼくの連れは仕事をしている最中だ」

「仕事?」ギャレット・スターリングと彼の連れである〝頭のどうかした子爵〟は賭けに負けて、礼儀が何より重んじられる〈オールマックス〉で、わざとこんなふうに不作法に振舞っているのだろうか?「あなたたち二人とも、なんらかの理由があってわたしたち姉妹に近づいたの?」

「ああ、きみはその理由に心当たりがあるはずだ」

訳知り顔でうなずいたはずみで、ギャレットの額に前髪がはらりと落ちる。しかしロデリックのときとは違い、カサンドラはその前髪を払ってあげたいとは思えなかった。この男はくすぶり続けている燃え殻のようだ。いつなんどき燃え出すかわからない。ギャレット・スターリングに触れるのはあまりに危険すぎる。

「少なくとも最初は偶然だったかもしれない。それなら許せる」ギャレットが言う。「だが、ぼくもきみも気づいている。きみはやってはいけないことをしているとね」

ギャレットが片方の眉をあげた瞬間、カサンドラはひどく落ち込んだ。明らかに、ロデリックは彼女と深い関係になったことを友人だけでなく、赤の他人にまで話してしまったのだろう。こっぴどく振られるよりも最悪だ。ロデリックは彼女を裏切ったも同然なのだから――カサンドラの悲しみは、やがて冷たい怒りに取って代わった。胸の内側にゆっくりと焼けつくような感じが広がっていく。

部屋のはるか向こう側で、軽食用テーブルの上の枝付き燭台が倒れ、麻布がたちまち炎に包まれた。火の粉が床から天井まであるカーテンに飛び火し、長い窓をたどるように次々と燃え広がっていく。あっという間に、舞踏室の窓際は天井まで届くような激しい炎に包まれた。

その場にいた誰もが恐慌をきたし、金切り声をあげたり悪態をついたりしながら、いっせいに出口へ向かって駆け出した。カサンドラもギャレットの手を振り払い、彼らと一緒に逃げようとした。だが、彼が手を離してくれない。

「火を消すんだ」ギャレットが冷静な口調で言う。

「どうやって？」大量の水をバケツで運んでも、こんな激しい炎を消すことはできないだろう。「手を離して。ここから逃げないと――」

「だめだ。この火事はきみが消さなければならない。きみの心の中で」

ギャレットがカサンドラの体を引き寄せ、抱きしめた。ワルツを踊っていたときよりも、はるかに体が近い。彼のかたい胸がカサンドラの胸に、男らしい太腿も彼女の太腿に押しつけられている。意に反して、カサンドラは体の奥深くがうずくのを感じた。この見知らぬ男性に体が反応している。大好きなロデリックに対してよりも、激しい反応を示していた。

お願い、もっと。

ふと気づくと、カサンドラは心の中でそう懇願していた。ロデリックと一緒にいるときよりも圧倒的な欲望を覚え、呼吸するのもままならず、ひたすらギャレットを見あげる。

自分はどうしてしまったのだろう？　カサンドラは恐ろしくなった。救いようがないほどみだらな女になろうとしているのでは？

「心に意識を集中させるんだ。ぼくが手伝おう」ギャレットが言った。恐慌状態に陥った貴族たちが叫ぶ中、カサンドラに止める隙も与えず、彼は前かがみになると唇を重ねた。

〝この世に独り者はいない。すべてが神の思し召しにより、ほかの誰かと触れ合っているのに、なぜぼくはあなたと一緒になれないのだろう?〟
――パーシー・ビッシュ・シェリー『愛の哲学』

3

渦巻く煙と叫び声の中、世界が消えていく。カサンドラは一瞬ギャレットに抗おうとしたけれど、全身が彼の名前を叫んでいるかのように抵抗するのをやめ、彼にキスを許した。ギャレットは唇から空気を送り込み、彼女の肺へ届けた。カサンドラはかすかにうめいてギャレットの舌を受け入れると、彼の上着の襟をつかみ、唇の間に舌を差し入れた。

高まる期待に、ギャレットはみぞおちがねじれるのを感じた。キスの主導権を奪おうとする女はそうそういない。彼女は次に何をするつもりだろう?

その答えはすぐにわかった。カサンドラが荒々しいキスで、彼の唇を味わい始めたのだ。ギャレットは足に力をこめ、激しいキスを受け止めた。彼女の好きなように奪わせてやりたい。

ヴェスタ・ラモットの警告によれば、火の魔法使いは最も激しい性質だ。身を焦がす炎のごとく激烈で、ひとたび才能が開花すると、性的な欲求が手がつけられないほど高まる。火使いの女性はめったにいないが、ヴェスタが今まで出会ったこの類の女たちは例外なく、男並みの旺盛な情熱の持ち主だったという。

しかも、その欲望はとどまるところを知らない。

もし火使いの女性と肉体的に交わるなら、ギャレットも覚悟を決めるべきなのだろう。そうすることによって、最後は全身が燃え尽くされ、乾燥した木のようになってしまうはずだ。だが、こうしてカサンドラの荒々しいキスを楽しんでいると、そうなるのも悪くないと思えてくる。

カサンドラが体を引くと、周囲の炎がたちまち消えた。あたかも巨人の手が大きすぎるろうそくの炎をつかみ取ったかのようだ。けれど炎が消えても、室内には黒い煙がもうもうと立ちこめている。

「よし、これでいい」ギャレットは言った。〝いい〟なんてものではない。ものすごくよかった。これほど積極的に激情をあらわにし、反応を返してくる女とキスをしたことはない。ギャレットは初めて、MUSEに加わったのを感謝したい気持ちになった。「さあ、ここから離れなくては。カムデン公爵がきみに会いたがっている。ウェストフォール子爵とぼくと一緒にカムデン・ハウスに行ってくれるかい？　きみを公爵に紹介したい」

カサンドラが驚きに息をのみ、目を大きく見開いて、頬を真っ赤に染めた。ギャレットは彼女が欲望を募らせているのに気づいた。しかしカサンドラはマナーにのっとり、それを隠そうと心に決めた様子だ。「お断りよ。あなたと一緒にどこかへ行けるわけがないでしょう？わたしたち、まだ正式に紹介されてもいないのに」

「あんなふうにキスしたんだ。もう正式な紹介などいらないさ」

カサンドラは目を細めて彼を見た。「あなたが公爵と知り合いかどうかさえ疑わしいわ」

ギャレットの腕から逃れると、彼女は煙が渦巻く中、姉の名前を叫びながら一目散に逃げ出した。

ギャレットはあとを追った。本当ならこんなことはしたくないが、やむをえない。従順になるよう、カサンドラの心に念を送った。こうすると相手はそのこと以外、何も考えられなくなるのがふつうだ。ところがどうだろう。カサンドラは咳き込みながらも、煙の中をまっしぐらに突き進んでいく。まるでギャレットから念など受け取らなかったかのように。彼はカサンドラの手をつかんで止まらせた。

彼女が振り返った瞬間、ギャレットはもう一度念を送った。今回は問答無用で今すぐ彼についていきたくなる、もっと強力で直接的な念だ。

カサンドラは両方の眉をこれ以上ないほどつりあげている。「どうしてそんなふうにわたしをじっと見つめているの？　あなた、頭がどうかしているんじゃないの？　さあ、早く手を離して。ダフネを見つけなくては」

ギャレットは面食らった。カサンドラは一も二もなく彼についていきたがって当然のはずなのに。なぜ念送り(センディング)に反応しないのだろう？　特殊能力が効かなくなったのだろうか？「ウェストフォールがいるから、きみのお姉さんは安全なはずだ。とりあえず裏階段へ行こう。ここほど人がいないようだ」

「いやよ、離して」

「行儀よくするんだ。もしカムデン公爵に尋ねられたら、もっと簡単にぼくに同意したと言ってくれよ」ギャレットはカサンドラの体をうつ伏せの状態で肩に担ぎあげ、大股で使用人用の裏階段を目指した。裏階段ははるか隅にある。舞踏室に比べて煙もひどくないだろう。カサンドラは悲鳴をあげ続けているが、この場所にいる女性は全員、声をかぎりに叫んでいる。彼女の悲鳴に耳を傾ける者などいない。

当然ながら、カサンドラは運ばれている間も、両方のこぶしでギャレットの背中を叩き続けていた。けれども、これほど混沌とした状況の中、彼ら二人に注目しようという人間は誰もいなかった。

身をかがめて狭い階段をのぼり始める直前、ギャレットはウェストフォールにすばやく念を送った。〝火の魔法使いを見つけた。すぐにこの屋敷を出る〟ウェストフォールがこのメッセージを受け取れることを祈るのみだ。出火騒ぎの中、彼はここにいる人々の心の声をいやというほど聞き取っているに違いない。

待たせてある馬車でウェストフォールと落ち合えれば最高なのだが。もしだめだったら、ウェストフォールはカムデン・ハウスへ戻る交通手段を自力で見つけなければならなくなる。とはいえ、カサンドラはやけどを負った猫みたいに叫び続けていた。この混乱に乗じてすみやかに彼女を連れ去らなければならない。一刻も早く。いくらギャレットがセンディングをしても、カサンドラはいっこうに態度を変えようとしない。彼についていくそぶりすら見せようとしなかった。

「すぐにわたしをおろして！　このろくでなし！」煙たい階段の吹き抜けにカサンドラの声が響き渡る。ギャレットが大股で階段をおり始めたとき、咳き込みすぎて彼女の声はかすれていた。

「もっとていねいに頼んでくれたら喜んで従うよ」ギャレットは言った。「ぼくらの安全が確保できたらね」

「まるで……わたしの身の安全を……気にしているような口ぶりね」カサンドラが途切れ途切れに言う。彼が勢いよく階段をおりているため、うまく息ができないのだ。「女性を一方的に……思いどおりにしようとする男なんて……信用できないわ」

「まさか、ぼくが無理やりきみにキスしたと考えているんじゃないだろうね？　たしかにキスをしたのはぼくからだが、きみだって楽しんでいたじゃないか」

真実をずばりと指摘されたからか、酸素が足りないせいなのか、カサンドラは無言のままだ。ギャレットにとって、これほど仕事に手こずったのは初めてだった。特殊能力を使わなくても、女性はすぐ彼にめろめろになる。これまでセンディングをした相手の中で、それが自分自身の考えでないことに気づいたのはカムデン公爵とウェストフォールの二人だけだ。ところがどうだろう。カサンドラ・ダーキンは、ギャレットの送った念を受け取ってすらいないかのごとく振る舞っている。今まで彼の念をはねつけた者は一人もいないというのに。カサンドラ・ダーキンは火の魔法使いかもしれない。だが、それ以上の力があるのは明らかだ。

階段の先にあったのは石床の小さな食器洗い場だった。ギャレットは背の低い扉を肩で押し開けると前へ進み、〈オールマックス〉の裏手にある小道に出た。

消防車のものものしい鐘の音で、〈オールマックス〉の周辺は騒然となっていた。男は大声を出し、女と馬は甲高い悲鳴をあげている。ギャレットは一瞬考えた。椅子を投げつけて窓ガラスを割ろうか？　そうすれば充満している煙を外へ出し、舞踏室に新鮮な空気を送り込めるはずだ。

「もう大丈夫」カサンドラが言う。「早くおろして」

ギャレットは彼女を無視すると、建物の周囲にめぐらされた屋根付き通路を通り、カムデン公爵の馬車を待機させてある場所へ向かった。目指す馬車は長い列の先頭に止められていた。キング・ストリートを見まわし、ウェストフォールの姿を捜してみたが、どこにも見当たらない。

まずは大切なことから取りかかれ。今重要なのは、少々いかれたウェストフォールの世話を焼くよりも、カサンドラ・ダーキンをカムデン・ハウスへ連れていき、公爵の保護下に置くことだ。そうすれば、彼女はさらなる発火騒ぎを起こすことができなくなる。ついでに言わせてもらえれば、ウェストフォールはまだ精神科病院に入院させておくべきだ。

ギャレットは馬車の扉を開け、カサンドラを押し込んだ。それから自分も乗り込むと、大至急カムデン・ハウスへ戻るよう御者に大声で命じた。ギャレットが扉を閉め、カサンドラの反対側にある席に座るか座らないかのうちに馬車は急発進し、ロンドンの石畳の道をひた走り始めた。

街灯を通り過ぎるたびに馬車の中に黄色の光が差し込み、カサンドラの顔が照らし出される。二、三分ごとに見える彼女の顔は、ひどく張りつめて見えた。琥珀色の瞳には炎のようなきらめきが宿っているが、怒っている様子には見えない。

顔面蒼白のカサンドラの瞳には、まぎれもない恐怖が感じられた。

「こんなこと、あってはならないわ」彼女がぽつりと言う。

先ほどの叫び声よりも、半分かすれた今の声のほうが切実に聞こえた。良心が痛んだものの、ギャレットはこみあげてきた感傷を振り払った。

「それでもやる必要があったんだ」

「わたしの父はとても裕福なの。もしお金が目的なら――」

「ぼくはきみを拉致したわけじゃない。これは一般的な意味の拉致とは違う。さっき話したのは本当のことだ。まわりをよく見てほしい」ときおり差し込む街灯の薄明かりだけでも、馬車の内装が贅を凝らしたものであるのは一目瞭然だ。さらにギャレットはカサンドラの隣に移り、彼女の向かい側の座席に金糸で刺繍された公爵家の紋章が見えるようにした。「好むと好まざるとにかかわらず、きみはカムデン公爵の注目を引いた。彼はきみに会いたがっているんだ」

カサンドラはあざけるように笑った。「公爵が準男爵の末娘に会いたがっている？　そんな話をわたしが信じるとでも？」

「ふつうに考えればそうだろう。しかし、きみもぼくも知ってのとおり、きみはふつうとはかけ離れている」発火能力もさることながら、ギャレットは彼女に念を送れないのが不思議でたまらなかった。

〝もしぼくの声が聞こえているなら、髪を耳にかけるんだ〟

だがカサンドラは膝の上に両手を置き、きつく握りしめたままだ。「もしカムデン公爵がわたしと会いたがっているなら、わたしの父の家に訪ねてくるべきだわ」

「カムデン公爵にはわからなかったんだ。自分が捜しているのがきみなのか、きみのお姉さんなのか」ギャレットは説明した。「わかっていたのは、最近の出火騒ぎの原因がダーキン家の若い娘だということだけだ。しかし今日、きみとお姉さんが〈オールマックス〉にいると知り、悲惨な火事が起こる前に手を打たなければならないと考えた。運が悪いときというのは、そういうものなんだ」

ギャレットは眉をひそめ、カサンドラを見つめた。彼女は目を伏せ、手袋をはめた両方の手をやけに熱心に見つめている。ギャレットを無視しようと必死なのだろう。それでもなお、彼はカサンドラに強く惹かれずにはいられなかった。これほど相手に心を動かされるのはめったにないことだ。たしかに彼女は見栄えのいい女性で、顔立ちも整っている。特に胸の形がいい。とはいえ、いわゆる〝美人〟の部類には入らないだろう。

だがカサンドラの顎が震えているのを見て、ギャレットは胸が締めつけられる思いだった。意に反して、温かな気持ちが全身に広がっていく。彼はその感情を抑えつけようとした。彼女を思いやっても、何もいいことはない。

「火事の原因はわたしじゃないわ」

カサンドラは必死に隠そうとしているが、ギャレットはその声ににじむ絶望を聞き逃さなかった。かつて彼も同じ気持ちを抱いたことがある。誰かの悪夢を見ると、それが容赦ない現実になると初めて気づいたときだ。無力にも恐怖を覚え、ただ現実を見守るしかなかった。彼のように、カサンドラも彼女自身――これまで存在さえ知らず、しかも全然好きになれないみずからの一部――と向き合おうとしているのだ。いくら時が経っても、そういう自分自身に慣れることはない。

「きみだって、わざと火事を起こしているわけではないはずだ」ギャレットはできるだけ優しい口調を心がけた。「でも、最近きみの周辺で説明のつかない出火騒ぎが続いているのは否定できないだろう？」

カサンドラが肩を落とした。

「認めるんだ」

「いいえ、わたしは何も認めないわ、ミスター・スターリング」

馬車が通り過ぎると、街灯が突然白く光った。カサンドラは公爵の馬車に無理やり乗せられたと思っているのかもしれない。しかしギャレットは、彼女の中に煮えたぎる大釜のような熱を感じ取っていた。次の街灯を通り過ぎたとたん、街灯のガラスが砕け散った。細かな炎が鉄製の柱に飛び火して煙をあげたが、歩道に落ちて消えた。

「ミス・ダーキン、これでもまだ、今の見世物に自分は関係ないと言い張るつもりか？　もし本当に関係なかったら、ぼくは自分の首巻き(クラヴァット)を食べてもいい」彼は片方の手を伸ばし、カサンドラの手にかけた。彼女は振り払おうとしたが、ギャレットはそれを許さなかった。

「このままだと、カムデン・ハウスへ到着する道すがら、出火騒ぎが何度も続いてしまうだろう。だがぼくの手助けを受け入れるなら、きみは心をもっと落ち着けることができるはずだ」

「どんな手助けをするつもり？」

「驚いた牝馬が必要としているのは穏やかな言葉と優しい触れ合い、そして――」

「もう結構よ、ミスター・スターリング」カサンドラは顎をあげ、窓の外へ鋭い一瞥をくれた。ギャレットとは目を合わせようともしない。「馬にたとえられて平気なレディがいると思う？」

「そんなつもりはなかったんだ。ただ、馬に対するのと同じ原則が当てはまると言いたかった」彼女にもう一度キスをしたい。突然そんな激しい衝動に駆られたものの、ギャレットは必死にこらえた。なんと怒りっぽい女だろう。彼の好みは、もっと優しい声で話す従順な女性だ。それなのに、カサンドラと唇を重ねたくてたまらない。「わかってくれ。ぼくはこれまで新人の火の魔法使いと接したことがないんだ」

「火の魔法使い？」

「ああ、カムデン公爵はきみがそうだと信じている」

好奇心を覚えたのだろう、ギャレットの手の中でカサンドラのこぶしがゆるんだ。彼が手のひらを撫でると、こぶしは完全にほどけた。

「火の魔法使い……それはどういうことなの？」

「強力な要素の一つだ」彼の言葉が理解できないのか、カサンドラは眉をひそめたままだ。そこでギャレットは説明を続けた。「地、水、風、火という四つの要素と特に近しい人々がいる。きみの場合は火だ。魔法使いのように火を思いのままに操れるんだ」

「いいえ、わたしは違うわ。そこが問題なの。思うようになんて操れないんだもの」カサンドラの指先に再び力がこめられる。ギャレットは指を絡め、彼女がこぶしを握れないようにした。「それに自分がそうだとは思わない。ええ、出火騒ぎの原因はわたしじゃないわ。わたしにそんなことができるはずないもの。そうでしょう？」

「これは一種の才能だ。数学が得意だったり、外国語をすぐに覚えたりする人たちと同じなんだよ。きみは心で火を操ることができるんだ。心の使い方さえ理解すればね」

彼の手に握られ、カサンドラは指先に力をこめることもなくリラックスしている様子だ。

そこでギャレットは彼女の手袋を引っ張り、手から脱がせた。

「だめよ、そんなことをしては」

「いや、こうする必要があるんだ」彼は言った。「〈オールマックス〉でキスをしてきみの気をそらしたら、すぐに火が消えた。カムデン・ハウスへ無事に戻る間、こうやって軽い愛撫を続けるべきなんだ」

ギャレットの正しさを証明するように、馬車が次の街灯を通り過ぎても、おかしなことは何も起きなかった。

「ほらね。きみの心がすでに落ち着いている証拠だ」

カサンドラが片方の眉をつりあげた。「いいえ、もしこれが賭けなら、わたしはあなたにびた一文も賭けないわ」

カサンドラは胃のあたりにねじれるような感じを覚えていた。落ち着かず、ひどくそわそわしている。ランプの明かりに群がり、繊細な羽が破れるのも気にせず、ガラス製の管にぶつかる蛾の羽ばたきのよう。先ほどまで体の外側へ発せられていた熱が、今は体の内側に向かっている。熱はくるくると弧を描きながら下腹部まで達し、脚の間がうずいてどうしようもない。ギャレット・スターリングの指先で愛撫されるたびに、何かを切望する気持ちが高まっていく。

手の動きを止めて。そう彼に言えたらどんなにいいだろう。でも、言えない。カサンドラは多くを求めていた。ありえないものを、不道徳なものを。なすすべもなく目を閉じ、唇を噛む。

今、この体に何が起きているの？

これまで自分をみだらだと考えたことは一度もない。ロデリックと一緒にいるときでさえも。それなのに今、ギャレットの指先で手首の内側を優しく愛撫されているうちに、彼の指先のことしか考えられなくなっている。手首から肘までごく軽く触れられているだけなのに、まるで体のほかの部分まで触られているかのようだ。

いちばん親密な場所まで。

顎の線をたどり、うなじへ、胸へ。そして感じやすい胸の頂で、彼の指先がゆっくりと弧を描き……。

カサンドラはコルセットとシュミーズの下で、胸の先端が痛いほど尖るのを感じた。その部分の感じやすい肌が、ギャレットの指先に触れられることを懇願している。

なんてことだろう。

カサンドラは息をするのもままならなかった。

「きみがいなくなって、家族が心配しているんじゃないかと思い悩む必要はない」ギャレットが優しい声で言う。

彼の言葉を聞くなり、カサンドラは罪悪感に襲われた。官能的なイメージを思い浮かべるのに夢中で、家族のことなど一度も思い出さなかったのだ。でも、家族は当然カサンドラのことを心配しているだろう。妹が見つからないせいで、ダフネはヒステリー状態に陥っているはずだ。

「どうして家族のことを思い悩む必要がないと言えるの?」

「ウェストフォール子爵は、きみがぼくと一緒にいるのを知っている。きみのお姉さんの心配を和らげられるはずだ。それにカムデン公爵には、きみが無事にカムデン・ハウスへ向かっている途中だというメッセージを送っておいた。公爵はきみのご両親の屋敷へ、きみが公爵家に招待された旨を知らせる従者を送ったに違いない」

「いつ、そんなメッセージを送ったの?」ましてや両親に宛てて? きっとみんながいっせいに〈オールマックス〉の舞踏室から逃げ出したから、ウェストフォール子爵もギャレットと彼女が一緒だと考えているはずだと言いたいのだろう。

「ぼくらにはみな、特殊な才能があるんだ」ギャレットが肩をすくめる。「カムデン・ハウスに着いたらきみもわかるよ。今こうしている間にも、公爵のメイドはすでにきみのために寝室の空気を入れ替えているはずだ」

「カムデン・ハウスに泊まるわけにはいかないわ」

「自分の評判を気にしているなら、その必要はない。屋敷にはカムデン公爵の姉君であるレディ・イーストンが住んでいる。彼女は社交界の中でもマナーを厳格に守る女性として有名だ。きみが公爵の屋敷に滞在しても、あらぬ疑いをかけられることはないよ。それにきみのご両親は間違いなく、公爵がきみに興味を持ったことを嬉しく思うに違いない」

「わたしに興味を持ったですって？」レディ・ワルドグレンによれば、人前に姿を現さないカムデン公爵はかなりの変人らしい。もう十五年も前なのに、彼が妻子を失った事件はいまだに社交界の格好の噂話として語り継がれている。ただし、カムデン公爵が広大な領地を持つ名門貴族であり、多大な影響力を誇ることに変わりはない。「まさか、カムデン公爵は新たな妻を探しているわけじゃないでしょう？」

「ああ、それはまったくない。もしそうなら、ぼくが卑劣な目的できみを拉致したことになってしまう。それに同じ独身男性の結婚を手伝う気などさらさらないよ。彼は自由気ままで幸せな状態を手放すことになるからね」ギャレットは鼻を鳴らした。

彼が手首の愛撫をやめた瞬間、カサンドラは心もとなさを感じた。もっと続けてほしい。そう懇願しそうになったが、すんでのところでこらえた。ギャレットに触れられていないせいか、彼女の内側にある熱がまた外側にあふれ始めている。いい兆候とは言えない。二人とも、燃えやすい馬車の中にいるのだ。

「どのみち、カムデン公爵は甥っ子にあとを継がせるつもりでいる」ギャレットは言った。「それに、きみは自分を買いかぶりすぎだ。公爵が望んでいるのは子供みたいな花嫁ではない」

「わたしはもう子供じゃないわ」

ギャレットは片方の口角をあげて笑みを浮かべた。「ああ、きみはどう見ても大人の女だ。実際、きみは女だからこそ、こんな騒ぎを引き起こしたんじゃないかと思っている。そうだろう？」

カサンドラがロデリックの魅力に屈したのをギャレットが知るよしもない。そうわかっていても、彼女はきまり悪さのあまり、頬を染めずにはいられなかった。「まだよくわからないわ。なぜ公爵はわたしに会いたがっているの？」

そのとき、馬車がメイフェアにある壮麗な屋敷の前で止まった。ジョージ王朝様式の長窓から光がこぼれている。しかし、ギャレットはすぐに馬車からおりようとはしなかった。

「わかるだろう？　カムデン公爵は収集好きなんだ」

「いったい何を収集しているの？」

ギャレットは彼女の手を口まで持ちあげると、手の甲に唇を押し当てた。彼の温かい息をむき出しの肌に感じ、カサンドラの全身がうずき出す。「ぼくらのような人種さ、ミス・ダーキン。公爵はぼくらみたいな人間を集めているんだ」

カサンドラは優雅なタウンハウスを見つめた。見たところ、この建物に邪悪な雰囲気は感じられない。けれども不安がぬぐえず、彼女は背筋が凍るのを感じた。

〝公爵はぼくらみたいな人間を集めているんだ〟

カサンドラには収集家のおじがいる。幼い頃、おじは彼女も昆虫に興味を示すよう、収集品を見せてくれた。紙にピンで突き刺され、ラテン語のラベルが貼られ、きちんと番号が振られていた。おじは収集品を見つめながら、昆虫たちがなぜこういう生態をしているか学んでいるのだと説明した。アルコールでいぶして昆虫たちが動けないようにし、彼らを長いピンで紙に貼りつけていく――その過程のすべてを目の当たりにして、カサンドラは吐きそうになったものだ。

誰かの収集物になるなんてごめんだ。特に、ひどく謎めいたカムデン公爵のものになる気など毛頭ない。不思議な昆虫であるかのようにつつきまわされ、観察されるかと思うとぞっとする。でも、公爵ならカサンドラの出火能力について説明してくれるかもしれない。

そして、彼女がなぜこういう生態をしているかについても。

4

〝一方調和の力と深い喜びの力により目は穏やかになり、わたしたちは物事の本質を見る〟
――ウィリアム・ワーズワース『ティンタン・アビー』

「やあ、初めまして、ミス・ダーキン。ようこそわが家へ」ハンサムな顔立ちの紳士が優美な応接室を横切り、カサンドラとギャレットのほうへ早足でやってきた。濃い色の髪の持ち主で、こめかみに銀髪が交じっている。ひげをきれいにそった顔にはほとんどしわがない。ただし目元は別だ。目の端に刻まれたしわには、深い悲しみが感じられる。だが彼は今、唇に微笑を浮かべていた。「エドワード・セント・ジェームズことカムデン公爵だ。なんなりと申しつけてくれたまえ」

カサンドラは礼儀正しいお辞儀をした相手を好ましく思った。でも、この人は公爵だ。〝なんなりと申しつけて〟という言葉をうのみにするつもりはない。

「きみが来てくれてよかった」カムデン公爵はことのほか満足げな声で言った。

「閣下、わたしは自分の意思でここへやってきたのではありません。そのことをはっきりさせておきたいんです」カサンドラは横目でギャレットをにらむと、カムデン公爵に形だけのお辞儀をしてみせた。彼女が拉致され、食料袋のように運び込まれた責任のすべてはこの公爵にある。それを不快に感じていることを、あえて隠そうとは思わない。

「きみは明らかにいろいろと疑問を抱いているようだね、かわいい人。けれども、やがてきみの疑問はすべて解消されるだろう」カムデン公爵が言う。「さあ、座って楽にしたまえ」

その言葉は命令にしか聞こえない。それにカサンドラは、公爵から〝かわいい人〟と呼ばれる覚えもない。それでも、ここで言い争うのは無意味だろう。そう考えて、暖炉近くにある長椅子の端に腰かけた。暖炉の火をあおり、この不快感を伝えられたらいいのに。もしギャレットが言うように、彼女が火の魔法使いなら、それができるはずだ。なのに、暖炉の炎はなんら変わりなく穏やかに燃え続けている。

ギャレットは長椅子の反対側に腰かけると、ゆったりと脚を組んだ。カムデン公爵が、カサンドラの向かいにある革張りの袖付き安楽椅子に身を沈める。そのとき、彼女は室内にもう一人女性がいることに気づいた。化粧をして、男性の目を釘づけにするような装いをした女性が、遠く離れたシェラトン様式の椅子に座っている。誰もその女性を紹介しようとはしなかった。

カサンドラは落ち着かなかった。まるで、ふつうとは異なる人々を集めた〝カムデン・コレクション〟の識別と陳列の手伝いに連れてこられたような気分だ。女性は白い歯を見せながらカサンドラに笑みを向けているが、居心地の悪さはちっともおさまらない。

「なぜ無理やりここへ連れてこられたのか、その理由が知りたいんです」カサンドラは口を開いた。自信たっぷりな声に聞こえていますように、と祈るような気持ちだ。

「その点については謝らせてほしい」カムデン公爵が即座に応じた。公爵らしからぬ謙虚な物言いだ。「しかし、これ以上の出火騒ぎを防ぐ必要があった。きみを今の状態のまま、ロンドンの街へ野放しにするわけにはいかなかったんだ」

「今の状態のまま?」間違った男に処女を捧げ、その相手から冷たく振られた愚かな女――それこそカサンドラの今の状態だ。とはいえ、ここにいる人たちがそれを知るはずはない。

部屋の隅に座っていた女性が初めて口を開いた。「あなたは火の要素を使える人よ。だけど、自分のそういう特殊能力を持て余して苦しんでいるわ。今日の〈オールマックス〉でそうだったように、もし公の場であなたが怒りを爆発させたら、あなた自身やほかの人たちを傷つけてしまうことになるの。それに――」

カムデン公爵が片方の手をあげると、女性は口をつぐんだ。「まずは安心してくれたまえ。ご家族には、わたしの保護と友情のもとできみがここにいることを知らせておいた」

「わたしたちはお互いをよく知りません。わたしがここにいること自体、不適切だと思うんです」カサンドラは取り澄ました口調で言った。

部屋の隅で女性が笑い声をあげる。けれども公爵は笑おうとしなかった。

「大丈夫だ。不適切なことなど何もない。わたしの家には姉のレディ・イーストンが住んでいるから、きみの評判が損なわれることはないだろう。訓練期間中も、そのあとも、きみが望むならここで暮らしてもいい。わたしの被後見人となれば、きみの社交界での地位は確実にあがる。きみは公爵というわたしの爵位から恩恵を受けるはずだ」

「周囲を見まわしてみるといい」ギャレットが優しい声で言う。「これほどの特別待遇を受けている準男爵の娘はそうそういないはずだ。舞踏会のたびに、きみは花形になるだろう」

「スターリングの言うとおりだ。これから社交界でのきみの地位は格段にあがる」カムデン公爵は言葉を継いだ。「しかし、わたしが提供する本当の恩恵に比べれば、そんな表面的なことは取るに足りない」

「本当の恩恵？　それはなんなんです？」

「きみ自身を理解する機会だよ。きみが何者で、どれほどすばらしいことを成し遂げられるかを知ることだ」カムデン公爵は両方の腕を広げた。「きみは今、混乱している。そうだろう？」

カサンドラはためらいがちにうなずいた。

公爵は前かがみになり、膝の上に肘をついた。「しかし真実はこうだ、ミス・ダーキン。きみはすばらしい才能を持っている。そうなったのは、きみの今までの行動のせいではなく、生まれつきなんだ」椅子の背にもたれ、目を細めて彼女を見つめる。「きみは火と相性がいい。古代世界において認められた四つの要素のうちの一つだ。その能力が明らかになった今、きみはある選択をしなければならない」

「能力を取り除くこともできるんですか？」

カムデン公爵は首を横に振った。「いや、それはできない。火使いの能力は、きみに備わっている性質の一つなんだ。きみのその瞳の色や左ききという特徴のようにね――いや、そんなに驚く必要はない。わたしは興味を持った相手を調べるようにしている。きみの場合もそうだ。気を悪くしないでくれたまえ」彼はひらひらと手を振り、カサンドラの不快感を払おうとした。もっとも、彼女が腹を立てるのは当然だろう。赤の他人から彼女自身についていろいろ調べられたのだ。土足でずかずかと踏み込まれた気分になるのがふつうではないか。

「きみは火の魔法使いだ。その事実を変えることはできない。きみが今しなければいけない選択とは、自分で才能を支配するか、才能に自分を支配されるかだ」

カサンドラは大きく息をのんだ。「それしか選択の余地がないなんて……」

「というよりもむしろ、これは驚きに満ちた人生を送るか、恐怖に満ちた人生を送るかの選択だ。言い換えれば、自分の能力を支配する術を学ぶか、能力を前にして萎縮するかのどちらかなんだ。きみはこの先も、次の出火騒ぎはいつ起きるだろうとびくびくする人生でいいのかい？」

彼女はしばし口をつぐんだ。ときおり暖炉で火のはぜる音が聞こえている。

「さあ、どうする、ミス・ダーキン？　わたしの友情と保護を受けるか、それともこのまま馬車に乗って自宅へ戻るか？」

「どうしてそうまでしてくれるんです？」カサンドラは尋ねた。「あなたにとって、わたしはなんの価値もないのに」

「いいや、特殊能力を持つ人はみな、わたしにとって大切な存在だ。しかし、きみがそう考えるのもわかる。この世は、ただですむものは何もないからな」カムデン公爵は声を落とした。「わたしがきみに寛大に接しているのには理由がある。きみがわたしの恩に報いるときが必ず来るはずだ」

「ハーメルンの笛吹き男も、ハーメルンの街の人々にそう言えばよかったのに」

カムデン公爵は冷やかしたギャレットをにらみつけると、もう一度カサンドラのほうを向いた。「だが安心してほしい。どんなことであれ、わたしはきみを不愉快な気分にさせるようなことは絶対に頼まない。さあ、心は決まったかな?」

カサンドラは先の見えない、暗くて長いトンネルをさまよっているような気分だった。けれども残念ながら、これは彼女の人生だ。カムデン公爵の庇護のもと、この先何が待ち受けているかわからない。でも、もしここで父のタウンハウスに戻れば、さらなる出火騒ぎを起こしてしまうのは火を見るよりも明らかだった。

そして次回は、彼女の愛する誰かが犠牲になる可能性もある。

「あなたの提案を受けます、閣下」カサンドラは答えた。「ありがとうございます」

「よかった。だが、感謝する必要はどこにもない。この先、ある時点できみはわたしに恩を返すことになるだろう。今はきみを優秀なヴェスタ・ラモットの手にゆだねるつもりだ」カムデン公爵は、手ぶりで隅に座っている女性を指し示した。「彼女も火の魔法使いだ。きみが能力を思いどおりに使えるようになるよう、教育することに同意している」

カムデン公爵は大股で扉まで進むと、いとまごいの言葉も口にせずに出ていった。

「われら、幸せなはみ出し者のささやかな集まりへようこそ」ギャレットが立ちあがってカサンドラの手を取り、甲に礼儀正しいキスをした。「どんな理由であれ、きみの訓練を完了させるためにぼくが必要なら、いつでも協力するよ」

「わたしを拉致した人から、まさかそんな親切な言葉が聞けるとは驚きだわ」

「おまけにひどく自分勝手な言葉だ」ギャレットがウィンクしながら応じる。「でも、それについて知るのはもっとあとでいい。では、レディたち、失礼するよ」

ギャレットはまずヴェスタ・ラモットにお辞儀をしてから、カサンドラににやりとしてみせた。

扉が閉まると、ヴェスタがカサンドラのそばにやってきた。「カムデン公爵があなたに言ったことは本当よ。彼はあなたを不愉快な気分にさせるようなことは絶対に頼まない」彼女はカサンドラの手前で立ち止まると、探るような一瞥をくれた。「でもね、わたしはあなたにそういう約束をするつもりはないわ」

三時間後、ずっと長椅子に座ったままにもかかわらず、カサンドラは額に玉のような汗をかいていた。彼女とヴェスタの間にある背の低いテーブルに置かれているのは、火のついていないろうそくだ。一方、暖炉では火が不規則に燃えている。先ほどから、カサンドラが心の中で唱えている命令の狙いが定まらないせいだ。ヴェスタはといえば、暖炉の火が必要以上に燃えあがらないよう全力を尽くしていた。

「あなた、集中できていないわ」ヴェスタが非難する。

ヴェスタが暖炉に向かって片方の手をあげると、あわや猛火になりかけていた暖炉の炎が穏やかな輝きに変わった。ちなみにヴェスタはろうそく以外、燃えやすいものはすべて部屋から取り除いていた。カサンドラが自分のエネルギーを自由に使いこなす術を学ぶまでは、火花があちこちに飛ぶ危険性があるからだ。今やヴェスタの両方の頬にも汗が伝っている。

「ろうそくに火をつけて」

「さっきから、そうしようとしているわ」カサンドラは歯を食いしばった。このところ、幾度も出火騒ぎを起こしているのに、なぜたかが一本のろうそくに火をつけるのがこれほど難しいのだろう？

「考えすぎてはだめよ」ヴェスタが忠告する。「ただ感じればいいの。目を閉じて、心の中で炎を思い浮かべてみて。明るくて、熱くて、舌のようにちろちろと躍っている炎を思い描くの。ほら！　できたわ」

カサンドラが目を開けると、ろうそくに火が灯っていた。思いのほか嬉しい。「わたしが火をつけたの？」

「もちろんよ。わたしは生徒をだましたことは一度もないわ。だますのは愛人だけ」ヴェスタが謎めいた笑みを浮かべる。「さあ、今度は火を消して」

カサンドラはしかめっ面でろうそくを見つめた。でも、火は燃え続けたままだ。「できないわ」がっかりしてささやいた。

「そのとおりね」ヴェスタが淡々と応じる。

カサンドラは椅子の背にもたれ、胸の前で腕組みをした。「こんなに無力なのに、どうしてわたしはここにいるのかしら？」

「その質問の答えは、あなた自身で探さなければならないわ。だけどね、たとえどんなことであれ、その人が〝できる〟〝できない〟と考えたことは、たいてい当たっているの。思考が現実になるからよ。今のあなたは〝できる〟と考えていない」ヴェスタは大げさに肩をすくめた。「だから、ろうそくの火が消せないのよ」

「じゃあ、もしわたしが考え方を変えたら……」

「結果を変えることができるわ」

カサンドラは目を閉じ、心の中で、手を伸ばして小さな炎をつまんでいるイメージを思い浮かべてみた。

「いいわ、その調子よ、よくやったわね」

鼻腔がかすかなにおいをとらえた瞬間、彼女は目を開けた。ろうそくの火が消えている。

「いくら人を集めて大規模な軍隊を結成しても、思考の力にはとうていかなわないわ」ヴェスタが説明した。「だからこそ、わたしたちはここカムデン・ハウスで訓練を積んでいるの。気が散っている状態では、何にも影響を与えることはできない。少なくとも意図的にはね」

カサンドラは小さな手さげ袋（レティキュール）からハンカチを取り出し、額と頬の汗をぬぐった。「知らなかったわ、考えるのがこれほど大変なことだったなんて」

ヴェスタは含み笑いをしたが、すぐに真面目な顔に戻った。「あなたは火をつけて消すという最初のレッスンを完了したわ。これまでのところ、いい調子よ。ただし言っておくけれど、これは火の魔法使いが持つ能力の中でもいちばん簡単なものなの。最初に習得したこの技術は、絶対に失わない。わたしは今後のあなたにも、あなたの能力にも大きな期待を寄せているのよ。だけどね、ここであなたに備わっているもう一つの要素について話しておかなければならないわ」

「もう一つの要素？」

「性的な要素よ」ヴェスタはずばりと口にした。「あなたの能力が開花したのは、処女を失ったあとすぐで――」

「ちょっと待って。どうしてそれを？」

ヴェスタが訳知り顔で笑みを浮かべる。「わたしも若い頃、同じ経験をしたからよ。初めて男性と関係を持ったのをきっかけに、自分の特殊能力に気づいたの。体の一部に火がつくと同時に、わたしたちの火に対する相性もぐんと高まるものなのよ」彼女はサイドテーブルからワインのデカンタを手に取り、二脚のグラスに注いだ。それから一脚をカサンドラに手渡したあと、優美にすすってみせた。「たぶん、もう気づいているはずよ。あなた、性的な欲望の高まりを感じているでしょう？」

カサンドラはワインにむせそうになった。「なんですって？」

「あら、わたしの前で純情ぶるのはやめて、ミス・ダーキン。そんなことをしても、あなたのためにはならないわ。火の魔法使いは性的に激しい性質を持っているの。ほかの女性たちとは比べものにならないほど、男性を激しく求めてしまう。もっと言えば、ほかの男性たちよりも激しくよ。そういう欲求を自分でうまく支配できないなら、あなたを助けてくれる誰かが必要だわ。あなたが自分のエネルギーに集中できるよう、進んで助けの手を差し伸べてくれる男性がね」ヴェスタはグラスを揺らし、ワインの香りを吸い込むと、一口で飲み干した。ビールを一気にあおる港湾労働者のようだ。「あなたが処女を捧げた相手が、その候補者になるとは思えない」

ロデリックはレディ・シルビアとの結婚後も、カサンドラに娼婦まがいのことをさせようとしていた。その事実を思い出した瞬間、彼女の目の前にあるろうそくに火がついた。

「異論はないようね」ヴェスタは自分のワイングラスを満たすと、今度は少しすすった。

「ありがたいことに、ギャレット・スターリングが手を貸そうと申し出てくれているわ」

「あの彼なら、そう言うでしょうね」

「あら、これは寛大すぎる申し出よ。すばらしい特殊能力を持っている分、あなたの欲望も強烈なの。それを満たそうとするのは至難の技でしょうね。どうすればいちばんあなたのためになるかを説明してから、今夜あなたの寝室に彼を行かせるわ。今夜ぐっすり眠れたら、明日の朝、あなたは火の魔法使いとしてちゃんと仕事ができるようになるはずよ」

カサンドラはグラスを置いた。中身がまだ半分残ったままだ。ふだんは水で割ったワインを口にするようにしている。そうして過剰なほどに自分を守って初めて、立派なレディとして認められるのだと考えてきた。だけど、もしヴェスタ・ラモットの言うとおりにすれば、みだらな女への道を確実に突き進むことになるだろう。

「あなたはわかっていないわ。わたしは常識あるレディよ。両親はわたしに結婚を望んでいるの。わたしを愛してもいないし、結婚する良心すら持っていない相手と、安っぽい取り決めをすることなんてできない」

「なんの責任も取ろうとしない相手に純潔を捧げたのに?」ヴェスタは表情を和らげ、思いやるような表情を浮かべた。「わかっているわ。さぞ残酷な言葉に聞こえたでしょう? でもね、自分の状況を一刻も早く理解して受け入れられれば、あなたもこうなってかえってよかったんだと思えるはずよ」

「彼は何も知らなかったの」カサンドラはロデリックを守ろうとしている自分に誇らしさを感じていた。「相手の男性は……わたしが……こういう能力の持ち主だと知るよしもなかったんだもの」

「そうかもしれない。でも、彼があなたを捨てたことに変わりはないわ。仮に火の魔法使いじゃなかったとしたら、あなたの今の苦境は変わっていたかしら? あなたの純潔は汚されてしまった。もし相手の男性がその秘密を暴露すれば、社交界でのあなたの評判はがた落ちになるはずよ」

カサンドラは何も言い返せなかった。

ヴェスタはテーブルの上に身を乗り出し、カサンドラの両手を取った。「いい？　あなたが思い描いていたような人生はもう終わったの。もちろん、社交シーズン中はまだ舞踏会や催しがあるはずよ。だけど自分の能力を使いこなせるようになるまで、あなたはそういう招待を受けるわけにいかないの。カムデン公爵の被後見人として、ここに滞在することになるわ。とはいえ、あなたはもはや夫探しに四苦八苦しているデビューしたてのレディじゃない」

カサンドラは眉をひそめてヴェスタを見た。「今までわたしがひどくつまらない人生を送ってきたような言い方ね」

「だって、実際にそうだもの。どこかの殿方と結婚して、妻として屋敷を切り盛りする――そんな計画はあきらめたほうが身のためよ。そんなことは二度と起こらない。あなたはそういう人生を送るために生まれてきたんじゃないもの」

ロデリックの屋敷を切り盛りし、彼の子供を生み育て、彼と一緒に年を取る……それがカサンドラの夢だった。ロデリックの前にあまりに美しすぎるレディ・シルビアが現れたことで、その夢が台なしになったのだ。そして今、ヴェスタはその夢の残骸を棺に入れ、蓋を閉めて釘を打ちつけてしまった。

「おまけに、今から始まるあなたの人生は、これまでよりはるかに胸躍るものになるはずだわ」ヴェスタは請け合った。

「あなたは一度も結婚したことがないの？」カサンドラは尋ねた。

「結婚したいと思ったことは一度もないわ……ええ、これっぽっちも。わたしは火使いならではの性的に激しい気質を利用して、自分の運命をこの手で支配しようと決めたの。十八歳のときからずっと高級娼婦をしていて、何人かの男性と公の場で会ったりもしてきたわ。でも、わたしのパトロンの数はかなり少ないのよ」ヴェスタは赤いマニキュアを塗った爪を熱心に見おろした。「個人的に利用するために殿方を教育して、手元に置くようにしているの。火の魔法使いの要望に応えられるよう殿方を教育するには、恐ろしいほどの時間が必要よ。もちろんスタミナもね。だから当然、わたしの世界に足を踏み入れる男性に関しては、わたし自身で選ぶようにしているの」

カサンドラは頭を左右に振った。今まで教わったことすべてがあっけなく覆されたけれど、一つだけたしかなことがある。もし今でも処女だったら、こんな事態にはならなかったということだ。そう考えたとたん、彼女は両方の頬を染めた。

「さあ、寝室へ行って」ヴェスタがベルを鳴らすと、メイドが扉から姿を現した。「ヘスパーがあなたを部屋へ案内するわ。ベッドに入っていてちょうだい。すぐにスターリングを行かせるから」

「いいえ、彼がやってきても、寝室の扉を開けるつもりはないわ」ギャレットの手助けがあれば、不用意な出火騒ぎを起こさずにすむ——いくらヴェスタからそう言われても、彼を愛人として受け入れるつもりはなかった。ただし、それはギャレットがひどい男だからではない。むしろ彼は、カサンドラがこれまで会った中でもとびきり魅力的な男性だ。けれど、カサンドラはギャレットを愛していない。そんな彼に身をゆだねるのには抵抗がある。それはカサンドラにとって、今まで信じてきた自分自身や彼女の立場に関する信念をすべて捨てるのと同じことなのだ。白旗を掲げ、これまでの夢を何もかもあきらめる心の準備はできていない。

むしろ、カムデン・ハウスを丸焼けにしてやりたい気分だ。

〝わたしを封印のごとく、あなたの心臓に、あなたの腕に刻してください。その炎は火の炎、すさまじい炎です〟

――『ソロモンの雅歌』(第八章：六)

5

カサンドラは連日、火使いとしての厳しい訓練に励んでいた。けれどもカムデン公爵は、社交シーズンの行事がひっきりなしに催されている以上、彼女もロンドンの街に顔を出すべきだと考えた。そこで二日後、カサンドラは公爵の姉であるレディ・イーストンと共にギャレットにエスコートされ、新たに開館した〈ダリッジ・ピクチャー・ギャラリー〉を訪れた。

レディ・イーストンが先に立ち、ギャレットとカサンドラを入り口から敷地内へといざなう。

「今日はジョン・コンスタブルの作品を見るのを心から楽しみにしていたの。彼の風景画が大好きなのよ」レディ・イーストンはそう言うと、美術館の中へ姿を消した。

ギャレットはしばし考えた。たとえ館内でレディ・イーストンと離れ、カサンドラと二人になっても大した問題ではないだろう。結局レディ・イーストンの役割は、ギャレットとカサンドラが馬車で美術館に向かう間の付き添い役なのだ。目的地に到着した今、レディ・イーストンが二人と離れ、お目当ての画家の作品を鑑賞していても誰も疑問には思うまい。美術館内には人目がある。二人して、きちんと礼節を守ればいい。そう、ギャレットと一緒に過ごしていても、カサンドラと噂になるような振る舞いを何一つしないと周囲にわからせることこそ、今日の彼の務めなのだ。それとは別に、ギャレットにはもう一つ特別な任務も与えられていた。彼と一緒に立ち去るまで、カサンドラが美術館で出火騒ぎを起こすことがないか、確かめなければならない。

　ギャレットは扉の前に立っていた係の者にシルクハットとステッキを手渡すと、カサンドラが婦人用マント（ペリース）を脱ぐのを手伝った。ピンク色のドレスは襟ぐりが深く、首筋がむき出しだ。生え際に沿って揺れる細かな巻き毛が愛らしい。ギャレットは彼女の首元にキスの雨を降らせたかった。しかしヴェスタの勧めとは反対に、この一週間、カサンドラは彼の性的な関心をいっさい受けつけようとしない。

「本当に耐えられる自信があるのかい？」ギャレットは尋ねた。

「ええ。わたしをいらだたせる人がいても、出火騒ぎを起こさないと思うわ。たとえ、それがあなたであってもね」カサンドラはぴしゃりと答えた。「とりあえず警告しておくわ。もしわたしの気が変わった場合、燃やしたい相手リストのいちばん上にいるのはあなたよ」

「なぜなのか想像もつかないよ」カサンドラの背中にそっと手を添えて、ギャレットは新作が展示された長い廊下を進み始めた。「ぼくはただ、きみの助けになりたいだけなのに」

火の魔法使いの性的な欲望についてはヴェスタから説明を受けた。火使いとしての能力を使いすぎないために、カサンドラにはそうした欲求の解放が必要だという。唇を引き結んでいる表情から察するに、今もカサンドラは自分の能力を抑えようと必死なのだろう。それなのにギャレットが彼女の寝室を訪れても、毎晩扉には鍵がかけられたままなのだ。

「あら、あなたって思いやり深い人なのね」カサンドラが彼だけに聞こえるような小声で言った。「そこまで自分を犠牲にしようとするあなたの精神、本当に感動的だわ」

「もちろん、その過程を存分に楽しむつもりだけどね」

カサンドラの首元がたちまちピンク色に染まる。ギャレットは、彼女の琥珀色の瞳の奥深くに炎が揺らめいたのに気づいた。

「話題を変えましょう」カサンドラは指を重ね合わせて手を組んだあと、イチジクの葉のように体の前で広げた。「この風景画をどう思う？」

「きっと名画なんだろう」ギャレットは答えた。「だが、もし郊外の景色が見たいなら、実際に出かければいい。絵など見る必要はないじゃないか？」

「すぐ郊外の屋敷に出かけられるお金持ちの男性なら、そう考えて当然だわ。だけど、みんながそうとはかぎらない。郊外の緑を一度も見たことがない貧し馬車の御者や、貧しいメイドを想像してみて。この絵画を見るだけで、どれだけ彼らの魂が癒やされることか」

「馬車の御者やメイドは絵画を見るよりも、仕事を確保することに関心があるはずだ。そうすれば食いはぐれないからね」驚きを隠しつつ、ギャレットは言った。デビューしたてのレディの大半は、貴族に仕えて生計を立てている使用人たちのことまで考えたりしない。カサンドラ・ダーキンには火使いの能力だけでなく、彼女ならではのすばらしい一面があるのは明らかだ。

ギャレットは、展示作品の前を行き交うほかの人々を何気なく見まわした。館内には貴族がずらりと勢ぞろいしている。流行の最先端の装いに身を包んで襞飾りをひらひらさせている母娘(おやこ)たちとは対照的に、紳士たちは全員、洒落者で知られるブランメルのごとき簡素で優雅な装いだ。

「賭けてもいいが、今この美術館にいる人たちは全員、田舎の景色を眺めたいときにはいつでも行ける郊外の屋敷を持っているはずだ。英国の富裕層の大半がここに集まっていると言ってもいい」

「ええ、きっとそうね」カサンドラは隣にある、牧歌的な光景が描かれたキャンバス画に移り、鑑賞し始めた。その隙に、ギャレットは彼女の横顔を観察した。つんと上を向いた鼻が茶目っ気たっぷりの印象ではあるものの、どことなく緊張も感じられる。おそらくエネルギーのすべてを集中させ、内なる炎を静めようとしているに違いない。仮に火使いとしての激しい性質を抑えなければ、カサンドラはどんなふうになるのだろう？　その姿を見てみたい、とギャレットは思った。

「わたしの父は、爵位を持つ一族が必ずしも世間で信じられているほど裕福なわけではないと言っているわ。大半の貴族はつけで生活していて、そのつけを返す当てもないんですって」

「それは当たっているかもしれない。きみのお父上は賢明な男性なんだな」

「ええ、父は頭のいい人よ。〝賢明な男性〟と言えるかもしれない。父はどんな事業でも利益を生み出せるの。だけど貴族はお金が大好きなくせに、お金儲けを卑しいことと考えているのね」ギャレットの背後を何気なく見たカサンドラはふいに眉をひそめ、弾かれたように風景画に視線を戻した。「貴族にとっては血筋がすべて。大切なのは、その人の祖父が誰かということだけなのよ」

ギャレットはさりげなく彼女の視線が移動した先を追ってみた。英国王と王妃の肖像画がずらりと展示された先に、見栄えのいい男女が立っている。女性は金髪でほっそりしており、薄青のシルクのドレス姿だ。ドレスのデザインは、彼女をまるで水辺で遊ぶ妖精のように見せている。ほかの女性を圧倒するような神々しさだった。ギャレットは最初、カサンドラがあわてて目をそらしたのはそのせいだと考えた。だが、その美しいレディのかたわらにいる男には見覚えがあった。

「あそこにいる男性は、ぼくらが〈オールマックス〉で初めて会ったときに、きみがワルツを踊っていた相手じゃないのか？」

カサンドラはギャレットが示した方向をわざと見ないようにしている。「あの日はたくさんの紳士とダンスをしたもの。全員を覚えているわけじゃないわ」

彼女の全身からかすかな煙が立ちのぼっているのを見た瞬間、ギャレットはその男性が何者かに気づいた。カサンドラをあの男性に近づけてはいけない。それがみんなのためだ。

「次の展示室へ行こう」

ギャレットは彼女の肘を取り、隣接する展示室へ移動した。壁一面に花瓶や羽根飾り、花々が描かれたキャンバス画が飾られている。暗い色の背景に青と燃えるようなオレンジ色の花々が描かれた絵画の前で、カサンドラが立ち止まった。

「まあ、ヤン・ファン・ハイスムだわ!」興奮したように言う。

「ずいぶん嬉しそうだね。さては、この画家はきみの近しい友人に違いない」

「ばかね、そんなことあるわけないでしょう?」カサンドラは首を横に振ったが、唇に笑みを残したままだ。ギャレットはふと思わずにはいられなかった。彼女の笑みが絵画でなく、この自分に向けられていたらいいのに。「ファン・ハイスムは故人よ。だけど、静物画の巨匠として有名なの」

「死んだ男にふさわしい肩書きだな」

カサンドラが扇でギャレットの肩をぴしゃりと叩いた。だが、彼は少しも気にならなかった。彼女がそんなしぐさをしたのは怒っているからではなく、むしろからかっているように思える。「あなた、真面目になったことが一度もないの?」

「そうならざるをえないとき以外はないね。人生はあまりに不条理だ。真面目に考える気にもならない」

「ときには真面目になるべきだわ。それがあなたのためになるかもしれない」

「ならば、今試してみようか？」ギャレットは指で顎をこすり、キャンバス画をじっくりと眺めた。さて、この絵をどう見れば、重要な意味を持つ一枚であるかのように思えるのだろう？

カサンドラは彼を手助けする気になったようだ。「絵の構成に注目してみて。画家はこの絵をどうやって描いたと思う？」

「絵筆で一筆ずつ描いたんだろう？」

彼女がまた首を横に振る。「この作品を描くのにいかに時間がかかるか、あなたにはわかっていないのね？　これはありえない絵よ。だって、ここに描かれている花々は、咲く時期がばらばらなんだもの。画家は今わたしたちが見ているように、実際に花瓶にいけられた花々を見てこれを描いたわけじゃない。別々の季節に咲く花を描いているから、この作品を仕上げるのに何年もかかったはずなの」

ギャレットは絵画の下に掲げられた真鍮製のプレートを一瞥した。単に〝花瓶にさした花々〟としか記されていない。

「ほう、この画家はタイトルを決めるのには、無駄に時間をかけなかったようだな」

カサンドラがぐるりと目をまわしてみせた。「あなたには心というものがないの？　もしあれば、このすばらしい絵があなたの心にささやきかけてくるはずよ」

「実際、この絵はぼくにささやきかけているよ」ギャレットは目を細めて絵画を見つめた。

「〝牛〟とね」

「牛ですって？」周囲の人が振り返るくらいの大声で、カサンドラが繰り返す。それから声を落として続けた。「どういう意味？」

「わからないかい？」彼女が気づいていないことを指摘する喜びを感じながら、ギャレットは尋ねた。「花の間に牛の顔が見えるんだ」

「なんですって？　どこに？」

「ここだよ」ギャレットは手をあげて指差そうとした。けれども、カサンドラが彼の手首をつかんでおろさせた。

「作品に触れてはだめよ。美術館のガイドから退室を命じられるわ」

「そうか。じゃあ、ここに立って、目を半分閉じてごらん」ギャレットは彼女を絵画の前に立たせて、自分はその背後に立った。カサンドラの髪から漂ってくるのは、ライラックと雨のにおいだ。彼は背中で腕を組んだ。本音を言えば、絵画よりも彼女に触れたい。カサンドラがギャレットの助けを受け入れるかどうかにかかわらず、彼は彼女と一緒にいたいという強い欲望を感じていた。もっとも、それがどちらにとってもためにならない欲望なのは百も承知だ。今まで誰も求めないよう、ギャレットは細心の注意を払ってきた。誰かと親密な関係を望むのは、相手にとっても彼自身にとってもあまりに危険すぎるからだ。だからカサンドラの甘い香りを吸い込むのではなく、絵画に意識を集中するようにした。「少しでも想像力のある人なら、簡単にわかるだろう。あのヒナギクは牛の左目に見える。しおれたバラは牛の鼻に、左側に突き出している葉っぱは……」

「ミツバチが止まっている葉っぱね？」

「ああ、そうだ。あれが牛の耳だ」

一瞬動きを止めたものの、カサンドラはすぐに両方の肩を震わせ、くすくす笑い始めた。

「あなたの言うとおりだわ。前は気づかなかったけれど、今ならわかる。本当に牛の顔に見えるわね。それも花が咲き乱れている中から、ぬっと顔を出している奇妙な顔」

彼女が一緒に空想を楽しんでくれたことが、ギャレットはことのほか嬉しかった。「賭けてもいい。きみは幼い頃、雲を見て竜の姿を想像する少女だっただろう？」

「まあ、違うわ。雲を見たらウサギと天使を想像していたのよ」

今回はカサンドラから直接笑みを向けられ、ギャレットは突然足に力が入らなくなった。とっさに羽目板張りの壁に肩をもたせかけ、どうにか体を支えたが、今の自分の反応に驚きを禁じえない。彼女の心からの笑みは、見た人をとろけさせる。火使いの能力と同じくらい強力な笑みだ。カサンドラとあまり親密にならないよう、いっそう気を引きしめなければ。あんな弾けるような笑みを見せられたら、また危険な悪夢を見てしまいそうだ。

「小さな頃、干し草の山を見ると竜を想像していたの」彼女が説明を続ける。「納屋のいちばん上にある屋根裏部屋が女王の塔で、わたしは竜によってそこにとらわれた悲運の乙女を演じていたのよ」

その瞬間、カサンドラの瞳に黒雲がよぎった。いや、もしかすると干し草の竜だったのかもしれない。

「だが、きみはもう無力な乙女じゃない」

「思い出させてくれてありがとう」彼女は肩を怒らせた。全身の毛を逆立てたヤマアラシのようだ。「面と向かってあやまちをずばりと指摘されて、平気なレディがいると思う？」

「そんなつもりではなかったんだ」性的な経験に関して、カサンドラを非難する気など毛頭ない。率直に言えば、カサンドラに興味を引かれているのは、彼女が処女ではないからだ。社交界にデビューしたての、まぬけな微笑を浮かべた典型的なレディなどごめんだった。「ぼくが言いたかったのは、きみはもう無力ではないということだ。実際、きみはこの建物の中で、最も強烈なパワーを持つ人間なのだから」

カサンドラの肩から力が抜けた。「何か恐ろしいことを引き起こす力を〝パワー〟とは呼べないわ。わたしは自分でその力を支配できないのだから、なおさらよ。カムデン公爵は火使いであるのは一種の才能だと言っていたけれど、わたしは自分の能力を完全に支配できるわけじゃない。それに今でも、自分が能力に支配されているように思えるの」

彼女を助けられたらいいのに、とギャレットは思った。とはいえ、特殊能力者はその人なりの葛藤を経て、全身に流れる心的エネルギーを征服できるようになるのだ。ギャレットの場合、センディングの能力は完全に制御することができる。しかし、夢が現実になる能力のほうはそうはいかない。いつ夢を見るかわからず、準備を整えることもできないため、悲惨な結果を招いてしまう。

ギャレットが腕を差し出すと、カサンドラが手をかけてきた。二人して、次の長い通路へと進む。またしても絵画がずらりと並んでいた。彼女の手に手を重ねた瞬間、ギャレットは胸に奇妙な感覚を覚えた。こっそり盗み見てみたが、カサンドラは絵画に意識を集中したままだ。彼の胸に広がる温かで不思議な感覚は、明らかにカサンドラのせいではない。少なくとも、火使いとしての彼女の能力のせいではなかった。

「まだ無理だと思ったら、今日ヴェスタはきみに外出を許さなかっただろう」ギャレットは言った。「もっと自信を持ったほうがいい。きみはよくやっているよ」

カサンドラは含み笑いをした。「〝よくやっている〟が誰かを焼き殺すことはないという意味なら、ええ、そのとおりだと思うわ」だが、彼女はすぐ真顔になった。「あら、軽はずみなことを言ってしまったわね。向こうからレディ・ワルドグレンと噂好きの取り巻きたちがやってくるのに」

暗赤色のドレス姿のでっぷりとしたレディが描かれた巨大なキャンバス画の前で、ターバンを巻いた一人の既婚女性が周囲からちやほやされていた。レディ・ワルドグレンが何か言うと、まわりの女たちがカラスの集団のようにクワックワッと笑い声をあげる。

カサンドラがつと足を止めた。「どういうわけか、彼女はわたしを忌み嫌っているの」

「きみは若いし、愛らしい。それにきみのお父上は裕福だ。あの年上の女性がきみを嫌う理由は、それだけでじゅうぶんだろう」ギャレットが見守る中、レディ・ワルドグレンがカサンドラに意地の悪い一瞥をくれる。取り巻き連中もそれにならった。

ここはギャレットがなんとかできる状況だ。

彼はレディ・ワルドグレンとその友人たちにこんな念を送った。〝ミス・ダーキンは今シーズン、社交界にデビューしたレディたちの中で、飛び抜けて気立てがよく魅力的なレディだ。あなたたちは常にミス・ダーキンにへつらい、崇めたてまつらずにはいられない〟すると、たちまちレディ・ワルドグレンと女性たちは顔の表情をゆるめ、先を争うようにカサンドラのもとへやってきて取り囲んだ。

「ミス・ダーキン、あのレディ・メープルトンの肖像画について、あなたの意見を聞かせてちょうだい」レディ・ワルドグレンが言った。「画家はあれほどそっくりじゃなくて、彼女をもう少し好意的に描いたほうがよかったと思わない？」

カサンドラはギャレットのそばから離れ、メープルトンの肖像画の前で立ち止まった。ギャレットはあとからついていき、数歩離れた場所から、肖像画を見つめる彼女を見守った。

「どう思う？」レディ・ワルドグレンが尋ねる。

「レディ・メープルトンにお目にかかったことは一度もありません」カサンドラが慎重に答えた。「この肖像画は彼女にそっくりだとおっしゃいましたね？」

「ええ、痛々しいほどそっくりよ」

「うーん……」カサンドラは首をかしげて肖像画を見つめ、口を開いた。「絵画で何より大切なのは真実です。だから、レディ・メープルトンをそっくりに描いた画家は正しいと思います。そっくりに描かれていなければ、見ているわたしたちがこのレディの本当の人となりを見逃してしまったでしょう。彼女は優しい目をしているとは思いませんか？　この目を見れば、優しい心の持ち主であることもわかるはずです。わたしは彼女を存じあげませんが、この肖像画のとおりの方だといいなと思うんです」

レディ・ワルドグレンとその友人たちはいっせいに肖像画を見つめた。一様に同意の声をあげ、次の絵画の前へカサンドラを連れていくと、再び意見を求めた。

ギャレットもあとから続いた。万が一、カサンドラが発火能力を抑えきれずに助けを必要とした場合に備えて。けれども幸い、レディ・ワルドグレンと取り巻き連中は、ひとたび誰かに対して判断を下すと、徹底的にその判断に固執する女性たちだった。だからカサンドラはギャレットの助けなしでも、〝趣味がよくて優れた判断力の持ち主〟という評判を得られたのだ。

それからレディ・ワルドグレンたちの噂話を一時間聞かされているうちに、ギャレットはカサンドラの心が揺れ始めたのに気づいた。彼女が通り過ぎるたびにろうそくの火が高く燃えあがったり、不規則に揺らめいたりしている。そこで彼はレディ・ワルドグレンたちに如才なくいとまを告げると、すばやくレディ・イーストンに念を送った。〝今どこにいようとすぐに引き返し、正面玄関でぼくたち二人と落ち合うこと〟

美術館の中を戻りながら、ギャレットはその場にいる人たち全員に〝カサンドラはとびきり魅力的なレディだ〟という念を送った。実際、すれ違うたびに誰もがカサンドラを振り返って見ている。〝あのレディは誰だろう？〟という早口のささやきが聞こえたのも、一度や二度ではない。しかも、すぐあとからやってきたレディ・ワルドグレンとその友人たちが、カサンドラの魅力について嬉々として語っている。

扉の前に立っていた係の者から預けていた上着類を受け取ると、ギャレットはカサンドラがペリースを羽織るのを手伝った。彼女は満足げなため息をついている。

「やけに幸せそうだね」

「美術館はこうして無事だったわ。ぼや騒ぎもなかった。わたしが幸せそうなのはそのためよ。決して――」カサンドラはそこで言葉を切ると、部屋の反対側を見つめた。男が彼女を見つめている。〈オールマックス〉でカサンドラとワルツを踊っていた男だ。

「さっきも聞いたけど、何者だい？」

「何者でもないわ」彼女はよく磨かれた大理石の床に視線を落とした。

もちろんギャレットはあの男が何者か知っていた。けれども今は、その件について言い争うつもりはない。カサンドラの周囲から煙のにおいが立ちのぼっているとあっては、なおさらだ。そのとき、レディ・イーストンが早足でやってきた。

「ミス・ダーキンを公爵閣下の馬車へ連れていってほしい」ギャレットは言った。「ぼくもすぐに行く」

レディ・イーストンはカサンドラと腕を組み、コンスタブルの絵画について話しながら歩き去った。彼女たちを見送ったあと、ギャレットは〈オールマックス〉で見かけた男性のほうを向き、彼の周囲に向けてその日最後となる念を送った。

するとその男性の周囲にいた人々がいっせいに離れ、距離を置いた。

「ねえ」レディ・ワルドグレンがすばやく扉の前までやってきて、係の者の隣にいたギャレットに話しかけた。「ミスター・ベルフォンテは……こやしみたいなものに足を踏み入れて、そのままここへやってきてしまったようね。さらに悪いのは、彼が自分のにおいにまるで気づいていないことよ。きっと彼の鼻は錬鉄でできているに違いないわ」

「そういうものですよ、マイ・レディ」シルクハットをかぶりながら、ギャレットは応じた。「人の気分を害する者ほど、そのことにまるで気づかないものなんです」

6

〝彼女のガウンは足元に落ちた。彼女が香りのよいゴブレットを掲げている間に〟
――ジョン・キーツ『空想の領域』

カサンドラは寝室の鍵をかけ続けていた。毎晩、彼女が寝室へ引きあげてしばらくすると、ギャレットがやってくる。彼は礼儀正しく扉を叩き、入っていいかと尋ねるのだ。けれどもカサンドラは、そんな彼をいつも追い払う。別にギャレットのせいではない。カサンドラは彼のことが気に入っている。ギャレットは一緒にいると楽しいし、彼女の機嫌も取ってくれる。それにとびきり魅力的だ。とはいえ、発火能力を抑えるために彼の助けを借りることはできない。

ひとたびギャレットを愛人にすれば、カサンドラの人生は変わってしまう。彼女自身も変わるのだ。永遠に。

もっとも、ヴェスタの訓練は日に日に厳しくなる一方だった。カサンドラはいらいらしていた。最近では、お気に入りのコロンが灰に置き換わってしまったかのように感じる。どこに行っても煤のにおいがするのだ。それが自分自身のにおいだと気づき、欲求不満を覚えずにはいられない。カムデン公爵の壮麗な屋敷の中を歩いていても、視界の隅で火花が飛び散っているのが見える。とうとうある晩、ディナーのコース料理のスープを味わっている最中、なんの理由もないのにダイニングテーブルの中心に置かれていた枝付き燭台が倒れた。ちょうどレディ・イーストンが、〝昨夜レディ・ローリングのピアノ演奏会で、ミスター・ロデリック・ベルフォンテとレディ・シルビアの婚約が正式に発表された〟という話題を披露したときだった。

ろうそくが倒れたのは、そのことと大いに関係があるはずだ。カサンドラは悲しい気分でそう考えた。

炎がリンネルのテーブルクロスに燃え移らなかったのは、ギャレットがすばやく対処してくれたおかげだ。大事には至らなかったものの、カサンドラが恥ずかしさを感じていることに変わりはない。カムデン・ハウスのほかの住人たち――ミス・メグ・アンソニー、ウェストフォール子爵、レディ・イーストン――は、カサンドラに対して非常に礼儀正しく接してくれている。そのときも、ろうそくが倒れたのは彼女のせいだとほのめかしさえしなかった。カサンドラは手のかかる生徒だが、ヴェスタは教育熱心だ。カムデン公爵もカサンドラに必要なものをすべて提供してくれている。それなのに公爵のダイニングルームをもう少しで燃やすところだったとは、なんとも情けない。この屋敷の安全を守るためにも、彼女になんらかの助けが必要なのは明らかだ。

その晩、ギャレットがノックしたとき、カサンドラは思いきって扉を開けた。

「入ってもいいかな？」彼が尋ねる。

「ええ、こうして扉を開けているんだもの」彼女は全身がほてるのを感じた。ひどく暑い。耳から蒸気が立ちのぼっていてもおかしくない。以前から、自分のことを恥ずかしがり屋だと思っていた。なんの理由もないのに頬が染まるのにも気づいていた。けれど今なら、はっきりとわかる。あれは火使いとしての能力の現れだったのだろう。あまりありがたい能力とは言えないけれど。

「そんなに緊張することはない」ギャレットは大股で寝室の中央まで進むと、上着を脱いだ。鍛冶屋のように幅広の肩だ。もし愛人を作る必要があるなら、ギャレット・スターリングほど最適な男はいないだろう。頬に感じた熱が胸まで広がり、今や頂が痛いほど尖っている。ギャレットがどんな愛撫をしてくれるのか、楽しみでしかたがない。

「ぼくはこれまで、レディを満足させられなかったことが一度もないんだ」

どうして彼は口を開くと、いつもこんな調子なのだろう？

「ああ、安かれ、わが心よ」カサンドラは言った。「殿方のこれまでの女性遍歴を聞きたい女がどこにいると思う？」

「大した意味はない。全力を尽くして、きみを助けるつもりだ」

「あら、わたしはあなたの助けを求めていないかもしれないわ。そうは考えないの？」

「もしそれが本当なら、今夜もこの部屋の扉には鍵がかけられていたはずだろう。だが、実際はそうじゃなかった。きみが求めているかどうかに関係なく、きみ自身、ぼくの助けを必要としている証拠だ。カサンドラ、ぼくらにあまり共通点はないかもしれないが、お互いに正直さだけは忘れずにいたい」

彼女は扉を閉めると、いつもの習慣で鍵をかけた。それからギャレットに向き直る。「わかったわ。わたし、あなたの助けを受け入れようと思うの。ただ正直に言うと、どうすればいいのか——」

「しいっ」彼がカサンドラの唇に指を押し当てた。「こういう場合、話すのはぼくのほうがいい。ヴェスタがそう言っていた」

「あなたにとっては都合のいい話ね」

「なんなら彼女に尋ねてみてくれ。ぼくが念を通じて言葉を送っても、きみにはまったく聞こえないんだね?」

カサンドラは首をかしげて彼を見た。「どういう意味?」

「ぼくはふだん、こっそり相手の心に考えを植えつけることができるんだ。そうされても、相手はそれが自分の考えだと勘違いしてしまう。だがぼくがいくら念を送っても、きみは全然気づかない」

「カムデン・ハウスにやってきて以来、初めて聞く吉報だわ」

「本当に?」ギャレットはカフスボタンをはずし、シャツの袖をまくりあげた。うっすらと濃い色の毛に覆われた、たくましい腕がむき出しになる。「もしきみにぼくの心の声が聞こえているなら、きみだって知っているはずだ。ぼくがきみを愛らしいと思っていて、きみ自身もそう自覚すべきだと考えていることを」

「まあ」カサンドラは再び頬が染まるのを感じた。今回は本当に嬉しくて赤面している。レディ・シルビアの古典的な美しさに比べると、自分は不器量ではないものの、どこかあか抜けず、顔の均整が取れていないように感じていたのだ。「どうしてわたしにはあなたの心の声が聞こえないのかしら?」

「わからない。カムデン公爵は、きみには火使いの能力だけでなく、心的なエネルギーをさえぎる力があるのかもしれないと言っている。とはいえ、それはどう考えても現実離れした能力だそうだ」

「火使いよりも現実離れした能力かしら?」彼女が化粧台の上にあるろうそくを一瞥したとたん、炎が消えた。

ギャレットがにやりとする。「ずいぶん上達したね」

「ヴェスタが言うには、これはいちばん簡単な技なんですって」カサンドラが念じると、ろうそくの炎が再びついた。

「ろうそくは消しておいたほうがいい。最初は薄暗いほうがやりやすいはずだ」

カサンドラは胃がねじれるような緊張を覚えた。同時に期待も感じている。ギャレット・スターリングは驚くほどハンサムだ。まだロデリックに惹かれてはいるものの、ギャレットを前にして胸がときめいている。生身の女性なら、誰でもそうなるはずだ。

「あなたがどう考えているかわからないけれど」またろうそくの火が消えた瞬間、彼女は口を開いた。「わたしはこういう類の経験がほとんどないの。今までたった一回だけよ」

正直に言うと、ロデリックと一つになったときはがっかりしてしまった。誰にも知られるわけにはいかなかったので、ホームパーティのほかの参加者たちが記憶力を試すゲームを楽しんでいる間に、彼とは掃除用具入れでこっそり会う約束をした。でも、こそこそしている自分がとてもいやだったし、行為そのものも乱暴に思えた。

最初ロデリックがキスから始めたときはすべてがすばらしく思えたのに、彼は突然カサンドラのドレスの裾をまくりあげると、ズボンをおろしたのだ。そして彼女の脚を大きく広げさせ、すばやい一突きであっという間に処女を奪ってしまった。

その瞬間、カサンドラは火のような痛みを感じた。ロデリックが何度か腰を動かしたときも、脚の間がひりひりして燃えるようだった。それから彼は身を引いてハンカチの中に種をまき、こう言ったのだ。〝きみが妊娠してはいけないから〟

今回はカサンドラにもそれなりの覚悟がある。ギャレットとの交わりであれ以上の痛みに耐えなければいけないなら、人里離れた場所にある絶対に燃えない石造りの小屋で、一人ひっそりと暮らすつもりだ。つくづく残念なのは、ミセス・オッドボザムの『良家の子女のための行動様式』の主張に耳を貸そうとしなかったことだ。もし心にとめておいたら、こんな苦境に立たされることもなかったのに。彼女は今、またしても男性に身をまかせようとしているのだ。それも心から愛している相手ではないのに。

「何をすればいいの？」カサンドラは淡々とした口調で尋ねた。

「何もしなくていい。体の力を抜いて、ただ感じればいいんだ」ギャレットはポケットからシルクのスカーフを取り出し、彼女を暖炉の前にある袖付き安楽椅子へといざなうと、片方の手首にスカーフを結んだ。

「何をしているの？」

「きみを軽く縛ろうとしている。とにかく五感を研ぎ澄ましてほしいんだ」彼はスカーフを椅子の背もたれにまわすと、カサンドラのもう片方の手首に結びつけた。そのせいで彼女は胸を突き出すような格好になった。「信じてくれ、ヴェスタがこのやり方ならうまくいくと言ったんだよ」

「わたしたちのこの関係について、ヴェスタにもわからないことはあるのかしら？」

「ぼくのきみに対する感情がどうなるのかは、彼女も教えてくれなかった」

それを聞いてカサンドラは驚いた。ギャレットはMUSEの一員になった自分自身に憤りを感じているように見える。だからこそ、この仕事も単なる任務の一部として考えているのだろうと思っていた。それがどうだろう、意外にも彼はカサンドラにある種の感情を抱いているというのだ。「今はわたしのことをどんなふうに感じているの？」

「もっと深く探りたいと感じている。きみのような女性は初めてなんでね」ギャレットは形のいい唇に笑みを浮かべた。「奇妙にも、きみに敬意を払いたいんだ」

「それは当然だわ。思い出して。その気になれば、わたしはあなたの体を燃やして灰にできるのよ」実を言うと、まだその技は身につけられていない。今は安全を考えて藁人形を相手に練習しているけれど、そんなことができるようになる日を想像すると楽しみになってくる。「今のは、あなたがふだん、ベッドを共にした女性を尊重しないという意味かしら?」

「まさか。ぼくは女性をことのほか尊重しているよ。ただ、きみとぼくは通常の意味でベッドを共にするわけじゃない。ぼくの理解が正しければ、ぼくらはある種の協力関係を結ぶことになる。力を合わせて、きみのあり余る能力を一時的に放出させるんだ。そうすれば、きみは火使いとしての能力に集中できるようになるからね。ぼくがこの役割を果たすのはMUSEのためと言っていい」ギャレットはにやりとしたが、すぐ真顔に戻った。「ぼくはきみが好きだ、カサンドラ。それ以上にきみを尊敬している。きみの特殊能力は非常に激しいものだ。もしそんなきみの負担を少しでも軽くできるなら、ぼくは喜んで協力するよ」

ギャレットは丈の長いゆったりした平服の裾を持ちあげ、彼女が座る椅子の前にひざまずいた。それからネグリジェの襟にあるサテンのリボンをほどき、前部分にずらりと並んだ小さなボタンをはずし始めた。

カサンドラは体をぶるりと震わせた。いやおうなく興奮をかきたてられ、期待が高まっていく。

〝きみの肌はなんて美しいんだろう。まるでサテンのようだ〟

ギャレットが見守る中、カサンドラは心配そうに眉をひそめたままだ。明らかに、彼女にはこちらの心の声が聞こえないのだろう。本来なら、話し言葉を口にする必要がなくなるため、念を伝えるほうがはるかに簡単なのだが。

「きみの肌はとても柔らかいね。ふつうなら、ぼくが念じれば、きみに聞かせたい言葉を伝えられるのに」彼女の鎖骨を指先でたどりながら、ギャレットはしみじみと言った。「もし気まずい思いをしているなら、許してほしい」

「もちろん気まずいわ。知り合ってまだそれほど経っていないのに、あなたはわたしの体に触れているんだもの。これまで誰も触れたことがないのよ」

「きみが純潔を捧げた相手も？」

「ええ、ほとんど触れなかったわ。すべてがあっという間だったの。彼の優しさを感じる時間すらなかった」

「その男を鞭で懲らしめるべきだな」ギャレットは語気も荒く言った。

カサンドラがつと視線をそらした。体が震えているのを気づかれませんように、と思っているのだろう。「どうして直接女性に話しかけずに、念を送ろうとするの？」

「言葉にするよりも念を送ったほうが、すぐにぼくの言いたいことを信じてもらえるからだ。相手はそれが自分自身の考えだと思うからね」

「人は自分に嘘をつくときもあるわ」

カサンドラは今まで、処女を奪った男に関する嘘をさんざん自分に言い聞かせてきたのだろう。そいつをぎゃふんと言わせてやりたい。

「きみはどう思う？　きみの肌がサテンのように柔らかいと自分以外の誰かに言われるよりも、それが事実だと知るほうがよくないだろうか？」

彼女は肩をすくめた。「たしかにほかの誰かの意見よりも、わたし自身の意見のほうが大事だわ。だけど、誰かと親密につながろうとするときは例外なんじゃないかしら？　ふつうは言葉を交わすこともままならず、頭がどうかなってしまったみたいに、お互いのことを考えるものなのでは？」

「まいったな、同感だ」

カサンドラが唇を噛んだ。なんとも愛らしいしぐさを目の当たりにして、ギャレットは今すぐ彼女に口づけ、甘い唇を吸いたくてたまらなくなった。でも、キスはあまりに親密すぎる行為だ。二人の息を混ぜ合わせ、魂を共有する行為。ヴェスタからは、カムデン公爵による心のトレーニングと同じく、カサンドラの性的解放も段階的に進めなければならないと言われている。〈オールマックス〉で一度だけ彼女とキスをしたが、ギャレットはあの記憶が忘れられなかった。今でも官能的な夢を見る。もしカサンドラともう一度キスをしたら、この任務を冷静にはこなせなくなるだろう。彼女のことを必要以上に気にかけてしまうに違いない。今だってすでに、彼女の身の安全が気になってしかたがないというのに。

「わたしの肌はそんなに柔らかいの？」カサンドラが尋ねた。

「ああ……」ギャレットが頭をさげ、鎖骨に舌を這わせると、彼女はぶるりと身を震わせた。

なんて甘くておいしいんだ。

「そう言われると、いい気持ちだわ」

「味わうと、もっといい気持ちになる。甘くてラベンダーみたいな味がする。きみを食べてしまいたいよ」

彼はシュミーズの前を開け、カサンドラの胸をむき出しにした。その瞬間、彼女はまぶたを閉じた。

「目は閉じないでくれ。ずっとぼくを見ていてほしい。きみがぼくにどれほど大きな影響を及ぼしているか、その目で確かめてくれ」

カサンドラが目を合わせたのを確認し、ギャレットは視線をさげて、彼女の胸を見た。

「なんと美しい」彼は感嘆の声をあげた。カサンドラの胸は形がよく、豊かで、まさに完璧だった。彼の熱い吐息をかけられて、頂がたちまち尖っていく。ギャレットは下腹部にうずきを覚えた。この任務はかなり難しいものになりそうだ。ヴェスタからは、彼自身は欲望を解放してはいけないと言われている。

この任務はすべてカサンドラのためなのだ。

指の関節を胸の頂に這わせると、彼女が鋭く息をのんだ。それから彼は指先でゆっくりと弧を描き始めた。感じやすい先端にはわざと触れないようにする。

「女性の胸は体のほかの部分にもつながっているように思えるんだ。ここで感じると――」じらすように胸の下側を指でたどった。「ほかも感じるようになる。ぼくの言っている意味がわかるかい?」

カサンドラはうなずいた。

「どんな感じがする?」

「とても熱くて重たい感じ」彼女は自分の下半身を見おろした。「そんな感じが体の下のほうへおりていくの」

「それは、きみの胸の先端と同じで、脚の間も感じやすいからなんだよ」

ふいに彼女が体をこわばらせた。「感じやすいのは知っているわ。初めてのとき、ものすごく痛かったから」

ギャレットはまたしても、カサンドラを手荒に扱ったばか者に対する燃えるような怒りを感じた。「もし痛い思いをしたとしても、それは相手が思いやりのない男だったからだ。ぼくはきみを傷つけたりしない。実際、きみのすてきな胸以外、どこにも触らないつもりだよ」

その言葉どおりに手のひらで胸を包み込むと、親指で頂を刺激し始める。もし彼女に念を送ることができれば、もっと簡単なのだが。念を通じてカサンドラの意識を初めての快感に集中させ、彼女の空想をあっという間にかきたてることができるはずだ。だがその方法が通用しない以上、こうして両方の手と口、そして言葉を駆使するしかない。胸を愛撫するだけで、カサンドラを強烈なオーガズムまで導いてあげよう。

ギャレットは最初から、カサンドラとの交わりに乗り気だった。ところがヴェスタはそんな彼に厳しく警告したのだ。

〝ねえ、スターリング、カサンドラの性的解放は強烈なものでなければならないの。彼女の頭を吹き飛ばすような圧倒的な快感を与えてあげて。さもないと、あなたは彼女に燃やされてしまうかもしれないわ〟

雌の毒グモに求愛しようとする雄グモのような気分で、ギャレットは身をかがめ、カサンドラの胸の頂を口に含んだ。

胸を吸われた瞬間、カサンドラは首をのけぞらせた。ギャレットの言うとおりだ。たちまち胸から欲望のメッセージが全身に広がっていく。とてつもない熱が手足に伝わり、全身がほてっている。それに〝体の下のほう〟が耐えられないほどうずき、脈打っていた。まるで脚の間にもう一つ心臓があるみたいに。

ギャレットが彼女の胸に鼻をこすりつけた。「想像してごらん、ぼくがきみの脚を大きく広げて、かわいらしい芯に同じことをしているところを」

カサンドラは胸に当たる彼のひげが突然二倍に伸びたように感じていた。胸の先端にひげがこすれたとき、ふいに想像力が刺激された。脚の間にある巻き毛に、このひげがこすりつけられたらどんな感じだろう？　とめどない歓びがわき起こり、それまで体内にあった熱っぽさがおさまって、まったく別の熱さに取って代わるのがわかった。

体じゅうにギャレットの唇と手を這わされているところを想像すると、体がかっとなった。彼の唇は魔法みたいだ。唇が触れたところがすべてうずき出している。触れられていないところまで、愛撫を懇願するかのように脈打ち始めた。

「きみの秘密の襞の奥には、ここと同じくらい特別な場所が隠されているんだ」ギャレットが胸の先端をゆっくりと舐めた。全身がうずいているカサンドラには、襞に隠された部分も舌で舐められたように感じられた。「そこは胸よりもはるかに感じやすい。きみのその部分を味わってみたい」

彼女の体から立ちのぼるのは、もはや煤のにおいではない。まぎれもない興奮を物語る、麝香のように甘くてぴりっとした香りだ。

「なんていいにおいなんだ」ギャレットの声は低くかすれている。彼はカサンドラの片方の胸にしゃぶりつき、やがてもう一方に移った。口に含んでいないほうの胸も、巧みな指遣いで攻めるのを忘れない。容赦ない愛撫に、彼女はたまらず体を弓なりにした。

ふいに思った。ギャレットの心の声が聞こえたらいいのに。もし互いの心を通わせることができたら、さらに親密な関係になれるだろう。でも、彼女はギャレットの念を受け取れない。だから彼は思いを口に出して伝えようと決めたようだ。

「きみの脚の間にある、かたくなった小さなつぼみにキスしたい。こんなふうにしゃぶって、それから……」彼が胸の頂を再び口に含んだので、声がくぐもってしまった。

なすすべもなく、カサンドラはうめいた。手首を拘束されているのがもどかしく、シルクのスカーフを強く引っ張ってみる。手が自由なら、ギャレットの体に触れられるのに。唇にキスしてほしい。ほかにも彼にしてもらいたいことがたくさんある。もっと激しくて、みだらなこと。頭では、愛がない相手に対してまったく意味をなさない願いだとわかっている。でも、うずいている体では完全に理解できる願いなのだ。

カサンドラはぜんまい仕掛けのおもちゃのように、体の奥で何かが急速に引き絞られるのを感じた。もう耐えられそうにない。そのときギャレットに胸の頂を軽く噛まれ、ついに体が弾けた。頭の中で何かが炸裂し、全身がほどけていく。糸の切れたマリオネットみたいに手足が引きつっている。

これまで抑えつけられていた熱が、一気に体の中心からほとばしり出た。ギャレットを燃やしてしまったのではないだろうか？　一瞬恐ろしくなったが、彼は手足を震わせているカサンドラを抱きしめてくれている。めくるめくような瞬間を経て、彼女はギャレットの腕の中でぐったりとなった。

彼は手首のスカーフをほどくとカサンドラを抱きあげ、ベッドまで運んでくれた。

「さあ、これでゆっくり休めるといいんだが」

彼女はうなずいた。声を出すと震えてしまいそうだ。これまでの欲求不満も、この苦境を招き寄せた自分に対する嫌悪感もすべて、ギャレットの愛撫のおかげできれいさっぱり溶けてしまった。彼が背中を向けて立ち去ろうとしたとき、カサンドラは手を伸ばして引き留め、彼の頬に手のひらを当てた。

「あなたは何も奪おうとせず、与えてくれたのね、ギャレット。本当に……すばらしかったわ」

「そのすばらしさは、きみ自身の中から生み出されたものだ。魔法のような体験をぼくと共有してくれて本当にありがとう」

ギャレットは体の向きを変え、扉へと向かった。「鍵をかけておいたほうがいいかな?」

「いいえ、その必要はないわ。もう鍵をかけてあなたを閉め出すようなことは二度としないつもりよ」もし明日の夜、彼が扉をノックしたら、喜んで迎え入れるだろう。

それに時が経てば今度はカサンドラのほうが、何も受け取らずに、ギャレットに与えることを学べるはずだ。

7

〝それはあなたの幸せを妬んでのことではない。むしろ、あなたが幸せでわたしも幸せなのだ〟

——ジョン・キーツ『ナイチンゲールへの頌歌』

けばけばしく飾り立てられたワルドグレン卿夫妻のタウンハウスで、宴はまさにたけなわを迎えようとしていた。年配の紳士たちは、カードゲームを楽しむために設けられた部屋に移っている。既婚女性たちはといえば、ダンスのために応接室の壁沿いに移動された椅子に腰かけている。若い男女はコティヨンとリールダンスのステップを軽快に踏んでいた。

「カムデン公爵みずから、彼女の後見人になったんですって」ギャレットの耳に聞こえてきたのは、取り巻き連中に囲まれ、噂話に花を咲かせているレディ・ワルドグレンの声だ。彼女たちはいっせいに柄付き眼鏡（ロー ネット）を掲げ、リールダンスを踊る一群の中にいるカサンドラを見た。「聡明だし、チャーミングだし、熱心な芸術愛好者ですもの。ミス・ダーキンには、目には見えない豊かな魅力があるんだわ」

彼女たちは知るよしもない。

だが、ギャレットは知っている。カサンドラはこういう社交の場ではためらいがちだし、内気に振る舞っているが、寝室ではまるで違うのだ。火使いとしての能力を解放する手助けをするようになり、彼女の真の姿がわかってきた。本当のカサンドラは情熱的で、茶目っ気たっぷりな女性だということが。

〝ギャレット、お願い〟クライマックスに達したあと、カサンドラは決まってそう言う。〝あなたから受け取ってばかりで何も与えないなんて、自分が許せないわ〟

〝今はこうする必要があるんだ〟残念ながら、ギャレットはそう応じざるをえない。ヴェスタから、カサンドラとの性的関係は一方的なものでなければならないと厳しく言われている。火の魔法使いの相手をする男性は最初、自分の欲望を我慢し、相手を必ずオーガズムへと導かなければならない。火使いとしての力を機能させるためには、そういった犠牲が必要らしい。それは一理あるだろうとギャレットも考えている。特殊能力者の世界では、ただで力を手に入れることはできない。いかなる能力であっても、それを会得するには犠牲が必要なのだ。ただ、ギャレットは犠牲を払う側になることに慣れていない。

なんとも欲求不満が募る状況ではあるものの、いいことが一つもないわけではなかった。全裸のカサンドラが体を弓なりにし、甘やかな苦痛に眉をひそめる姿を見ることはできる。通常の方法で肌を重ねることは許されないため、それ以外の方法で、たっぷりと時間をかけて彼女の体について知るようにしている。

きっと、のちのちの役に立つだろう。ひとたび制限がなくなれば、カサンドラを晴れて真の意味での愛人として迎えられる日が来るはずだ。

それから二週間ずっと、ギャレットはカサンドラをエスコートし、数々の催しに顔を出していた。すべてカムデン公爵が彼女のために招待を受けた催しだ。今もこうしてダンスをするカサンドラを見つめている。彼女は頬を染め、明るい笑みを浮かべて、本当に楽しそうだ。そんな彼女の弾けんばかりの喜びが、こちらまで伝わってくる。

最高級のダイヤモンドのように輝くカサンドラを見ていると、つくづく不思議だ。なぜ最初から彼女の魅力を見抜けなかったのだろう？

今のカサンドラは、まばゆいばかりに美しく輝いている。流行の髪形に整えられた巻き毛といい、表情豊かな瞳といい、どこからどう見ても今年の社交シーズンを代表する花形だ。そんな彼女になすすべもなく惹かれてしまう。これまでいわゆる〝社交界の華〟に惹かれたことなど一度もないのに。

そう気づいたとたん、ギャレットの脳裏に警鐘が鳴り響いた。カサンドラを自分にとって意味のある女性だと考えるのは危険だ。そんなふうに考えれば、必ずや悪夢に彼女が登場することになる。ここで今一度、決意を新たにしなければ。カサンドラとの関係は、あくまで仕事上のものでなければならない。なんとも皮肉なことだが、今ではヴェスタに感謝したいくらいだ。彼女からは、〝カサンドラの唇以外ならどこにキスしてもいいけれど、絶対に唇だけはいけない〟という厳しいルールを課せられている。ヴェスタいわく〝唇でのキスは親密すぎるから〟だそうだ。彼女は前もってカムデン公爵から、ギャレットの手に負えない悪夢についての話を聞かされていた。だからこそ、唇を触れ合わせたら二人の魂が混ざり合い、ギャレットの悪夢にカサンドラが出てきてしまうだろうと考えたのだ。現実世界の人物が予期せぬタイミングで悪夢に登場し、破滅的な結末を迎えることになる。もちろん、カサンドラの身にそんなことがあってはならない。

それでもなお、彼女の唇にキスをしたくてたまらない。ダンスが終わり、カサンドラがパートナーにいざなわれて部屋の隅にある椅子に戻ってくると、ギャレットは近づいていかずにはいられなかった。

「そこにいたのね、ミスター・スターリング」カサンドラが息をはずませながら言う。人前では改まった呼び方をすることにしていた。「ダンスフロアでは姿が見えなかったわ」

「踊っているきみをずっと見ていたんだ。一度も休まなかったね。だが、気をつけたほうがいい。そろそろ、きみが本気でこの退屈なパーティを楽しんでいるんじゃないかとみんなが疑い始める頃だよ、ミス・ダーキン」

「ええ、実際に楽しんでいるわ。ダンスはすべて踊ったもの」

弦楽四重奏団が物悲しげな調べを奏で始めた。四分の三拍子、ワルツだ。しばらくの間、カサンドラを腕に抱く完璧な言い訳になるだろう。彼女を抱きたくてたまらず、ギャレットは腕を伸ばした。

「ぼくと踊ってもらえるだろうか？」正式にダンスの誘いを口にすると、カサンドラは彼の手に指先を滑り込ませてきた。その瞬間、ギャレットは全身に電気が走るのを感じた。とめどない思慕の情がわきあがってくる。この女が欲しい。今まで生きてきて、これほど切実に何かを欲しいと思ったことはない。

「ええ、喜んで」カサンドラは答えた。「でも、よければわたしの頼みを聞いてもらえるかしら？　今夜、ミス・ベイツは誰からもダンスを申し込まれていないの。わたしにも同じ経験があるから、壁の花になるのがどれほどみじめかわかるわ。わたしではなくて、彼女とワルツを踊ってもらえない？」

ギャレットは息をのんで失望を押し隠し、うなずいた。火の魔法使いには、男にノーと言わせず、意のままにうなずかせる能力もあるのだろうか？

ギャレットは気の毒なミス・ベイツのほうへ向かい始めた。たぶん、これでよかったのだろう。カサンドラの悪夢を見ないように、慎重な態度を心がけなければならない。なんとしても彼女の身を守らなくては。とはいえ、彼女が悪夢に出てこないよう細心の注意を払い続けるのは至難の技だが。レディ・ワルドグレンのそばを通り過ぎたとき、ギャレットは彼女に再び念を送ることにした。意地の悪い噂を振りまくレディ・ワルドグレンから、カサンドラを守るために。〝ミス・ダーキンはこの社交シーズンの中でも、独特の魅力を持つただ一人のレディだ。美しく聡明なだけではない。心根の優しい女性なのだ〟

そのセンディングはいつも以上に簡単だった。ギャレット自身、心からそう思っていたからだ。

「彼女の訓練開始から、はや一カ月が経とうとしている」カムデンは炉棚にもたれ、火床を見おろした。まるで今からする質問の答えが、揺らめく炎の中に隠されているとでもいうように。「ミス・ダーキンの準備は心身共にできたと思うか？」

「わたしたちの準備も心身共にできたんじゃない？」ヴェスタが答える。驚くほど美しいブルーの瞳が、彼女の胸の内を何よりも雄弁に語っていた。

ヴェスタが長椅子に身を横たえた。今すぐ彼女に覆いかぶさり、力ずくで自分のものにしたい――そんな衝動をカムデンはどうにかこらえた。もし再びヴェスタ・ラモットに心を奪われたら、二度と立ち直れないだろう。

「ヴェスタ、頼むよ、わたしは――」

「あなたがわたしたちの間に何も起こらなかったふりをしたい気持ちはわかるわ。だけど、あれは実際に起きたことよ。ねえ、思い出してちょうだい。あなたが大切なMUSEを結成したばかりの頃、わたしたち二人とも、ありえないほどの快感を体験したでしょう？」ヴェスタは扇を広げ、豊かな胸の前でひらひらさせた。扇のゆっくりとした動きが、彼女の魅力をいっそう引き立てている。「ねえ、わたしを信じて。たとえあなたが修道士みたいな禁欲生活を送っていても、あなたの愛おしいメルセデスはそれを知りもしないし、気にもかけないはずだわ」

その言葉を聞いたとたん、カムデンは決意を新たにして、亡き妻の肖像画を見あげた。

「いや、彼女はちゃんと知っている。もし今知らなくても、これから先に知ることになるだろう。わたしはまだ彼女を愛しているんだ、ヴェスタ。それも心から。妻ともう一度接触できるまで、わたしの心が休まることはないだろう」

カムデンにとって最愛のメルセデスと子供が亡くなった経緯には、数々の疑問点があった。どれもメルセデスでなければ答えられない疑問だ。だからこそ、カムデンは改めて誓ったのだ——天国にいる妻と子供が安らかに眠れるよう、もう二度とヴェスタの魅力に引き込まれたりしないと。

ヴェスタが頭を横に振った。「あなたにとって、わたしとの関係は、自分の悲しみから目をそらすための手段にすぎなかったのね。そう気づくべきだったわ」

「いろいろとつらかったとき、きみには本当に慰められた」カムデンはヴェスタの手を取った。「もしきみを苦しめたなら、本当にすまない」

ヴェスタは微笑んで彼を見あげた。「謝る必要なんてないわ。お互いに与え合ったことを後悔などしていないもの。それに、あなたに与えたものを奪い返そうとも思わない」彼女はカムデンの手から手を引き抜くと、突然話題を変えた。「さっきのあなたの質問に答えましょうか。ミス・ダーキンは順調な仕上がりよ。今では自分の能力をうまく使えるようになったし、うっかり出火騒ぎを起こすこともなさそう。まだすべての力を使いこなせるようにはなっていないけれど、ＭＵＳＥの初めての任務を果たす準備はできているわ」

「よし」そのとき応接室の反対側にある扉から男女の笑い声が聞こえ、スターリングとカサンドラが入ってきた。二人とも、夜会用のきらびやかな装いだ。カムデンはカサンドラに新しいドレスを買うつもりでいたが、今夜の彼女はパリで流行している最先端のデザインのドレスに身を包んでいる。成り金の父親が、娘のために仕立てさせたものだろう。薄青のシルクのドレスをまとったカサンドラは驚くほど魅力的だ。スターリングはといえば、いつものように黒一色の装いだった。簡素なデザインのうえ、まさに洒落者ブランメルでさえも羨望させる最高級の仕立て。スタイル画から抜け出してきたかのような二人の装いは、今夜注目の的になるに違いない。「やあ、ミス・ダーキン。今夜のきみは本当に美しい。貴族の間で、きみが〝独創的な魅力の持ち主〟だと言われているのも無理はない」

カムデンはカサンドラの手袋をはめた手を取ってお辞儀をすると、彼女の顔に悩みや緊張の色がないか探した。「今夜の集まりへ出かける前に、きみに話があるんだ」

「はい、もちろんです、閣下。けれど、これからどこへ行くのかお知りになりたいなら、ミスター・スターリングから聞き出さなければいけません」カサンドラが頬を染めながら言葉を継ぐ。「どこへ行こうとしているのか、彼は何も教えてくれないんですもの」

「それはわたしが秘密にするよう頼んだからだ」カムデンは身ぶりで彼女に座るよう促した。「初めてきみがここにやってきた日のことを思い出してほしい。わたしの恩に対して、いつかきみが報いる日がやってくると話したね？」

「ええ」カサンドラは縦縞模様のインド更紗の長椅子に腰かけた。

「その日がやってきたんだ」カムデンは言葉を継いだ。「きみには今夜、MUSEの初任務に挑戦してもらう」

「なんですって？」

「MUSE、すなわち高度な感覚的能力を持つ特殊能力者集団（メタフィジカル・ユニオン・オブ・センサリー・エキストラオーディナリー）の略だ」スターリングが説明する。「それなりの名前をつければ、ぼくらも少しは不正行為をしやすくなる――閣下はそう考えたんだよ。いかにも活動の士気があがりそうな名前だろう？」

「そのへんでやめておけ、スターリング。MUSEは真剣に任務をこなしている。MUSEの活動をきみに茶化してほしくない」カムデンはスターリングをねめつけた。そうすればたいていの男なら震えあがるのだが、スターリングは気にするふうでもなく、手近な椅子にどさりと座ると片方の腕を膝にのせた。「ミス・ダーキン、われわれ英国は戦場でフランスを打ち負かした。しかし欧州大陸には、われわれに危害を加えようとたくらむ輩がまだ大勢いる」

「もっと具体的に言えば、英国王室に危害を加えようとしているやつらね」ヴェスタが口をはさんだ。「だけど敵は巧妙な手段に訴えようとしているの。特殊な力を秘めた古代遺物を使って攻撃しようとしている。美しさと価値を兼ね備えた古代遺物ならば、王室の方々が興味を持つのも当然だわ。赤ん坊がガラガラを離そうとしないのと一緒よ」

「たしかな筋からの情報によれば、今夜きみが参加するパーティの主催者が、そのような邪悪な物体を所有しているらしい」カムデンは言った。「その物体の名前は無限（インフィニタム）だ。ただし、その物体について情報はそれだけしかない。どんな形をしているのか、どういうふうな働きをするのかは、今のところ謎のままだ」

「それを今夜、奪えというのか？」スターリングが尋ねる。

「いや、そんな幸運に恵まれるとは思えない。英国王室になんらかの悪影響が及ぶ前に、インフィニタムの保管場所を突き止められれば上等だろう。どうだ、きみたちはこの任務をこなせると思うか？」

「ええ、やってみます」カサンドラが答えた。「でもそんな重要な任務に、どうしてわたしが選ばれたんです？」

カムデンは大きく息を吸い込んだ。彼女の生い立ちなら、すべて調べあげている。「きみが今日のパーティの主催者一族と特別な関係にあるからだ。今夜出席するのは、ベルフォンテ卿のパーティなんだよ」

カサンドラの顔から、見る見るうちに血の気が失せていく。

「まさか、ロデリ――いえ、ベルフォンテ子爵や彼の息子が、英国王室転覆計画の首謀者だという意味ではないですよね？」

「誰が関わっているかはわからないの」ヴェスタが答える。「ベルフォンテ家の人々が気づかないうちに、その遺物が彼らの屋敷に保管されただけかもしれない。特殊な力が使われる場合、とにかくさまざまな可能性が考えられるものなのよ。ときには……」

「不正行為が行われることもある？」スターリングがにやりとした。

「それを言うなら〝秘密裡に行われることもある〟だ」カムデンは訂正して、再びカサンドラのほうを向いた。「きみに何を頼んでいるかは、しっかり理解しているつもりだ。そのうえで尋ねる。どうだろう、きみはこの任務をこなせるだろうか、ミス・ダーキン？」

カムデンは密偵や情報屋の連絡網を通じて、ロデリック・ベルフォンテこそカサンドラの初めての男性であり、それによって彼女の特殊能力が開花したという事実を知っていた。カサンドラにとって、これは業火をくぐり抜けるくらい厳しい試練に違いない。とはいえ、火の魔法使いである彼女なら、うまくやり遂げられるかもしれない。

「あなたが必要としている情報を必ず探り出します」カサンドラはそう約束すると、顎をぐっとあげた。「さあ、ミスター・スターリング、すぐに出かけなくては。ダンスとディナーの時間には、すでにかなり遅れてしまっているわ」

「たしかに。だが、朝食の時間にはまだかなり早いがね」スターリングが冗談で返した。

カサンドラは笑いもせず、早足で部屋から出ていった。見えない鎖でつながれているかのように、スターリングがすぐあとを追う。その姿を目の当たりにして、カムデンは心の中でひとりごちた。レディをあれほど熱心に見守るスターリングの姿を見るのは初めてだ。男を虜にし、意のままにする火の魔法使いはヴェスタだけではないらしい。

「わたしにはまだよくわからない。あの二人を組ませてよかったんだろうか？」カムデンは尋ねた。

「あら」ヴェスタが答える。「あの二人ほどお似合いのカップルはいないと思うわよ」

「出くわすたびに、あの二人は言い争いをしている様子だが？」

「もし一度もけんかしないカップルがいたら、それはどちらかの気持ちが離れている証拠だわ」ヴェスタは立ちあがると、カムデンの前にやってきた。たちまち彼女の香りが立ちのぼる。麝香とぴりっとした香辛料が入り混じったような、男心をそそる香りだ。カムデンが思わず息を殺すと、ヴェスタは前かがみになり、彼のベストの前ボタンに沿ってゆっくりと指先を這わせ始めた。「そのうえ火花を散らすような言い合いをすれば、二人の関係はいっそう燃えあがり、より満足のいくものになるはず。だけど、わたしはもうそんな状態すら忘れてしまった。あなたが頑固に禁欲主義を貫き、ミス・ダーキンの性的な面での訓練の話さえ聞こうとしないせいよ」

カムデンはヴェスタのウエストに手をかけ、彼女の体を壁に押しつけた。女らしく柔らかな感触に、たちまち全身がかっとなる。禁欲主義だと？　この女のそばにいて、禁欲などできるわけがない。

驚くべき美しさに加え、ヴェスタは男が女に望むすべてを兼ね備えている。気取らない魅力で男の官能をかきたてるうえ、惜しみなく彼女自身を与えようとする。正直に言えば、彼女が部屋へ入ってくるたびに興奮を覚えずにはいられない。ヴェスタの存在は、それほどまでにカムデンの欲望をいやおうなく駆りたてた。彼自身、自分にそんな欲望があるとは夢にも思わなかった。ヴェスタを支配し、意のままに操りたくてたまらない。そんな痛いくらいの欲求に突き動かされてしまう。

ヴェスタがカムデンを見あげ、唇を彼の唇に近づけた。彼女の息の温かさを感じられるほどの至近距離だ。ヴェスタは柔らかな唇を、彼のかたい唇にそっと押し当てた。

「少なくとも、あなたは完全に禁欲主義者というわけではなさそうね」彼女はゆっくりとした口調で言葉を継いだ。「それがわかって本当に嬉しいわ」


未婚のレディが紳士と二人だけで馬車に乗れば、彼女の評判があっという間に地に堕ちるのは言うまでもない。そのためカムデン公爵は、レディ・イーストンが付き添い役として同行できないときはいつも、ギャレットとカサンドラを幌なしの二頭立て四輪馬車に乗せるようにしていた。今日もそうだ。馬車に乗り込んだ二人の姿はどこからでも丸見えだった。しかも御者は二人の前にある高い座席に座っているため、話が聞こえる心配をする必要もない。

馬車の中、二人は熱心に話し込んでいた。

「ぼくはベルフォンテ一族の誰かが重罪に値する罪を犯していると思う。名前までは言わないがね」ギャレットが言う。

「あなたが何を言いたいのか、さっぱりわからないわ」カサンドラは肘までだらりとたるんだ長手袋を引っ張りあげ、わざとギャレットと目を合わせないようにした。

「本当に？　今、通り過ぎた街灯の炎が燃えあがった。きみがいらいらしている証拠だ」彼はずばりと指摘した。「ぼくに何か言うべきことがあるんじゃないのか？」

「ミスター・スターリング」彼女はマナーにのっとった呼び方をした。「あなたはすでに、わたしの秘密をあまりに多く知りすぎているわ」

それはカサンドラの本音だった。実際、ギャレットは彼女の秘密を知りすぎている。カサンドラは毎晩ギャレットを寝室に迎え、彼が考え出すさまざまな手段で性的な解放を手助けしてもらっていた。そうすることで、鬱積した炎を体の外に発散しているのだ。ただしヴェスタの命令により、一方的な肉体関係であるのは変わりない。クライマックスに達するのはカサンドラだけだった。

〝お医者様に処方された気つけ薬を飲むようなものよ〟ヴェスタはそう説明した。〝きちんと効果を得るために、まず最低限の量を飲まなくてはいけないわ。最初から大量服用せず、徐々に量を増やすことが肝心なの〟

だから、体にわき起こる欲望を一気に解放するのはカサンドラだけだ。けれど最近、それがひどく自分勝手な振る舞いに思えてしかたがない。ギャレットもこの状況に不満を感じているのは明らかだが、一度も文句を言ったことがない。彼はどんなタイミング――いつカサンドラに触れるべきか、からかうべきか、待つべきか、そして激怒させるべきか――もわきまえている。でもだからといって、ギャレットが何もかも知っていることにはならない。

「いらいらしているのはロデリック・ベルフォンテのせいだろう?」彼は言い張った。

カサンドラは唇を引き結んだ。

「なんなら、ぼくが大ばか者のロデリックに念を送ってもいい。そうすればパーティに集まった招待客たちの前で、彼を素っ裸のまま行進させることもできる」

不本意ながら、彼女は思わず笑ってしまった。「いいえ、それはやめて。インフィニタムのありかを捜すのが先決よ。そんなことに気を取られるわけにはいかないわ」

「つまり、きみは裸のロデリックに気を取られるってことかい?」

「ばかなことを言わないで。なんだかあなた、嫉妬しているみたい」

その言葉を否定せず、ギャレットは上体をかがめてカサンドラに近づいた。「もしそうだったら?」

だとしても意外ではない、と彼女は思った。ギャレットはたっぷり時間をかけてカサンドラの全身をくまなく愛撫しているものの、ロデリックのように彼女を自分のものにしたことは一度もないのだ。実際、カサンドラはギャレットの裸を一度も見たことがない。今までに見たのはシャツの袖をまくりあげた姿だけ。彼と一緒にいると、そういう状況がどんどん耐えられなくなってくる。けれどもギャレットは、ヴェスタに命じられたとおりにするのがいちばんだと言って聞かない。とはいえ、彼がロデリックに嫉妬しているとすれば……。

「もし嫉妬しているなら、それはあなたがわたしに対して好意を抱いているからだわ」

ギャレットが顔をこわばらせて目をそらした。「気を悪くしないでほしいが、それがどれほどばかげたことか、きみもぼくも知っているはずだ」

彼の言うとおりだ。ギャレット・スターリングは、人生において誰とも永続的な関係を持つ気はないと公言している。こうしてMUSEに参加しているのも一時的にすぎない。ギャレットが自分ではどうすることもできない特殊能力——彼から打ち明けられたことはないけれど、それが夢と関係があることはカサンドラも知っている――を克服するまでのことだろう。

思えば、これほど親密な仲になっているのに、ギャレットがそのことを話してくれないのはおかしい。だが話を聞かせてほしいといくらカサンドラが言い張っても、結局はいつもギャレットの巧みな愛撫にわれを忘れ、クライマックスに達してしまう。

「もし本当にあなたが嫉妬していたとしても」彼女はさらに優しい口調で言った。「わたしはあなたをばかにしたりしないわ。実を言えば、わたしも嫉妬心に苦しめられたことがあるから」

「きみには嫉妬を覚えるような相手など一人もいないはずだ。絶対に」

「どうして?」

「どうしてだと思う? ぼくが常にそうなるようにしているからだよ。周囲の人に、きみが誰よりもすばらしいレディだという念を送っている。ぼくがそばにいるかぎり、きみの人気は保証されたも同然だ」

カサンドラは心の中で頭を左右に振った。今聞いた言葉の意味がよくわからない。「つまり、わたしが最近受けた招待状や褒め言葉は――」

「ぼくが貴族たちに念を送ったからだ。感謝するならもっとあとでいい」ギャレットは思わせぶりに眉を小刻みに動かした。「実は、最初の任務を完了すれば、きみとぼくの関係も変わるかもしれないとヴェスタから言われているんだ」

「あまり期待しないで」よくもギャレットはそんなことができたものだ。本人に断りもなく、勝手に念を送っていたなんて。カサンドラにしてみれば、与えることなく彼女だけが歓びを得ることを申し訳なく感じている。けれども今、心の中でふつふつとわき起こっているのはギャレットに対するいらだちだった。体内にたまった炎のせいで、火使いの能力を抑えきれない。角にある街灯の炎が突然高く燃えあがり、ガラスが粉々に砕け散った。

自分はよくやっている――カサンドラはそう考えていた。周囲にいる貴族たちに、いい印象を与えられたと思っていたのだ。タブロイド紙に〝今シーズン唯一無二の独特な魅力を持ったレディ〟ともてはやされ、ファッションにおいても流行の先頭を走る存在として一目置かれていた。

娘の社交界での成功に、両親が狂喜したのは言うまでもない。カサンドラに花や手紙を幾度となく送ってくれ、そのたびに〝自慢の娘〟だと書き記してくれている。ロデリックに処女を奪われてからというもの、カサンドラは恥辱にまみれた人生しか想像できず、不安を募らせていた。まさかこんなふうに社交界に認められるとは、想像もしていなかったのだ。

カムデン公爵の庇護下に入ったことが、カサンドラの人気を高める一因となったのは間違いない。同時に、彼女自身の機知に富んだ会話や趣味のよさ、それに性格も認められたのだと考えていた。けれどもどうだろう、社交界での評価が格段にあがったのはカサンドラ自身の功績ではなく、ギャレットが念を送っていたからだったとは……。

彼女の高い評判は、ギャレットのでっちあげで生まれたものだった。その事実を知らされて、カサンドラは胸が締めつけられる思いだった。

馬車が通り過ぎた瞬間、また一つ街灯が壊れ、ガラスが砕け散った。そのあとすぐ、馬車はベルフォンテ家のタウンハウスの前で止まった。屋敷の両開きの扉は大きく開かれ、四階建ての建物の窓という窓にまばゆい明かりが輝いている。

「カサンドラ、きみは動揺しているようだ」馬車からおりたギャレットが彼女に手を貸しながら言う。「この冒険を始める前に、二人きりになる必要があるんじゃないか?」

彼が何を言わんとしているのか、カサンドラにはわかっていた。ギャレットの助けを借りて、肉体的に解放される必要があるのではないかと尋ねているのだ。たしかにそうすれば、火使いとしての能力をより簡単に支配できるようになる。

「いいえ、その必要はないわ」カサンドラは深く息を吸い込み、決意をかためた。自分の能力はこの手で抑えてみせる。「むしろ、もう二度とあなたと二人きりになりたいという気分になれないかもしれない」

8

〝彼女の美しい歩みは、まるで雲一つない星空の夜のようだ。彼女の顔立ちと目には光と影が巧みに交差している〟

――ジョージ・ゴードン・バイロン卿『かのひとは美しくいく』

カサンドラにとって、ギャレットから離れるのは、ベルフォンテ・ハウスの扉の前でペリースを脱ぐのと同じくらい簡単なことだった。別行動を取ったほうが調査がはかどるとギャレットに告げたところ、彼は無言のままうなずき、舞踏室へ向かうカサンドラを追いかけてはこなかったのだ。

それなのに広い舞踏室を進み、ほかの招待客たちと挨拶を交わしながらも、カサンドラはギャレットの存在を恋しく思わずにはいられなかった。彼がそばにいれば、いつでも助けてくれるのに。今や心臓が早鐘のように打っている。いつなんどき、ロデリックと再会してもおかしくはない。

今までも社交的な催しでロデリックを見かけたことは何度もあった。オペラ鑑賞ではカサンドラの席の真向かいにあるベルフォンテ家のボックス席にロデリックが座っていたが、彼女はその晩、なるべく彼のほうを見ないように心がけた。美術館では絵画を眺めている彼とレディ・シルビアに気づいたけれど、二人とすれ違う前にその場から立ち去った。でも今夜は会場がロデリックの家族のタウンハウスである以上、さすがに彼を避け続けることはできないだろう。

事前に記入されたダンスカードを受け取ったカサンドラは、最初のワルツの欄にロデリックの名前が鉛筆で記されているのに気づいた。やがて彼がやってくると、礼儀正しいお辞儀をして迎えるしかなかった。

それからしばらく二人は無言のまま、ワルツの調べに合わせてくるくると旋回を続けた。カサンドラにとっては、ロデリックがむやみに話しかけてこないのはありがたい。けれども徐々に、二人の間の沈黙が重たく感じられるようになってきた。

ロデリックは幼い頃からの友だちだ。彼が英国王室を狙う陰謀に関わっているとは信じがたい。そんな卑怯者ではないはずだ。彼のために真相を突き止めなければならない。

「おめでとうと言わなければいけないわね」踊り続けながら、カサンドラはロデリックに話しかけた。

彼はカサンドラに物問いたげな一瞥をくれたが、すぐに思い出した様子で応じた。「ああ、ぼくの婚約のことか。そうだね、ありがとう」

「きっと今、とても幸せなんでしょうね」自分が本気でそう思っているのか、彼女にはわからなかった。とはいえ、そう言うのが正しいことのように思えたのだ。

ロデリックは何かたわいもないことをつぶやくと、再び口をつぐんだ。二人の間にまたしても重苦しい沈黙が落ちる。彼は昔から、カサンドラに隠し事をするのが下手だった。もし彼がフランス側の諜報活動に関わっているなら、絶対にぼろを出すはずだ。

でも、ロデリックと彼の家族が強制的にインフィニタムに関わらされているとすればどうだろう？　その可能性のほうが高いように思える。ベルフォンテ一族が摂政皇太子の命を狙っているとは思えない。幼い頃から、カサンドラはロデリックと友情を育んできた。その友情に報いるためにも、もし彼が窮地に陥っているなら助けてあげたい。

彼女のまなざしを受け止め、ロデリックが悲しげな表情を浮かべた。「ああ、キャシー、ぼくはひどい間違いを犯してしまった」

カサンドラの心臓がとくんと跳ねた。やはりカムデン公爵が考えているように、ロデリックはインフィニタムの陰謀に関係しているのだろうか？「どうしてそんなことを言うの？」

彼は目をしばたたき、どうにか笑みを浮かべた。明らかに作り笑いだ。「わからない。ただ、すべてがあっという間に起きたように思えるんだ。レディ・シルビアはすばらしい女性だよ、もちろん」自分に言い聞かせるように言う。「だが……くそっ、ぼくはこんなうじうじした男じゃない。だからはっきり言おう。過去を懐かしんで、きみを郊外の旅へ誘いたいと思っているんだ」

カサンドラは肩の力を抜いた。つまり、ロデリックは特殊な力を持つ古代遺物のことを心配していたわけではないのだ。でも、彼は性懲りもなく愛人として彼女を誘おうとしているのだろうか？「ロディ、それがいいこととは……」

「いいことなんだ。何も考えず、ただイエスと言ってくれ。ぼくの独身生活を終える祝いの仮面舞踏会を開く予定なんだよ。ささやかな宴だが、親しい友人たちを全員招きたい」ロデリックは笑みを浮かべて彼女を見おろした。これまでとまったく変わらない彼の笑顔を見て、カサンドラは胸が締めつけられるような懐かしさを感じた。「きみはまだ、ぼくの友だちだろう、キャシー？」

「ええ、もちろんよ」

「一週間、わが家の領地にある古い寡婦用住居を使うつもりだ。きみにもぜひ来てほしい」

「そうすれば、わたしは両親にも会えるわね」カサンドラはためらいがちに言った。彼女がカムデン・ハウスで暮らし始めてから、両親はロンドンで借りていたタウンハウスを引き払い、愛してやまない領地へと戻っていた。カサンドラの父親の領地はベルフォンテ家の領地に隣接しているため、彼女は家族と一緒に過ごせるうえ、ロデリックの仮面舞踏会にも出席できるのだ。

「ご両親はきみに会いたがっているそうだよ。母からの手紙には、ご両親はきみのことしか話さないと書いてあった。きみが社交界で注目の的になっているのを、たいそう誇りに思っているそうだ。すでに結婚の申し込みが殺到しているんじゃないのかい？」

実のところ、まだ結婚の申し込みはない。とはいえ、カサンドラはそれを気にしてはいなかった。今は殿方からちやほやされる若いレディという立場を満喫している。数えきれないほどの紳士と踊ったり、戯れたりしてはいるけれど、常にギャレットがそばにいるので真剣に求婚してくる男性はいない。おまけにヴェスタからは、火の魔法使いにとって結婚は得策ではないと言われている。

ヴェスタの言葉が本当なのかどうかはわからない。カサンドラは結婚による安定よりも愛情を求めていた。運命の人を見つけ出して愛し合えればどんなにいいだろう。特殊能力を持っているからといって、女としての夢をすべてあきらめる必要はないはずだ。

カサンドラはロデリックに謎めいた笑みを向けた。何も答えなくていい。もし彼がカサンドラに結婚の申し込みが殺到している状態を快く思っていないなら、それはそれでいい気分だった。

「きみは最近、ギャレット・スターリングとよく一緒にいるね。彼の有望な前途を考えると無理はないと思うが」

彼女は困惑して眉をひそめた。「どういう意味？」

「まさか知らないなんて言わないでくれよ。スターリングはスタンステッド伯爵の遺産相続人だ。あの伯爵は彼のおじなんだよ。ただし、すぐに伯爵夫人になれるかどうかは疑わしいな。七十代ながら伯爵はかくしゃくとしていて、とにかく元気だというもっぱらの評判だ。それこそ、ぼくらより長生きしそうなほどにね」

ギャレットから、遺産相続の見込みについて話を聞かされたことは一度もない。どんな場所でも彼が周囲の女性たちの注目を集めているのは、その見栄えのよさだとカサンドラは考えていた。けれどいずれ伯爵になるなら、若いレディたちにとって、ギャレットはまさに〝望ましい結婚相手〟に違いない。

「なんなら、スターリングを仮面舞踏会に連れてきてもいい」ロデリックが言った。彼の誘いにカサンドラが飛びついてこなかったことにむっとしているのだろう。ワルツが終わろうとしている。ロデリックは彼女の体をくるりと回転させた。「詳しいことは手紙で知らせるよ」華麗な動きでカサンドラの手の甲に唇を押し当て、ダンスを終える。「ぼくをがっかりさせないでくれ、キャシー」

ほんの一瞬、舞踏室のろうそくの火の勢いが増した。

カサンドラをどんなにがっかりさせたか、なぜロデリックは気づかないのだろう？　もしロデリックがインフィニタムに関わっていた場合最悪なのは、ロデリックが彼女に秘密を打ち明けなかったことだ。昔の彼なら、そんなことはなかったはず。必ずやカサンドラに打ち明けていただろう。それなのに、彼はうっかり秘密をもらすこともせず、仮面舞踏会とギャレットに関するたわいもない話を続けるばかりだった。

カサンドラはダンスカードを確認し、次のダンスの欄にパートナーの名前が書いていないのを見てほっとした。次はマズルカで、それを踊るといつも軽い頭痛を覚えてしまう。ポンチを取ってきてくれるギャレットがいないため、カサンドラは細長い舞踏室を進み、軽食が置かれたサイドボードへと向かった。パーティの招待客たちは礼儀正しく挨拶をしてくれたものの、彼女が期待していたほどの歓待ぶりではない。カサンドラのイメージがよくなるようセンディングをしてくれるギャレットがいないと、彼女もただのデビューしたての準男爵の次女にすぎないのだ。ドレスはすばらしいかもしれないけれど、彼女自身が注目を集めることはほとんどない。

カサンドラはポンチをすすりながら、ワルドグレン卿夫妻が軽快なマズルカを踊る姿をぼんやりと眺めた。背後にある秘密の扉が開いたことにも気づかなかった。いきなり背後からウエストに手をまわされ、壁のうしろにある暗がりに引きずり込まれた。

悲鳴をあげようとしたが、誰かの手に口を押さえられた。

「しいっ、ぼくだよ」耳元に聞こえたのはギャレットの声だ。

カサンドラは彼の腕の中で体の向きを変えた。狭い空間なので、二人の体はぴたりとくっついたままだ。彼女は小声で怒りをあらわにした。「どういうつもり？　こんなふうにわたしを連れていくなんて」

「こうするのがいちばん簡単な方法だったんだ。この屋敷には、ある特別な通路が張りめぐらされている。その迷路の入り口がベルフォンテ子爵の図書室にあることを発見した。この秘密の通路からなら、誰にも気づかれずに客たちを観察できる。ほら」ギャレットは頭を傾け、壁にあるのぞき穴を示した。「みんな、しゃかりきになってマズルカを踊るワルドグレン卿夫妻を見て、まだ笑っているよ。きみがいなくなったことに気づいた人は一人もいない」

「ええ、一人も」カサンドラは悲しげに言った。「自分が舞踏会の華なんかじゃないことに気づいたわ。何もかも、あなたがわたしに関するとんでもない嘘を送ってくれていたおかげなのね」

「とんでもない嘘だと言った覚えはないよ。ただ周囲の人たちに、きみが〝明るく朗らかで純粋で、一緒にいると愉快で、知り合いになる価値があるべきレディ〟であることを知ってほしいんだ」

「信じてもいないことを念で送るのって、さぞ難しいんでしょうね？」カサンドラはいらだちをこめて言った。

ギャレットが顔をしかめて彼女を見おろす。「ぼくは一言一句正しいと信じて、そういう念を送っているんだ。ぼくがきみをどんなふうに考えているか、きみも受け取れたらいいのに。そうすればわかるはずだ」

「わかるって何が？」

彼は表情をゆるめた。「ぼくがきみを、星降る夜のように美しいと考えていることだ。きみははるか遠くの星の輝きのように誇りに満ちている」

その言葉はカサンドラの心をわしづかみにした。体の中で火花が飛び散り、温かさと心地よさが高まっていく。ギャレットにとって、彼女は〝手助けをすべき相手〟以上の存在なのだ。彼はカサンドラに対して優しい気持ちを抱いている。そうに違いない。彼女をベッドへ引き入れるために優しさを見せているわけではない。すでにカサンドラとはそういう関係なのだから。さしたる理由もなく、男性が女性にこれほどすてきな言葉をかけるはずがない。そういう言葉をかけるのは、彼がその女性を愛しているからだ。

ギャレットが彼女の体を抱き寄せた。彼の早鐘のような心臓の鼓動が、カサンドラの胸骨を通じて伝わってくる。顔をあげると、彼が前かがみになって口づけてきた。〈オールマックス〉で初めて出会ったときのように。

唇にキスをしてはいけないと、ヴェスタから注意されているのは知っている。けれど今、この瞬間、このキスほど正しく思えるものはない。

壁の向こう側では音楽がやみ、客たちの話し声が聞こえ始めた。ガチョウの群れが騒いでいるようにしか聞こえない。カサンドラにはMUSEのことも、彼女の困惑するような能力についても、謎のインフィニタムを見つけ出す任務も、ちっとも重要に思えなかった。

この世でただ一つ正しくて重要なのは、今、彼女の唇に重ねられているギャレット・スターリングの唇に思える。

カサンドラの唇は最初のうち甘く、やがて熱を帯びていった。彼女とのキスは、ギャレットが今まで体験したどのキスとも違った。前に夢魔（サキュバス）の話を聞いたことがある。寝ている男性を誘惑して交わり、エネルギーを奪うという女の悪魔だ。しかし、そんな超自然的なサキュバスでも、カサンドラほどの影響を及ぼせるかどうかは疑問だ。いくら彼女にキスをしても満足できない。

キスだけではない。カサンドラの女らしい体が欲しくてたまらない。ギャレットはいつもとは別のやり方で彼女を求めていた。心の底から。

いつもの彼らしくない。

女は馬のようなもの――ギャレットは常にそう考えてきた。もちろん、中には突出してすばらしい牝馬がいる。だが、彼女たちが同じ目的――乗り手を今いる場所から別の場所へと連れていく――を果たしていることに変わりはない。牝馬も女も、どちらも交換可能だと思っていた。

でも、カサンドラの場合は話が違う。

彼女のような女は、ほかにはいない。自分が生きているのは、この唇や手、それに体全体でカサンドラに奉仕するために思える。彼女の奥深くに欲望の証を差し入れ、その柔らかな感触にわれを失いたい。他人の心にカサンドラにまつわる念を送らずにいられないのは、ギャレット自身の心が彼女にわしづかみにされているからだ。

カサンドラは火の魔法使いであるだけでなく、男を魅了する魔女なのだろう。すっかり彼女の魔法に魅せられてしまっている。

もちろん、そのことをカサンドラに知らせるつもりはない。自分の恐ろしい悪夢に彼女を登場させるわけにはいかないのだ。しかし正直に言えば、呼吸をするかのごとく自然に、そして心の底からカサンドラを求めている。

とうとうキスをやめたのは彼女のほうだった。ありったけの意志の力をかき集めても、ギャレットからキスをやめることはできなかった。もしカサンドラが体を離さなければ、彼はキスをやめるくらいなら死を選んでいたかもしれない。カサンドラの唇には絶対に口づけるな――ヴェスタがそう警告したのも無理はない。

カサンドラは一度知ったら病みつきになる魅力の持ち主だ。アヘンよりもたちが悪い。どんなに理性を働かせようとしても、彼女から逃れることはできないだろう。

カサンドラがギャレットの胸に額を押し当てた。彼と同じく呼吸が荒い。少なくとも、彼女も今のキスで興奮を覚えていたのだ。

「任務中にこういうことはしないほうがいいと思うの。さもないと何も成し遂げられないわ」

むしろギャレットはすでに心の中で、この秘密の通路のかぎられた空間で二人がどんなことを成し遂げられるか、あれこれ妄想していた。だが、そんな衝動に身をまかせるわけにはいかない。彼の悪夢からカサンドラを遠ざけておきたいなら、なおさらだ。

「きみの言うとおりだ」ギャレットはしぶしぶ認めた。「使用人たちが、この壁と壁の間にある秘密の通路を使っているに違いない」

「クモの巣が張っているところを見ると、最近は使われていないんじゃないかしら？」

「それならかえって都合がいい。誰にも邪魔されずにうろつくことができる。この通路がどこに通じているのか探ってみよう。この屋敷の中でいちばん私的な部屋はどこにあるかわかるかい？」

「ベルフォンテ子爵の書斎がこの階にあるわ。舞踏室では一度も彼の姿を見かけなかったの。

もしかしたら書斎にいるのかもしれない」頭の中でこの屋敷の間取りを思い浮かべるかのように、カサンドラは目を閉じた。「南西の角よ。あちらの方角だわ」

「ぼくが先に行く」彼女の緊張を和らげるべく、ギャレットは軽口を叩いた。「きみが頭につけている愛らしいスモモ色のダチョウの羽根飾りが、この秘密の通路にあるクモの巣を一掃してくれるとは思えないからね」

9

〝あらゆる思い、情熱、喜び、そのどれもがこの死ぬ運命にある体を駆りたてる。すべてが愛を司り、神聖なる炎をかきたてる〟

——サミュエル・テイラー・コールリッジ『愛』

カサンドラとギャレットは秘密の通路を進み、ついにベルフォンテ子爵の書斎近くまでやってきた。そのとき、彼女がギャレットの肩に手を置いて止めた。

「物音をさせないようにしなくてはいけないわ。ここでは音楽が流れていないから」カサンドラがささやく。「もしわたしたちに壁の反対側の音が聞こえるとすれば、わたしたちが立てる音も相手に聞こえるはずよ」

ギャレットはうなずき、歩調をゆるめた。忍び足を心がけ、足音をさせないよう細心の注意を払う。壁から幾筋かの光がもれていた。小さなのぞき穴がある証拠だ。壁の反対側から見ても、のぞき穴は壁紙の一部としか見えず、誰にもわからないようになっている。少なくとも、それがギャレットが図書室で発見したことだった。そしてあちこちにあるクモの巣と格闘した結果、彼は一つの結論に達した。ここベルフォンテ・ハウスの住人たちは、この通路の存在を忘れているに違いない。あるいは、多くの英国貴族が社交シーズンのためにロンドンでタウンハウスを借りている事実を考えると、彼らは最初からのぞき穴の存在を知らないのかもしれない。貴族たちが毎年同じタウンハウスを借りられるとはかぎらないのだ。

カサンドラとギャレットはそれぞれ身長に見合う高さにあるのぞき穴を選び、反対側にある書斎の様子を確かめた。

ベルフォンテ子爵が机の前に座っていた。机の片側にはたくさんの藁が詰められた小さな木箱が置かれており、子爵は机の中央にあるガラスケースを見おろしている。彼は唇をゆがめて笑ったが、書斎の扉が大きく開かれたとたん、笑みを消した。大股で入ってきたのは彼の息子だった。

「父上、いいかげんにしてください」腰に手を当てながら、ロデリックが言った。「今夜は数えきれないほどの招待客が来ています。父上が姿を見せないだけでもじゅうぶん失礼なのに、なんの用かは知りませんが、ぼくまで呼びつけるなんてあまりに礼儀に反しています。今夜はレディ・シルビアのお父上もいらしているんですよ。父上の配慮が欠けた態度に、伯爵は不愉快な思いをしているはずです。あまりに不作法だとは思いませんか？」

「ふん、ここにあるものを見たら、おまえもそんなことは考えなくなる。伯爵の機嫌を損ねるよりも、はるかに重要なものなんだぞ！」

息子を激しく叱責するようなベルフォンテ子爵の口調を聞き、カサンドラは驚かずにはいられなかった。ふだんの子爵は物腰が穏やかで、愛想がいい。だからこそ彼女も、そんなベルフォンテ子爵が摂政皇太子に対する陰謀に関わっているはずがないと考えたのだ。

「また新たにおかしなものを手に入れたんですね」ロデリックは父親の反対側にある椅子に腰かけた。「今回、船長は何を持ってきたんです？」

子爵はガラスケースを机の中央から少しだけずらした。とはいえ、あくまで彼の手が届く範囲内だ。「これはおかしなものなんかじゃない。インフィニタムと呼ばれる、正真正銘の古代エジプトの遺物なんだ」

カサンドラは別ののぞき穴に移り、それをもっとよく見ようとした。ガラスケースの中におさめられた物体は金色に輝いている。特殊な能力はなかったとしても、高価なものに違いない。

でも、もしなんらかの力が備わっているとしたら？

ロデリックが手を伸ばしてガラスケースを持ちあげようとしたが、ベルフォンテ子爵はすぐにそれを自分のほうへ引き戻した。

「ただの懐中時計にしか見えません」ロデリックが言う。「今回、ハビブ船長にいくら支払ったんですか？」

「わたしが所有する、相続人限定されていない不動産すべてだ」

「なんですって？　粉ひき場や会計事務所、それにハビブの船の所有権もですか？　そのすべてを渡したと？」ロデリックがいきなり立ちあがる。当然ながら、ベルフォンテ一族の相続人限定されていない不動産に関して、彼には法的な権利がない。それらを好きなようにできるのは父親であるベルフォンテ子爵だ。けれどロデリックは子爵の唯一の相続人。それらの不動産はいつか自分のものになると期待して当然だろう。

ロデリックが怒ったとしても無理はない。

「まあ、落ち着け。これがどんな働きをするか知ったら、おまえも安い買い物だったと納得するはずだ」ベルフォンテ子爵はガラスケースの中からインフィニタムを取り出し、小さなねじをまわした。カサンドラのいる場所からでも、その物体に針が一本しかついていないのがわかった。

「なんてことだ、これでは正確な時間さえわからないじゃありませんか。分針はどこにあるんです？」

「そんなものは必要ない。たしかに似ているが、これは懐中時計ではないんだ。わたしが初めてこの遺物の存在を知った古文書によれば、インフィニタムはそれを持っている人物の寿命を延ばしてくれるらしい。その人物がこの遺物を傷つけないかぎりは」子爵は文字盤に指先を滑らせた。「こうしてねじを巻くたびに、わたしの寿命が一年ずつ延びていくんだ。考えてもみろ、ロデリック。もしこれを傷つけずに持ち続けたら、わたしは永遠に生きられるということになる」

ロデリックは父親から顔を背けた。それはベルフォンテ子爵にとっていいことだったのだろう。息子の顔によぎる強い憎しみの表情を見ずにすんだのだから。その古代遺物によって子爵の寿命が延びることには別の意味がある。本人がそれに気づいていないのは明らかだ。もしベルフォンテ子爵が不死のままならば、ロデリックは爵位を継げなくなる。本来ならば手に入る遺産も相続できず、自由な人生を謳歌することもできなくなるのだ。怒りのあまり、ロデリックはひどく険しい表情を浮かべ、関節が白くなるほどこぶしを強く握りしめていた。

「なぜこれをぼくに見せたんです？」

「ここロンドンに、これを置いておくのが心配だったからだ。この街はとにかく強盗が多い。誰かがこの遺物の存在を知り、盗んでしまうのではないかと恐ろしいんだ。これは間違いなく、ベルフォンテ一族の手に渡った中でも最高の宝物だからな」子爵はインフィニタムをガラスケースに戻した。まるで初めて生まれた赤ちゃんをベッドに寝かしつける母親のような、優しい手つきだ。それからガラスケースを藁が敷きつめられた木箱におさめ、蓋を閉じると革紐を結んだ。「貴族院の会期中、わたしはロンドンにいなければならない。そこで誰にも盗まれないよう、おまえにこれを領地まで持ち帰ってほしいんだ。あそこなら安心だからな」

「毎日ねじを巻く必要はないんですか？」

ベルフォンテ子爵は息子を鋭く一瞥し、首を横に振った。「必ずしも毎日巻く必要はない。一度ねじを巻けば、わたしの寿命は一年延びる。つまり、あと十二カ月はねじを巻く必要はないということだ。おまえにはこれを懐中時計として身につけてほしい。絶対に手放すな。

慎重に慎重を期してくれ」

父親からしつこく言われなくても、ロデリックは細心の注意を払ってインフィニタムを扱うに違いない、とカサンドラは思った。誰が所有者であるかは関係なく、インフィニタムの力の恩恵を受けるのは、実際にそれを持っている者だろうから。

「息子よ、インフィニタムを所有することで、わたしたちは多大な力を得ることになる。寿命が永遠に延びれば、どれだけすばらしいことができるか考えてもみろ」ベルフォンテ子爵はこめかみに指を当て、物思いにふけった。「インフィニタムさえあれば、わたしは貴族院の政敵たちよりも長生きができるんだからな」

ロデリックがふいに満面の笑みを浮かべた。「もちろん、これはぼくが大切に預かります。明日さっそく発ちますよ。何があってもそうするつもりです。ところで、どうやってこれの存在を知ったんですか？」

「偶然ではない。もしおまえが賭け事や馬にかけている情熱の半分でも学問に向けていたら、どの小冊子にも古代エジプトの出土品であるインフィニタムの記述があることに気づいたはずだ。わたしは古文書でその不思議な力を知り、この五年間ずっとバザールで売られている品物や考古学出土品を追いかけてきた。ハビブ船長に捜させていたんだ」子爵は得意げに両手をぱちりと叩いた。「息子よ、喜べ。わたしたちは、かの有名探検家ポンセ・デ・レオンが捜していたものを見つけたんだ」

「生命の泉ですか？」

「いや、これで若さは取り戻せないだろう。わたしの白髪が黒くなるとは思えない。とはいえ、この年になって寿命を延ばせる遺物を見つけられたのは実に貴重だ。それに、おまえはまだ若い。この先一千年、その若さと力強さを謳歌できるんだぞ。たとえわたしが五十カ所の粉ひき場と百艘の船を持っていたとしても、これを手に入れるために手放しただろう」

「たしかに、それに値する品物かもしれませんね」ロデリックは再び手を伸ばした。

「だめだ。おまえの出発まで、これは金庫にしまっておく。いいか、このことは他言無用だぞ。秘密についての格言を知っているだろう？　三人いて秘密が守られるとしたら――」

「そのうちの二人は死んでいるだろう」ロデリックはそう言葉を引き継ぐと書斎から出ていった。ベルフォンテ子爵は愛おしそうに宝物を手に取り、ジョシュア・レイノルズの風景画の下にある壁に埋め込まれた金庫にしまった。それからふと立ち止まり、しかめっ面で書斎の扉をしばし見つめる。ギャレットには、ウェストフォール子爵のように人の心の声が聞こえるわけではなかった。しかし今のベルフォンテ子爵の表情を見れば、何を考えているかは一目瞭然だ。彼は急に息子のロデリックを信用できなくなったのだろう。

まさに今、インフィニタムに危険が迫っていた。あの遺物が持つ不老不死という力は、いかなる人間の判断も狂わせるにじゅうぶんだ。ベルフォンテ子爵が疑念と羨望、恐怖に駆られ、いちばん身近な息子に毒を盛る危険性もある。

カサンドラとギャレットは無言のまま、ベルフォンテ子爵が招待客をもてなすために書斎から出ていくのを見守った。ギャレットが口を開いたのは、それから十数えたあとのことだ。

「ぼくらにとって、またとない機会だ。あの金庫をこじ開けなければ」

「でも、どうやって？　わたしは盗みなんてやったことがないわ。あなたはあるの？　それより、どうしてベルフォンテ卿に念を送って、彼が机の上にインフィニタムを置いたままにするようにしなかったの？」

「ぼくの送る念がいくら強力でも、それは単なる提案にすぎない。人は常に自由意思を持っている。たとえ誰に何を言われようと、あの子爵は大切な宝物を置き去りにしたりはしないよ。ぼくの能力をもってしても、相手が絶対にそうしたくないと思っていることを強制することはできないんだ」

「それなら、先週ホプキンス卿がドルリー・レーン劇場のステージに飛びのって『ハムレット』の台詞の暗唱を始めたのは……」

「あれは彼が今までずっとやりたいと思っていたことなんだ。必要だったのは、ぼくのセンディングで軽くあと押しされることだけだった。きみも認めざるをえないだろう？　あの光景は、実際の劇よりもはるかに面白い出し物だったはずだ」ギャレットは通路に沿って進み、書斎の中に通じる秘密の扉を探った。「きみがあの絵画を燃やして、金庫から奪うことはできないだろうか？」

「それは無理じゃないかしら。なんであれ、わたしが発火させられるのは燃えやすいものよ。あの金庫の素材が燃えやすいとは思えない。見たところ、裏が鉛の鉄製の金庫だもの。それにレイノルズの名画を燃やしたくはないわ。よくもわたしに、そんなひどいことを頼めるわね？」

「すまない」

カサンドラはギャレットの腕に手を置いて足を止めさせた。「インフィニタムがどんなものかわかったのだから、あれを奪う必要はないんじゃないかしら？　つまり、あれがどうにかして摂政皇太子のもとに届けられたとしても、摂政皇太子を傷つけることはないはずよ。むしろ、その逆だわ。あれには人の寿命を延ばす力があるんだもの」

ギャレットは首を横に振った。「体になんらかの影響を及ぼせるものは、心にも影響を及ぼせる。イブにとってのリンゴみたいに、インフィニタムもまた妖しい魅力に満ちていて、誘惑的なものと言えるだろう。そういうものを誰か一人の手にゆだねてはだめだ。ましてや、それが未来の英国王ならなおさらだよ。彼を永遠に生き続けさせて、暴君にするわけにはいかない」

「でも、彼はいい国王になるのでは？」

ギャレットは片方の眉をあげ、カサンドラを見た。「きみは摂政皇太子（プリニー）に会ったことがあるだろう？」

彼はカサンドラが宮中で拝謁を賜ったのを知っていた。社交界にデビューする若いレディたちはみんなそうだ。とはいえ、彼女は摂政皇太子をめぐる噂を詳しくは知らないのだろう。ミセス・フィッツハーバートとの愛人関係や、キャロライン王妃との奇妙な結婚生活、それに膨大な負債を抱えていることや父君ジョージ三世を立腹させるような政策を実施していることなど、摂政皇太子にまつわる噂はたえない。ギャレットは親の地位を子が継ぐ習慣についてはおかしいとは思わないものの、父君亡きあと、摂政皇太子が永遠に国王であり続ける必要はないと考えていた。

こんなふうに考えるようになったのは、ほんの一カ月前からだ。それまでは英国の将来についてなど考えることなく、摂政皇太子の数々の悪ふざけを面白がっていた。しかし今、こうしてカサンドラやMUSEのメンバーと任務をこなすことで、ギャレットも真剣に英国の将来を考えるようになっていた。

同時に、自分自身よりも別の誰かのことを考えずにはいられなくなっている。自分よりも他人の利益を優先するのには慣れていない。ギャレットのそういう一面が目覚めてしまったのは、ほかならぬカムデン公爵の影響だ。

「カムデン公爵もぼくと同じ意見だと思う。インフィニタムを奪い、どこか安全な場所に保管しなければならない。だが、どうやって奪えばいいだろう？」

「ロデリックがベルフォンテ家の郊外の領地に、わたしたちを招待してくれたの。本当はお断りするつもりだったけれど、こうなったらお招きを受けなければいけないわね」

「わたしたち？　ぼくも招待されているのか？」

「ええ。わたしが返事をしぶったからよ。ロデリックは、あなたと一緒ならわたしも来ると考えたみたい。ただ、彼はあなたに好意を抱いていないように見えたわ」

「そう聞いても、別に驚きはしないよ」カサンドラに会って以来、ロデリックとはパーティなどで言葉を交わしているが、ギャレットは彼から見下されていることに気づいていた。二人の間には、常にどこか一触即発の雰囲気が漂っている。ギャレットもロデリックも顔を合わせているときは、まるで毛を逆立てた犬のようだ。礼儀正しく微笑を浮かべていても、それは心からの笑みではない。「ぼくも彼と親しくなるつもりはない」

ロデリックがインフィニタムを懐中時計として身につけるとすれば、ギャレットとカサンドラのどちらかが彼に接近しなければならない。それも奪い取れるくらいの至近距離に。だがロデリックがギャレットに心を許し、ズボンのポケットに手を突っ込ませてくれるとはとうてい思えない。

身を切られるようにつらいが、その役を果たすのはやはりカサンドラだろう。

「さあ、行こう」ギャレットは彼女の腕をつかんだ。「きみのために新たな先生を探さなければならない」

「今度は何を学ぶの？」

「もちろん、ロデリックのポケットからインフィニタムを盗む方法だ」

カサンドラとスターリングが戻ってきて三十分後、カムデン・ハウスにMUSEのメンバーが集結した。カムデンは二人がこれほど早くインフィニタムの保管場所を突き止めたことを感謝する一方、その摩訶不思議な力を知って、ひどく困惑していた。スターリングの言うとおり、インフィニタムは危険きわまりない代物だ。

男は力を得るために殺し合いをする。相手の人生を人為的に支配しようとして行われる戦争がいい例だ。絶世の美女ヘレネをわがものにするために、かのトロイ戦争が引き起こされ、無数の命が失われた。インフィニタムを手に入れるためなら、それ以上の命が失われてもおかしくない。

カムデンは集まった仲間たちを見まわした。ヴェスタならば若いロデリックを誘惑し、インフィニタムから離れさせられるだろう。ウェストフォール子爵は心の声を聞き、ロデリックがその古代遺物をどうしようとしているのかを知ることができる。さらにインフィニタムの形と力がわかった今、メグ・アンソニーはその行方を透視できる。千里眼ならば、どんな小さな物体のありかでも正確に見抜けるのだ。幸い、カサンドラとスターリングは仮面舞踏会に招待されている。それこそ、遺物に近づける絶好の機会にほかならない。

しかし彼らの中で、誰にも気づかれずにロデリックからインフィニタムを盗める者がいるだろうか？

「残念ながら、こっそり盗むしかないだろう。自分から宝物を奪った相手がわかれば、ロデリック・ベルフォンテは取り返すまであきらめないに違いない」メンバーたちに状況のあらましを説明したあと、カムデンは言った。「何か提案があれば、遠慮なく言ってくれ」

「いちばん簡単な解決法がいいと思う」スターリングがいつもの袖付き安楽椅子から立ちあがって暖炉の前に立ち、胸の前で腕組みをした。「ぼくがロデリックに近づいて気を引く間に、ミス・ダーキンが彼のポケットからインフィニタムを盗む」

カサンドラが首を横に振った。「わたしにはできないわ。もし彼につかまったらどうするの？」

「そのときはぼくがロデリックを殴る」スターリングが言う。「インフィニタムを持って、二人で逃げ出せばいい」

「だが仮にそうした場合、その影響がのちのち出るだろう。しかも深刻な影響だ」カムデンはカサンドラをじっと見つめた。彼女はMUSEのメンバーになったばかりだ。危険な目に遭わせるわけにはいかない。「きみも、きみのご家族も危険にさらされることになる」

炉床の炎は揺らめいているのに、彼女の顔から色が失われていく。「そんなことになっては困るわ」

「それなら、カサンドラにすりの技術を教えられる誰かを探す必要がある。仮面舞踏会の日までに、ロデリックのポケットからまんまと盗めるように特訓するんだ」スターリングが言った。

MUSEの目的達成のために一介のすりを使う――それがカムデンは気に入らなかった。そんなことをすれば、彼自身の崇高な志が汚されるような気がする。「スターリング、そういう特訓ができる知り合いはいるか？　わたしには心当たりがないんだ」

「閣下、心当たりならあります」メグ・アンソニーが優しい声で言った。「わたしです」

10

〝わたしの中には木がある。愛の接ぎ木が、心の中に根ざしている。悲しみがつぼみとなり、そこから花を咲かせる。そしてつらい思いが結実する〟

――フランソワ・ヴィヨン（詩人、すり）『愛のあずまや』

「何をばかなことを言っているんだ？」カムデンは言った。思ったより強い口調になってしまった。その証拠に、メグが体をこわばらせている。彼女の過去を考えれば当然だろう。もっと優しく接しなければ。彼は穏やかな口調を心がけた。「わたしがきみの千里眼の能力に気づく前、きみはレディ・ダルトンのメイドだったはずだ」

「はい、閣下、そのとおりです。お仕えできることをありがたく思っていました」メグは袖口からハンカチを取り出し、手でねじった。不安を感じているのは明らかだ。「けれどレディ・ダルトンにお仕えする前、わたしはおじが率いる追いはぎ集団にいたんです」

メグは立ちあがると、暖炉脇に立っているスターリングのそばへ行った。まるでカムデンから治安判事に引き渡されるのを恐れるかのように、スターリングに体を寄せる。「おじは追いはぎとはべつに街から街へと旅をし、わたしにみんなの捜し物を見つけさせ、報酬を得ていました。でもそうやってお金儲けをする前、おじは人の財布をこっそりすっていたんです。わたしもおじから、そのやり方を教わりました」

メグは神経質そうに、ハンカチで炉棚の上のほこりを拭いた。

カムデンは信じられなかった。彼の屋敷にけちな犯罪者などいるわけがない。「ミス・アンソニー、きみにそんなことができるとは思えない」

「いいえ、できます。だから今、こうしてミスター・スターリングのカフスボタンを盗ったんです」メグが開いた手のひらの上には、銀製のカフスボタンがあった。彼女からそれを返されたスターリングが、驚いたようににやりとする。「これでわたしの話が本当だとわかっていただけたはずです。わたしなら、ミス・ダーキンにすりの技術を教えられます。彼女だったら、すぐにインフィニタムを盗めるでしょう。彼女はわたしより、はるかに聡明な女性ですから」

「わたしはそうは思わないわ、ミス・アンソニー」びっくりしたように目を見開きながら、カサンドラが言う。「でも、一緒にわたしの部屋へ行きましょう。どうやったか教えてほしいの」

メグは恥ずかしそうにうなずいた。「閣下のお許しをいただければ喜んでお伴します、ミス・ダーキン」彼女は部屋を横切ってカムデンの前に来ると、身をかがめてぎこちないお辞儀をし、体のバランスを失いそうになった。いまだに彼に対して畏怖の念を感じているせいだろう。カムデンからとっさに肘を取られなかったら、そのまま倒れ込んでいたに違いない。

「たしかにこれほど短期間で準備を整えるには、その計画がいちばんだろうな」カムデンは顔をしかめた。「よかろう、ミス・アンソニー、ミス・ダーキンに盗みの特訓をする許可をきみに与える」

「ありがとうございます、閣下。精いっぱい頑張ります」メグはこれ以上ないほど従順な態度を示した。

「待ってくれ」カムデンは言った。「この作戦を成功させるために、ミス・ダーキンにはインフィニタムとすり替えるものが必要だ。あの遺物と同じ大きさと重さの代用品をポケットに忍ばせれば、ロデリック・ベルフォンテもすられたことに気づかないだろう」

「そのとおりだ。レディたちには懐中時計に似たものが必要だな」スターリングは袖口にカフスボタンを戻すとポケットに手を突っ込み、懐中時計を取り出した。それをカサンドラに手渡して言う。「これを使うといい」

「助かるよ、スターリング」そう言いながら、カムデンは自分のポケットに手を突っ込んだ。「だが、レディたちには懐中時計が二つ必要だ。一つは特訓用、もう一つはすり替え用に……おかしいぞ、いったいどこに……」

「閣下、お探しなのはこれですか？」メグがカムデンの金の懐中時計を掲げてみせ、笑みを浮かべた。カムデン・ハウスへ連れてこられて以来、彼女が初めて見せた、おどおどしていない、いたずらっぽい笑みだ。

カムデンはたやすく出し抜かれたことに対するいらだちを抑えようとした。「スターリング、レディたちと一緒に行ってくれ。きみがロデリック役だ」それから探るような目つきでメグを一瞥する。内気で小柄な千里眼。最初はメグ・アンソニーのことをそう考えていた。しかし、彼女にはそれ以上の何かがあるのは明らかだ。まだほかにも隠している一面があるのだろうか？「スターリングの糸切り歯を盗まないようにしてくれないか。糸切り歯がなくなったら、彼のハンサムぶりも半減してしまう。彼がむさ苦しい雄鶏よりも見栄えのいいクジャクでいてくれたほうが、MUSEのためになるからな」

カムデンはひらひらと手を振ってメグを行かせようとしたが、ふいに忠告するように指を一本掲げた。「それと訓練が終わったら、わたしの懐中時計を返してほしい」

ダイヤモンドのカフスボタンがちゃんと袖口にあるかどうか確かめたいという衝動を、彼はどうにかこらえた。


「軽々とすばやく、それが盗みの基本なの」ギャレットのポケットの中身を盗むこつをカサンドラに教えるうちに、メグのいつもの堅苦しい口調はいつしか消えていた。「もう一度やりましょう、いい？」

カサンドラは再度挑戦してみた。ギャレットは目隠しをされており、彼女の動きを見ることができない。それなのに毎回、カサンドラがポケットから懐中時計をつまみ出そうとするタイミングを見破られてしまう。

ギャレットは手を下へ伸ばし、またしても彼女の手首をつかんだ。

「お手あげだわ」カサンドラは両手をあげると、暖炉の脇にあるふかふかの椅子に腰をおろした。「やっぱり、わたしには無理よ」

「これは公正な練習とは言えない」ずらした目隠しから彼女の様子をのぞきながら、ギャレットが言った。「きみが何をしようとしているか、ぼくはあらかじめ知っているからね。毎回きみをつかまえても当然だよ」

「ミスター・スターリング」メグが柔らかな声で言う。「少しの間廊下に出て、ミス・ダーキンとわたしを二人きりにしてもらえませんか？」

「もちろんだ」ギャレットは目隠しを完全に取るとお辞儀をし、メグに敬意を示した。そして扉のほうへ向かい始めた。

「でも、廊下にいてくださいね。ミス・ダーキンの準備ができたら、すぐにお呼びします」

ギャレットが出ていくとすぐ、メグはカサンドラの正面にある椅子に腰かけた。「彼の言うとおりだわ。これは公正な練習とは言えない。それにもちろん、わたしは自分の知識をすべてあなたに教えているわけでもないの」

「どうして？　あなた、わたしに失敗してほしいの？」

メグは膝の上で両方の親指をくるくるとまわした。「いいえ、ただ、この計画を成功させるために、あなたのようなレディがどこまで覚悟を見せられるのかわからなくて」

「どういう意味？」

「ポケットから何かを盗むのは一種の技術なの。必ずしも泥棒全員が相手に気づかれることなく、盗みができるとはかぎらない。すりを成功させるには二つの要素が必要――一つはいかに手先を器用に使えるか、もう一つはいかに相手の気を散らせるかよ」

「ミスター・スターリングは、自分も協力してロデリックの気を散らすと言ってくれているわ」こうやって名字で呼んでいれば、本当はギャレットを心から求めているという真実を振り払うことができるかもしれない。

「ミスター・スターリングの協力は間違いなく助けになるでしょう。だけどいちばん大切なのは、あなた自身も相手の気を散らすことだと思うの。心で感じることと、体で感じることは違うわ。ミスター・スターリングにミスター・ベルフォンテの心を支配してもらい、同時にあなたがミスター・ベルフォンテの体を支配するようにすれば、突破口が開けるかもしれない」メグが説明する。「あなたを舞踏会に招待したのなら、ミスター・ベルフォンテはあなたに魅力を感じているはずだわ」

「でも、彼は別のレディと婚約しているのよ」

「だからといって、彼が死人のように何も感じなくなるわけじゃない。そうでしょう？　男性というのは、いつだって魅力を感じている女性を気にするものよ」

「わかったわ」カサンドラは前かがみになった。「仮にあなたの意見が正しいとして、ロデリックがわたしに気があるとしましょう。もしそうなら、どうだというの？」

「通りですれ違った瞬間、あなたがいきなりミスター・ベルフォンテにぶつかって突き倒したら、彼もひどく驚くはずだわ。けれど自分が招待した舞踏会であなたを見かけたくらいでは、全然驚かないはずよ」

「あら、仮面舞踏会だから、彼は当日変装しているわたしに気づかないと思うわ」

「もし自分が開いた舞踏会で、ある招待客が必要以上に……親密に接してきたら、ミスター・ベルフォンテも驚くんじゃないかしら？」

「どういう意味？」そう尋ねたものの、メグが何を言いたいのかはわかっていた。ふいにみぞおちがねじれるような不安がこみあげてくる。

「殿方が懐中時計を入れているポケットに近い場所に、彼がいつも持ち歩いているより大切なものがあるはずよ」メグは耳の先まで赤くなった。彼女は盗みに関しては知識が豊富だけれど、性的なことについてはあまり詳しくないのかもしれない、とカサンドラは思った。

「あなたが何を言いたいか、わかったわ」カサンドラにしてみれば、ギャレットのその部分なら触れたくてたまらない。でもロデリックのその部分に触れると思うと、彼女自身が汚れるように思えてしかたがなかった。

「もしあなたが……あなたの手でそっと撫でるように、彼の……ああ、ごめんなさい。こんなことを言うつもりはなかったの……あなたみたいなレディは絶対に……」

「いいえ、絶対にできないとはかぎらないわ」カサンドラは決然とした口調で応じた。気乗りはしないが、ありったけの勇気をかき集めて実行すれば、メグが言っているやり方がうまくいくかもしれない。カムデン公爵には恩がある。ただ、そんなやり方で公爵に恩返しすることになろうとは夢にも思わなかったけれど。「ねえ、教えて。MUSEが成し遂げようとしていることは、とても重要なことなのよね?」

「ええ、とても重要だと思うわ。自分がそんな壮大なことに関わっているのが、今でも信じられないくらい」

「わたしもMUSEは大義を果たそうとしていると考えているの。ただ、あなたはさぞ驚いているでしょうね? わたしのようなレディが、大義のためにこんなことまでしようとしているなんて」あるいはカサンドラがしようとしているのは、それほど大したことではないのかもしれない。過去にロデリックと関係を持ち、レディらしからぬ振る舞いをしたのだから。今回、カサンドラは仮面をつけることになる。きっとロデリックは彼女の正体に気づかないだろう。「ほろ酔いのふりをするのはどうかしら?」

「ほろ酔い? いい考えだわ。さらにいいのは、完全に酔っ払ったふりをすることね。そうすれば好きなだけ彼の体にべたべた触れるもの。だけど、もしあなたが触りたくないなら……その、彼の……ああ、もうっ……別にわたしは――」

「いいのよ、メグ。あなたのことをメグって呼んでいいかしら?」メグがうなずき、カサンドラは自分も名前で呼んでほしいと言った。「つまり言いたいのは、わたしを壊れ物みたいに扱う必要はないということなの。わたしはそんなに繊細ではないし、立派なレディでもないんだから。父はつい最近、準男爵の爵位を与えられたばかりなの。もともとは平民の生まれよ。あなたのお父様と大した違いはないはずだわ」

「いいえ、そうは思わない。わたしは自分の父も母もよく知らないんだもの」メグは少し肩をすくめた。「わたしはローニーおじさんに育てられたの。ローニー・ジャクソンというのよ」

「じゃあ、彼はあなたのお母様方のおじさんなのね」

メグは首を横に振った。「いいえ、そうは思わないわ。わたしが一枚だけ持っていた母の写真を見ようともしなかったもの」

「だけど、あなたの名字はジャクソンではなくて、アンソニーでしょう？」

「ああ、そういうことね。ローニーおじさんのもとから逃げ出したとき、違う名前にしたほうが身を隠しやすいと考えたの。だからアンソニーと名乗ることにしたのよ。聖人にちなんで」

どうしてメグはおじのもとから逃げ出したのだろう？　カサンドラはその理由が知りたかった。とはいえ、カムデン・ハウスへやってきて以来、メグがこんなに自分のことを話してくれたのは初めてだ。これ以上、根掘り葉掘りきかないほうがいいだろう。「なくしたものを捜し出して、みんなを助けた聖アントニオね」

「ええ。千里眼のわたしにはぴったりに思えたの。聖人の名前をつけるなんて図々しいと思わないでね」メグが申し訳なさそうに肩をすくめる。こういう内気そうなしぐさから、多くの人が彼女を〝どこにでもいる人物〟と見なし、信用してしまうに違いない。

「今回こうしてあなたに手伝ってもらえて、とても感謝しているわ。あなたは物心ついたときから千里眼だったの？　それとも何かきっかけがあって、能力が開花したの？」もしかすると、メグも純潔を失ったことで能力に目覚めたのだろうか？

「幼い頃から、ずっとこの能力を持っていたの。ローニーおじさんが何かをどこかに置き忘れたら、いつもその場所を教えてあげていたわ。最初おじは、わたしのことをただ記憶力がいい子だと思っていたみたい。でもそのうち、わたしがわざとおじの私物を隠しているのではないかと疑い始めたの」メグは声を落とした。「おじにはひどくぶたれたわ」

カサンドラはなんと言うべきかわからなかった。彼女の父親は、カサンドラにも姉にも声を荒らげたことが一度もない。そんな父をがっかりさせて心を傷つけるのは、肉体的に傷つけるよりも悪いと考えてきた。けれどもメグのこわばった顔を見ていると、一概にそうとは言えないと思えてくる。

「わたしの本当の能力に気づくと、ローニーおじさんはすぐにそれを利用し始めた。街から街へ旅をして、わたしに街の人の捜し物を見つけ出す手伝いをさせたの。褒美にもらったお金はすべて、おじが独りじめしたわ」メグは再び肩をすくめた。「そのほうがすりより簡単だったのよ。おじの腕が鈍っていたから、特にね」

カサンドラは不思議に思った。ぶたれても、なぜメグはおじと一緒にいたのだろう？

「立ち入った質問かもしれないけれど、どうしてあなたはおじさんと離れる決心をしたの？」

「ローニーおじさんが、自分の妹の息子のオズワルドとわたしを結婚させようとしたから。

その前の年から、オズワルドはわたしたちと一緒に旅をするようになっていたの。おじはわたしたちを結婚させたほうが何かと便利だと考えたみたい」メグは華奢な体を震わせた。
「おじは大悪党じゃなかったけど、オズワルドときたら……卑劣きわまりない男だった。だから逃げ出したの」

思い出したくないことを思い出してしまったかのように、メグはしばらく微動だにしなかった。ところがそのあと、堰を切ったように話し始めた。

「逃げ出したのは、ロンドン近くまでやってきたある夜だった。田舎よりも都会のほうが身を隠しやすいと考えたからよ。レディ・ダルトンのお屋敷の前を偶然通りかかったとき、家政婦が誰かに〝奥様のイヤリングをどこでなくしたの？〟と怒鳴りつけているのが聞こえて、これはまたとない機会だと思ったの。主人の大切な品物をなくすほど、使用人にとって最悪なことはないでしょう？」

カサンドラはうなずいた。父の屋敷でもかつて似たようなことがあり、そのとき使用人たちは半狂乱になった。あるメイドが、カサンドラの母親の翡翠の花瓶をどこかに置き忘れてしまったのだ。無知ゆえにそれがどれほど高価なものか知らなかったメイドは、家具をいくつか移動したとき、その花瓶を扉を開けておく押さえとして使っていた。花瓶がダマスク織りの分厚いカーテンの背後から転がり出てくるまで、屋敷じゅうが大騒ぎとなったのは言うまでもない。誰もが、カサンドラの父親はそのメイドを解雇するだろうと考えた。だが花瓶は無傷のままだったため、父はメイドに〝今後はよく注意するように〟と告げただけだった。

当然ながら、そのメイドは平身低頭し、父に感謝の念を表した。

あのときにもしメグ・アンソニーのような人物がいれば、すぐに花瓶を見つけ出し、あんな大騒ぎにはならなかったはずだ。

「そのとき、自分に言い聞かせたの。メギー、ここそあなたが役立てる場所よ、って」メグは言葉を継いだ。「だから大胆にもレディ・ダルトンのお屋敷に入って、彼女の家政婦にわたしなら力になれると申し出たのよ。なくなったのがどんなイヤリングか詳しい話を聞いて、いつものようにやってみたの」

メグが覚醒状態になり千里眼の能力を発揮するところを、カサンドラは一度だけ見たことがあった。あの奇妙な姿は今でも忘れられない。特に覚醒状態に陥ったあと、メグがなくなった品物のありかをずばりと言い当てたからなおさらだ。

「結局イヤリングが見つかったから、その家政婦の口ききで、翌日わたしはレディ・ダルトンのメイドとして雇われたの。お屋敷ではとても幸せだったし、安全だったわ。それなのに、そのあと閣下に見つかってしまって」

「カムデン・ハウスにいても幸せではないと言いたげな口調ね」

「幸せかどうかの問題ではないの。わたしが言いたいのは分不相応ということよ。すりを働いていたわたしにとって、レディ・ダルトンのメイドになれたのは梯子のてっぺんの段にのぼりつめたような気分だった。それなのに公爵閣下は、その梯子をさらに星空まで届く高さまで伸ばしてしまったの。わたしは一生懸命、努力しているわ。レディらしい言葉遣いや、貴族の中に自然にまぎれ込めるような態度も身につけようとしてる。だけど、閣下はわたしに梯子をさらに高くのぼるよう期待されているのよ。そう考えると、ひどく恐ろしくなるの」すりの特訓再開のため、カサンドラは再び立ちあがった。「閣下が期待されているのは、あなたにならできると考えている証拠じゃないかしら」

「それはあなたにも言えることだと思うわ」

カサンドラはメグに笑みを向けた。メグが千里眼であるだけでなく、人を励ます達人でもあるのは明らかだ。「聖人にちなんだ名前をつけたのは正解だったわね」

「一瞬、聖アントニオにしようか聖ニコラウスにしようか迷ったのよ」

「聖ニコラウス？」クリスマスや祝祭がメグに関係あるとは思えない。「聖アントニオならわかるけれど、どうして聖ニコラウスなの？」

メグは笑みを返した。内気というより茶目っ気が感じられる笑みだ。「あのね、聖ニコラウスは泥棒の守護聖人でもあるのよ」


「閣下、ちょっと耳に入れておきたいことがあるんだ」数日後、ギャレットはカムデン公爵の書斎にやってきた。

「なんだ、スターリング？」

ギャレットは広げた手のひらにこぶしをこすりつけた。「インフィニタムを奪うために郊外で開かれる仮面舞踏会へ行くのは、ぼくが計画したことだ。それはわかっているんだが、カサンドラがあの計画を実行できるかどうか心配でたまらない」

「ミス・アンソニーは、ミス・ダーキンの上達ぶりは目覚ましいと褒めている。ミス・ダーキンなら簡単にすれるだろうとの報告を受けているよ」

「いや、問題はそこじゃない。ぼくが気にしているのは……」ギャレットは心を決めた。ここは正直になるのがいちばんだろう。「彼女がぼくにとって大切な存在になりつつあることなんだ」

「なるほど。きみの夢の中にミス・ダーキンが出てくるのを恐れているんだな？」

「ああ」実を言えば、すでに夢の中にカサンドラは姿を現している。幸いにも、彼女の愛らしい顔がはっきりと思い浮かぶ直前、ギャレットはあわてて飛び起き、夜明け前まで自室の中を行ったり来たりしていた。彼の夢のせいで、カサンドラの身に災いが降りかかるようなことがあってはならない。そんなふうに彼女を傷つけることを考えただけで、絶望的な気分に駆られてしまう。

「心のトレーニングはやっているのか？」

心のトレーニング、深呼吸法、方向性を意識した思考法、瞑想——それらがギャレットの悪夢に対する心配を振り払うために役に立つのだろうか？

「正直に言うと、毎晩寝る前に酒を浴びるように飲んでいるんだ。正体をなくすほど泥酔すれば、夢も見ないだろうと思ってね」

公爵は首を横に振った。「わたしたちの心は結果を作り出す力を持っている。きみは心が持つそういう力を軽視しすぎだ」

それはむしろ逆だった。自分の心が強烈な力を備えていることは、いやというほど思い知らされている。夢を見て、その内容を思い出すだけで、ギャレットの人生そのものが転覆してしまう危険性だってあるのだ。特に、それがカサンドラの夢であった場合はなおさらだった。

「つまり、きみはロデリック・ベルフォンテの舞踏会にミス・ダーキンを行かせたくないんだな？」

「ああ。それがMUSEのためだと思うんだ」

ギャレットは体の向きを変え、大股で書斎をあとにした。もしカムデン公爵にカサンドラを守るつもりがないなら、自分で守るしかない。

ただ一つ厄介なのは、カサンドラをギャレット自身から守らなければならないことだ。そうするためには、彼女と距離を置かなければならない。もしギャレットがカサンドラと一緒に過ごさず、彼女のことも考えず――くそっ、彼女と戯れて女らしい体を味わうこともしなければ――カサンドラが夢に姿を現さなくなり、彼女の身に災いが降りかかることもなくなる可能性がある。つまりカサンドラの安全を守るために、ギャレットは彼女をあきらめなければならないのだ。

だがカサンドラを守るためなら、彼女の寝室へ行くのもきっぱりとやめるつもりだ。ヴェスタからは、MUSEの最初の任務を完了したら、二人の体の関係は今ほど一方的なものでなくてもよくなるだろうと言われているが、その機会を得るつもりもない。愛人としてカサンドラと愛し合って一つになるよりも、彼女の身を守るほうがはるかに大切だ。

ギャレットは階段をのぼり、自分の寝室へ向かった。断頭台へ向かうのを運命づけられた男のように、重い足取りで。

11

〝わたしから逃げる？　ありえないことだ――恋人よ！　わたしがわたしであり、きみがきみでいる間は、この世にわたしたちがいる間は〟

――ロバート・ブラウニング『愛に生きる』

メグ・アンソニーから数日に及ぶ特訓を受けたカサンドラは、ギャレットと共にカムデン公爵の優美きわまりない馬車に乗り、ウィルトシャーにある彼女の実家を訪ねた。二人に同乗したのはカムデン公爵の姉、レディ・イーストンだ。彼女は自然豊かなダーキン家の領地をことのほか気に入り、みずみずしい緑の新鮮な香りを味わいながら散歩を楽しんでいた。レディ・イーストンが一緒に旅をすることで、カサンドラの評判も守られる。本来ならば、未婚の若いレディがギャレット・スターリングのようなハンサムな男性と二人きりで、長い時間馬車に揺られて旅をするなどあるまじきこと。そんなことをすれば、そのレディの評判は地に堕ちて当然なのだ。

カサンドラの両親は、嬉々として自宅にレディ・イーストンとギャレット・スターリングを迎え入れた。成りあがりであり、社交界の新参者であるダーキン家は、英国貴族の階級の中でも最下層に属している。それゆえ、高位の貴族を二人も迎えられる幸運が信じられない様子だ。

「てっきり、あなたは社交シーズンをあきらめてしまったのだと思っていたのよ」カサンドラたちが到着した最初の夜、母親のハリエット・ダーキンは娘に言った。使用人たちの前では口を慎まなければならないのに、母はいっこうにそれを学ぼうとしない。カサンドラの髪をとかしているメイドがいても、長々としゃべり続けている。「だからとても驚いたわ。つまりね、わたしたち家族はあなたのことを誇りに思っているの。誰あろう、公爵のお姉様とお友だちになったんですもの。しかも伯爵のお世継ぎまで連れてくるなんて！　本当に予想外のことだったわ。状況がこれほどいいほうへがらりと変わったんですものね。さあ、キャシー、教えてちょうだい。ミスター・スターリングはいつ、あなたのお父様に婚約を申し出るつもりかしら？」

「そんなことは起きないと思うわ」すっかり興奮した様子の母を前に、カサンドラは笑みを禁じえなかった。そんな母のことを責められない。彼女自身、まさか自分がカムデン公爵のような高位の貴族の注目を集めることになろうとは思いもしなかったのだ。でも、その理由が火使いという厄介な能力にあることは母にも言えない。「ミスター・スターリングが妻を探しているとは思えないもの」

ハリエットは細い鼻の上にある、同じく細い眉をひそめた。「でも、彼は結婚するのにうってつけの殿方よ。スタンステッド伯爵の遺産相続人だもの。あなたの気持ちはどうなの？　彼を好きになりそうな予感はないの？」

カサンドラは答えをためらい、メイドを追い払う間に返事を考えた。ギャレットを好きなのは間違いない。彼にはとても温かで情熱的な気持ちを抱いている。とはいえ、あれほど愛していると思っていたロデリックと悲惨な別れ方をしたのも事実だ。感情というのは、石けんの泡みたいにふわふわとして当てにならない。そんなはかないものを信じる気持ちにはなれない。

ウィルトシャーにやってくる前から、ギャレットは人が変わったようになってしまった。公の場で一緒にいるときでも、あからさまに退屈そうな様子だ。もはや夜、カサンドラの寝室にもやってこない。前は火使いとしての能力の解放のために、さまざまな愛の戯れで彼女を歓ばせてくれたのに。しかも、彼は急に態度を変えた理由をいっさい説明しようとしないのだ。

「ミスター・スターリングほど、自分自身が大好きな殿方はいないわ」カサンドラは母親にそう言い、ここ数日ギャレットから距離を置かれているつらさを和らげようとした。深く息を吸い込み、心の中で十数えて、体に感じている熱さを解放しようとする。それでもなお、胸のあたりで炎がくすぶっているような感じはおさまらない。「彼とわたしは単なる――」頭上に適切な言葉が漂っているかのようにしばし宙を見つめ、口を開いた。「お友だちだと思うの」

「お友だちですって？　いやだわ、男と女は単なる友だちになんてなれないわよ。一緒に家庭を築いて家族を作ること以外に、男女が共通の関心を持てるはずがないでしょう？」

「ミスター・スターリングにそんな人生計画がないのは明らかよ」過去にそういう話題になったとき、ギャレットは結婚する気はないと認めていた。カサンドラも彼の言葉を信じるべきなのだろう。そうすれば、今や胸を焦がさんばかりに燃えあがっている炎の勢いを弱められるはずだ。

「あらまあ、そうだったの」カサンドラの母親は驚いたように両方の眉をあげた。「わたしのいとこの三男がちょうどそんなふうで、女性に全然興味が持てなかったのよ。幸いだったのは、いとこがその三男をこぢんまりとした牧師館で暮らせるようにしてあげたことね。おかげで彼は植物の世話をしながら、同じ趣味の人たちと穏やかに暮らせるようになったの。だけどまさか、ミスター・スターリングがその手の男性だとは夢にも思わなかったわ」

ギャレットが女嫌い――そう考えただけでも笑える。危うく鼻を鳴らしそうになったものの、カサンドラは唇を引き結んでどうにかこらえた。

「どうか信じて、お母様。わたしとミスター・スターリングは単なるお友だちでしかないの」

MUSEのために任務をこなす〝同志〟よりもむしろ、〝お友だち〟という表現のほうがいいように思える。それに、もし本当にカサンドラとギャレットが愛人関係にあると知ったら、母は完全に気を失うに違いない。

そう、彼とは友人だと認めなければならない。

とはいえ、友人はこれほど互いを避けたりしないものだ。実際ウィルトシャーにやってきて以来、カサンドラがギャレットと二人きりになる機会は一度も訪れていない。世界が一変するようなあのキスのあと、甘い言葉をいくつもかけてくれたのに、どうしてギャレットはなんの前触れもなく彼女と距離を置き始めたのだろう？　何か理由があるはずだ。カサンドラはそう考え、彼の気分を害するようなことをしたかどうか記憶をたどってみた。でも、思い当たることが一つもない。

母が部屋から出ていくと、カサンドラは涙が目からあふれるのを感じた。われながら驚きだ。誰かと親密な関係になるには細心の注意が必要――ギャレットは、彼女にそう警告を与えた初めての相手と言っていい。それなのに彼に対するこの気持ち――カサンドラ自身、名づけることに抵抗を感じている感情――は雑草のごとく不必要なものにもかかわらず、気づかないうちに彼女の心にひっそりと根づいていたのだ。

ロデリックの仮面舞踏会当日の朝も、カサンドラはギャレットの姿を捜さずにはいられなかった。彼が突然背を向けたのはなぜなのか、面と向かって尋ねたい。馬屋の少年によれば、ギャレットはカサンドラの父親が用意した元気のいい馬で、ずっと前に乗馬へ出かけたらしい。ようやく準備が整い、カサンドラは穏やかな気性の馬を小走りにさせたが、ギャレットの姿は見つからなかった。牧草地を駆け抜け、すでに屋敷へ戻っているのだろう。そのあと彼女が朝食室へ行ったときには、ギャレットはもう食べ終えて退室していた。彼が図書室で過ごすとは思えない。少なくとも、カサンドラはギャレットが本を読んでいる姿を見たことがなかった。しかも彼は昼に食事をとるのは女性の習慣という考えの持ち主で、昼食の席に姿を現したことが一度もない。もちろんダーキン家では毎晩おいしい夕食がたくさん供されているから、昼食をとらなくても問題はないだろう。たとえそうでなかったとしても、ギャレットなら〝女々しく昼食の席に加わるくらいなら、そこでの噂の中心人物になったほうがまし〟と考えたはずだ。

ギャレットがカサンドラの寝室に一度も姿を現そうとしないのは、彼女にも理解できる。ここはカサンドラの両親が住む屋敷だ。いくら彼女がギャレットの訪問を待ち望んでいても、廊下をはさんだ真向かいに両親の寝室があるというのに、彼の巧みな愛撫に身をまかせるわけにはいかない。

捜すのをあきらめかけたそのとき、庭園のブドウのつるが這わされたあずまやにいるギャレットに偶然出くわした。彼は石造りのベンチに腰をおろしていたが、その姿は緑色の大きな葉の陰に完全に隠れていた。話しかけられるまで、カサンドラも彼がそこにいることに気づかなかったほどだ。

「一人になりたいなら、ぼくは失礼する」

突然聞こえたギャレットの声に、カサンドラは驚いた。心臓が早鐘を打っている。だめよ。この男性に対して、愚かしくロマンティックな感情を抱いてはいけない。

「あなたもここにいて」カサンドラは〝お願い〟と言いそうになるのを必死でこらえた。彼女がそう乞い願っているとギャレットに思われるのはしゃくだ。「ちょうど二人分、座る余裕があるもの」

カサンドラは彼の隣に腰をおろした。薄いモスリンのドレスとペチコートの生地を通じて、ひんやりとした石の冷たさが伝わってくる。二人の間に沈黙が落ちた。ギャレットをちらりとうかがうと、彼の目の下に濃いくまが出ていた。それにもう何日も寝ていないかのように、目が充血している。それを見て、カサンドラの胸のときめきが締めつけられるような思いに取って代わった。

「具合がよくないの？」

「いや、大丈夫だ」ギャレットは背中をそらし、ブーツを履いた脚を組んで、なんでもないというそぶりをした。

「そうは見えないわ」

「ずいぶんずけずけと言うんだな」彼が面白くもなさそうに笑う。「マナーをわきまえた会話を忘れたのか？」

再び沈黙が落ちた。

「わたし、何かあなたの気にさわるようなことをしたかしら？」カサンドラは尋ねた。

ギャレットは首を横に振ると、どこか訳知り顔になった。「ぼくの奉仕が必要になったのかな、王女様？」

ええ。危うくそう答えそうになったものの、彼女は唇を噛んでこらえた。ギャレットの見下したような言い方に、ひどく傷ついていた。彼の愛撫を何度求めたかわからない。でも、かつてヴェスタからこう言われたことがある。〝パートナーがいない場合、火の魔法使いは自分で欲求を満たすことで能力を制御するの〟

ギャレットの愛撫に比べると、自分で自分を慰めるのはなんとも味気なかった。けれども彼が一緒にいるところを想像して、何かを燃やしてしまいたいという衝動を必死に抑えつけてきたのだ。ギャレットと過ごすひとときのように感情的に満たされはしなかったものの、なんとかカーテンに火をつけずにすんでいる。

「夜、あなたがわたしの寝室に来なくなってから、二人の関係が気まずくなったように思うの」さりげない言い方に聞こえていますように。カサンドラは祈るような気持ちで言葉を継いだ。「あなたはどの部屋がわたしの寝室かわからないけれど」

「たしかに。ぼくが間違った寝室を訪ねては大変だ。レディ・イーストンが、きみほどぼくを歓迎してくれるとは思えない」

カサンドラはいらだちを覚えた。体の内側から熱がせりあがってくるのを感じる。そう、カサンドラならばギャレットを〝大歓迎〟するだろう。突然、彼の右足のブーツの先に火をつけてやりたくなった。ギャレットがカサンドラなしでやっていけるように、彼女だって彼なしでやっていけるはずだ。ふつふつと怒りがこみあげてくる。怒っているほうが、傷つくよりもいい。「どうしてわたしがまだあなたを歓迎すると思うの?」

「カサンドラ」ギャレットに熱っぽく名前を呼ばれ、彼女の体の芯がたちまち震え出す。今や全身がかっと熱くなっていた。彼は手袋をはめたカサンドラの手を取り、手首の内側に手を滑らせた。その瞬間、彼女は体の震えが炎に変わるのを感じた。秘められた部分がどうしようもなくほてっている。ありとあらゆるみだらなことをしたくてたまらない。カサンドラは落ち着きなく身じろぎをした。ほんの少し触れられただけで、これほど強烈な刺激を感じていることを、ギャレットに知られたくない。

「お互いに正直さだけは忘れずにいたいと言ったことを覚えているだろう」彼は指先で、カサンドラの手首の感じやすい部分に小さな弧を描き始めた。「ぼくらはほかの何より、正直であることを大切にしてきたはずだ」

「そうね、では正直に率直に尋ねるわ。どうしてあなたはわたしを避けているの？」

「ぼくは別に――」

「避けていないとは言わせないわよ。あなたは最近、わたしとほとんど一緒にいたためしがないもの」カサンドラは彼を心から必要としている。それなのに、ギャレットは少しも彼女を必要としていないのだろうか？

「わかった」彼はカサンドラの手を離し、胸の前で腕組みをした。「本当のことが知りたいなら教えよう。ぼくがきみを避けているのは、きみの夢を見ないためなんだ」

ギャレットに嫌われていたわけではなかった。カサンドラは安堵し、彼をじっと見つめた。

「あなたは最近、全然寝ていないように見えるわ」

ギャレットが片方の手で目をこする。「夢を見ないためには、眠らないのがいちばんいいからね」

「わたしはあなたの夢を見るわよ」それも恥ずかしいほど官能的な夢だ。めくるめく歓びと共に目が覚めると、実際にクライマックスに達していたことに気づき、衝撃を受けてしまう。

「そんなにわたしの夢を見たくないの？」

彼は首を横に振った。「きみにはわからないさ」

「お願い、話してみて」

深いため息をつくと、ギャレットはようやく打ち明けた。「きみも知ってのとおり、ぼくにはセンディングの能力があり、ほとんどの人の心に念を送ることができる。だがきみには話していなかったが、ぼくは人の将来にも念を送れるんだ」

「どういう意味？」

「自分に夢を見るつもりはなくても、誰かの夢を見ることがある。そうすると、その夢の内容が現実になるんだ。たとえば夢に出てきた人物の身に何かが起きると、それが現実世界でも起きてしまう。しかも、ぼくがまったく予想できないタイミングでね」

「それなら、わたしに関してすばらしい夢を見てほしいものだわ」

愛すべき夫。幸せな家庭。カサンドラのまわりを走りまわる子供たち。火の魔法使いはそんな夢を抱いてはいけないとヴェスタから言われても、やはり昔からの夢はあきらめきれない。それが現実になることを、カサンドラは心から願っていた。

ギャレットがふいに立ちあがり、彼女から離れたが、あずまやから立ち去ろうとはしなかった。「わからないのか？　ぼくが言いたいのは、そんな白昼夢の話じゃない。誰も制御できない恐ろしい幻、つまりは悪夢の話なんだよ、キャシー。ぼくの見る幸せな夢はまるで雲のように、まったく影響を及ぼすことなく消えていく。だが誰かの身に災いが降りかかる悪夢を見た場合、現実世界でも同じことが起きるんだ。ぼくにはそれをどうすることもできないし、悪夢がいつ現実になるかもわからない。ただぼくのセンディングの能力と同じくらい確実に、ぼくの悪夢も現実になるんだよ」

「まあ」カサンドラもオオカミに追いかけられる悪夢を繰り返し見ている。目覚めるといつも動悸がしていて、オオカミから逃げられたことに感謝せずにはいられない。「カムデン公爵はあなたの悪夢についてどう言っているの？　きっとあの方なら――」

「ああ、閣下か」ギャレットが苦々しげな口調で言った。「どんな悪夢であれ、それを支配する方法を見つけると約束してくれたよ。しかしこれまでのところ、彼からは心のトレーニングをするように言われただけだ。公爵は、ぼくが起きているときの心の状態を支配できれば、寝ているときの心の状態も支配できるようになるかもしれないと言っている」

「もしかすると、わたしが助けになれるかもしれないわ」そう申し出たものの、カサンドラにも具体的にどうすればいいのかはわからなかった。でも、一人より二人で背負ったほうが重荷は軽くなるはずだ。彼女は立ちあがり、ギャレットの手を取った。「ギャレット、わたしにはあなたが必要――」

「だめだ！　ぼくを必要としてはいけない。わからないのか？　ぼくにはきみを必要とすることが許されないんだ」彼はカサンドラの手を振り払った。「もう二度とあんなことを起こすわけにはいかない」ギャレットは背を向け、その場から立ち去ろうとした。けれどもカサンドラは、彼の上着の袖をしっかりとつかんだ。

「ギャレット・スターリング、あなたが放蕩者で孤独を好む人だというのは知っていたわ。だけどこの瞬間まで、そんな臆病者だとは知らなかった」

ギャレットが彼女の両方の肩をつかむ。「ああ、そうだ。ぼくは怖がっているが、それは自分のためじゃない。きみのためだ。きみはこの事態を真面目に受け止めていないようだな、キャシー。これっぽっちも。もし本当に理解していたら――」

「だったら、わたしが理解できるようにちゃんと話してちょうだい。もう二度とあんなことを起こすわけにはいかないって、どういう意味なの？」

「ぼくが孤独を好むのは悪夢のせいだ」彼はカサンドラを見おろし、絶望的な表情を浮かべた。「前回、またしても悪夢が現実になるのを許してしまったからなんだよ……」

ギャレットは再び背を向けたが、カサンドラは彼にしがみついた。「だめよ。こんなふうに中途半端なままで行ってしまわないで。逃げずに本当の話を聞かせて」

彼はカサンドラをじっと見つめた。まばたき一つしようとしない。カサンドラの悪夢に出てくるオオカミのように、すごみのあるまなざしだ。「ぼくはかつて婚約していたことがある。五年前のことだ」

五年前といえば、彼女がまだおさげ髪だった頃だ。しばしば殿方は四十歳を過ぎるまで結婚しようとしない。当時のギャレットが三十歳であることから察するに、相手の女性とは恋愛関係だったのだろう。

「何があったの？」カサンドラは小さな声で尋ねた。

「結婚予告の公示の一週間後、アリスは結婚式の準備のために郊外へ出かけた。彼女の実家があるヨークシャーの教会で式を挙げる予定だったんだ。しかし彼女は猩紅熱にかかり、ぼくが到着する前にあっけなく逝ってしまった」ギャレットは開いた手のひらにこぶしを押しつけた。「アリスがそうなる夢を見ていたから、いつか現実になるのではと恐れていた。だが、どうしても信じたくなかったんだ。そのせいで手遅れになってしまった」

「悪夢が現実になったのは、それが初めてだったの？」

「いや、違う。ただし誰かが命を落としたのは、それが初めてだった。だからこそ、きみが言うように、ぼくは人と交わらない孤独な放蕩者でいようと決めたんだ。悪夢が現実となるのは、ぼくがその相手に対して強い思いを抱いている場合だけだからね。少年時代、大好きだったまたいとこが腕を骨折する夢を見た。彼はいまだに腕が不自由なままだ。それにイートン校時代の親友も馬車に乗っている最中に事故に遭い、危うく死にかけた。彼に注意すべきだったのに、ぼくはそうしなかった。すべてぼくのせいなんだ」

「それらの事故を自分のせいだと決めつけてはいけないわ」カサンドラは決然とした口調で言った。「何かが起こりそうだとあらかじめ知るのと、実際にその原因になるのとは、まったく違うもの。あなたは自分の夢が単なる予知夢だとは思わないの？」

「カムデン公爵にもそう言われたよ。だがぼくの悪夢は、まるで未来をのぞき込んでいるみたいに現実味を帯びているんだ。それはぼくが誰かに念を送る感じとまったく同じなんだよ。目覚めている状態でセンディングをした場合、ぼくから相手に確固たる意志とエネルギーが発せられることになる。一方、眠っている状態でセンディングをした場合、その発せられるパワーがさらに強烈になるんだ。ただしぼくが目覚めた状態でセンディングをしても、相手の意志が強固な場合、念がはねつけられる可能性がある。そのいい例がカムデン公爵だ。ところがぼくが眠った状態でセンディングをすると、念がはねつけられることはなく、必ず現実となる。とにかく、ぼくは理屈抜きでそれを知っている。肌で感じるんだよ」

「それなら、わたしのことを心配する必要はないわ。だって、わたしはあなたから送られてくる言葉がさっぱり聞き取れないんだもの」

ギャレットが片方の頬をこわばらせる。「きみが正しいことを願うよ、キャシー」

「絶対にそうだわ。さあ、行きましょう」カサンドラは彼の肘に手を滑らせた。「カムデン公爵が今夜の仮面舞踏会のためにどんな衣装を送ってきてくれたか、見てみましょうよ。昼食のあとに大きな箱が届いたのに、あなたったら、どこにもいないんだもの。早く自分の衣装を見たくてたまらなかったわ」

いつも二人でこの庭園をそぞろ歩いているかのように、カサンドラは屋敷へ向かう砂利敷きの道を戻り始めた。

ギャレットは仮面舞踏会に関するカサンドラのたわいもないおしゃべりをぼんやりと聞い

ていた。彼女の声が好きだ。歌っているかのように声音が変化し、生き生きとした躍動感と茶目っ気が感じられる。これからロデリック・ベルフォンテの仮面舞踏会で重要な任務が待っているというのに、カサンドラが何か言い、独特の笑い声をあげたとき、ギャレットは思わず笑みを浮かべずにはいられなかった。

笑うべきことなど、何一つないのだが。

警戒するのが遅すぎた。いくらギャレットがカサンドラを避け、二人きりの時間を作らないようにしても、うまくいかなかった。

昨夜、彼は度重なる疲労のあまり、ほんの一瞬だけ眠りに落ちた。そのとき、ついにカサンドラの夢を見てしまったのだ。

12

〝そして多くの破壊たちが、この恐ろしい仮面舞踏会に登場した。みなが仮装し、目まで変装を施して、司教や法律家、貴族、密偵の姿になっていた〟

――パーシー・ビッシュ・シェリー『無秩序の仮面劇』

その晩遅く、ギャレットはダーキン家の領地内にある屋敷の玄関広間で行きつ戻りつしていた。すでに三十分以上も待たされている。しかしカサンドラがついに姿を現した瞬間、待たされたかいがあったと思わずにはいられなかった。

カサンドラは空色のドレスの透けた素材をはためかせながら、邸内の主階段からおりてきた。ドレスはこの世のものとは思えない、神秘的な雰囲気を醸し出している。特に、両方の肩にあしらわれた羽は繊細きわまりないデザインだ。階段をおりるたびに、彼女は今にも地上から飛び立ちそうに見える。顔の上半分が隠れていて目の部分だけが開いた仮面の目尻が上向いたデザインのせいで、エキゾティックな魅力がことのほか強調されている。カムデン公爵のお抱え衣装係が、カサンドラを翼の生えた熾天使に変身させたのは誰の目にも明らかだ。彼女は天国からそのままおりてきたかのような、軽やかで明るい雰囲気を漂わせていた。対照的に、ギャレットは頭の先からつま先まで黒で統一された装いだ。肩から垂れさがった羽の先はずたずたに裂けており、床に引きずられている。カサンドラを天使に、ギャレットを悪魔に仮装させたのは、カムデン公爵一流の冗談に違いない。カサンドラの精巧なデザインの仮面に比べると、ギャレットの仮面は黒くてごく簡素なデザインだった。仮面だけでなく、二人の装いのあらゆる点が正反対のように見える。だが、それでいいのだろう。人は正反対のものに惹かれずにはいられないのだ。

「まいったな、今夜のきみはいつにもまして美しい」ギャレットは言った。つくづく不思議だ。なぜこれまでカサンドラから遠ざかっていられたのだろう？　彼女から離れていると、世界がどんよりしているように思えてしかたがない。こうしてカサンドラが頬を染めるのを見るだけで、理性がどこかへ吹き飛んでしまいそうだ。それなのに、彼女の姿から視線をそらすことができない。「驚くべき美しさだ」

「まあ、口のうまい悪魔だこと。だけど、あなたもじゅうぶん魅力的よ」カサンドラは最後の一段をおり、言葉を継いだ。「今夜はあなたをアザゼルと呼んでいいかしら？」

「もちろんだ。もし記憶に間違いがなければ、アザゼルは人間に罪深いことを教えた悪魔だったね？　今夜のぼくの装いにぴったりだ」カサンドラがすぐそばにやってきたとき、ギャレットは気づいた。今夜の彼女のボディスの襟ぐりは、刺激的なほど大きく開いている。レースの上から見えているのは、いかにも柔らかそうな胸のふくらみだ。今すぐその胸の谷間に手を差し入れたい。彼はそんな衝動に駆られた。しかもカサンドラの唇には口紅が塗られている。天使らしからぬ、蠱惑的な真紅の口紅だ。「きみはイゼベルの仮装をすべきだったかもしれない。ぼくらの衣装は聖書がテーマになっているが、今夜のきみにふさわしい女性の天使の名前が思い当たらないんだ」

「イゼベルですって？　彼女はとても悪い女性よ」カサンドラはゆっくりと体を回転させ、ギャレットをさらに魅了した。「わたしはふだんから、そんなに悪女に見えるのかしら？」

「ああ、ふだんはひどくふしだらに見えるよ」

彼女は怒ったようにあえぐと、扇でギャレットをぴしゃりと叩いた。とはいえ、唇の端をあげて、いたずらっぽい笑みを浮かべている。「さあ、急ぎましょう。こんなところを誰かに見られたら勘違いされるわ」

「いや、あながち勘違いとは言えないんじゃないかな？」ギャレットは今まで、どんな女性ともこれほど異例の関係を結んだことがない。何しろ、あんなにたびたびカサンドラの寝室を訪れているのに、一度も交わったことはないのだ。そう言っても、誰も信じないだろう。彼自身、信じられないのだから。

「わたしたちが単なる友だちだと、母にようやくわかってもらえたの」

「よく信じてもらえたな」誰かが扉の背後に隠れて聞き耳を立てている場合に備えて、ギャレットは声を落とした。「きみはお母上に、ぼくが去勢されていると信じ込ませたも同然だ。

こんなに美しいきみを見て、欲しいと思わない男などいるはずがないからね」

カサンドラは嬉しそうにえくぼを作った。なんとも愛らしい笑みなのに、彼女がひどく蠱惑的なのに変わりはない。アダムを誘惑するイブのように。今夜の彼女は髪を複雑に結いあげ、宝石をちりばめたピンで留めている。濃い茶色の髪に宝石が輝き、まるで夜空にまたたく星々のようだ。むき出しになっている首筋を見て、ギャレットは心の中でつぶやいた。できることなら、今すぐこのうなじに唇を寄せたい。そしてピンをすべて引き抜き、肩のあたりに垂らしたい。今夜のドレスは彼女が動くたびに女らしい曲線を強調するデザインだ。いやおうなく想像力をかきたてられる。一糸まとわぬカサンドラの姿を思い浮かべずにはいられない。

「お世辞はもうじゅうぶんよ」彼女が言った。「そろそろ頭を切り替えさせて。今夜の任務に集中しなければ」

「いいだろう。すり替えるための懐中時計は持ってきたかい?」うずく下腹部から意識をそらすべく、ギャレットは喜んで話題を変えた。

「ええ、ドレスの隠しポケットにしまってあるわ。衣装係がドレスの右のヒップの部分に小さなポケットをつけてくれたの」カサンドラはそのポケットから懐中時計を取り出し、またすぐにしまった。「本当によくできたデザインのドレスよ。それにこの羽、本当にすてきだわ……」自分の肩にあしらわれた羽をほれぼれと見つめる。「この羽のおかげで、本物の天使みたいに見えると思わない?」

お世辞はじゅうぶんという言葉とは裏腹に、カサンドラが褒め言葉を期待しているのは明らかだ。

「ああ、神々しく見えるよ」カサンドラがペリースを羽織るのを手伝いながら、ギャレットは答えた。ペリースが羽の一部を覆い隠してしまわないよう注意する。天使というよりもむしろ、男心を惑わす罪深い女にしか見えない。とはいえ、それを口に出す気はない。彼女は自分が天使のように見えていると信じているのだ。ならば、そう思わせておけばいい。いずれにせよ、ギャレットは今夜、カサンドラの寝室がどこか確認するつもりでいた。そろそろそこを訪ねるべきときだ。

彼女はもはやギャレットの手助けを必要としていないかもしれない。ここ最近、不審な出火騒ぎは一つも起きていないのだ。カサンドラは彼なしでも火使いの能力を制御する術を学んだのだろう。だが、たとえ彼女がギャレットを必要としていなくても、彼のほうがカサンドラを必要としている。すでにカサンドラの夢を見てしまった以上、ギャレットは彼女と共に過ごす時間を増やそうと考えていた。いくら距離を置こうとしても、彼女を目で追わずにはいられないのなら、戦略を変えるしかない。どうにかして悪夢が現実になるのを防げないだろうか？

彼は気分が沈み込むのを感じた。悪夢が現実になる時期さえ、わかればいいのだが。

ギャレットはカサンドラをカムデン公爵の馬車までエスコートし、中に乗り込む手助けをした。続いて自分も乗り、羽が絡まないよう反対側の席に腰かける。それから馬車の天井を叩いて、御者に出発の合図をした。

「会場となる寡婦用住居までは、そんなに遠くないの」暗い車内の中、カサンドラの声が聞こえた。「わが家から歩いてでも行けるくらいよ。でも、カムデン公爵が送ってくださったこのかわいらしい靴を台なしにしたくなくて。公爵は本当にすべてに目配りできる方なのね。そう思わない?」

「彼は不思議な人だ」ギャレットはそっけなく答えた。つくづく不思議だ。カムデン公爵はギャレットの悪夢が現実になるのを知っている。ギャレットがカサンドラと一緒に過ごせば過ごすほど彼女の身が危険になることに、なぜ気づかないのだろう? ただ公平を期して言えば、公爵から新米の火の魔法使いの性的解放を手伝ってほしいと依頼されたとき、ギャレット自身もそんな可能性があるとは気づきもしなかった。婚約者を失ってからずっと、もう二度と悪夢が現実になることがないよう、誰に対しても淡々とした態度を取り続けてきたのだ。

そこへカサンドラが現れた。彼の人生に、そして心に深く関わってきた。

「幼かった頃」カサンドラが言葉を継いだ。「姉のダフネと一緒に、わが家の領地とベルフォンテ家の領地を隔てている石造りの壁をよじのぼって、ロデリックのおばあ様を訪ねていたの。とても優しい方で、いつもわたしたちのために紅茶とビスケットを用意してくれていたわ」

「きみのロデリックも、そのお茶の席にいたんだろうね」

「いいえ、めったにいなかった。男の子は紅茶のカップの美しさに感動したりしないし、小指を立ててカップを持ちあげるやり方を学んだりする必要もないでしょう？」暗い表情を浮かべているわけではないものの、彼女の声にはかすかないらだちがにじんでいた。「それに、彼はわたしのロデリックじゃないわ」

「間違いを認めるよ」

「だけど彼のおばあ様はいつも、わたしたちに適切なマナーを守ることの大切さを教えてくれたの。もちろん、厳しくて不愉快なやり方ではなかったわ。むしろ、わたしたちが正しい行動を取れたら、必ず褒めてくれたのよ。だからダフネもわたしも彼女を喜ばせたくて、マナーをきちんと守るようになったの」カサンドラはため息をついた。「昨年、彼女が亡くなったときは本当に悲しかった」

「きみはその女性が恋しいんだね」もう長いこと孤独な生活を続けてきたため、ギャレットは彼を誇りに思ってくれる誰かがそばにいるのがどういう感じなのか、ほとんど忘れかけていた。おじであるスタンステッド伯爵は、そういう気質ではない。あの意地悪な年寄りは、どんなことがあっても絶対に喜ぼうとしないのだ。ギャレットは、周囲の人々から愛情を得られるカサンドラが羨ましかった。もちろん、彼の悪夢が現実となる以上、そういう類の親密な関係は避け続けなければならない。とはいえ、彼女にはふいを突かれた。まるで腕のいいすりのように、カサンドラはギャレットの財布ではなく心を盗んでしまったのだ。

「わたしが生まれたとき、祖父母はもういなかったの。そういう意味でいえば、わたしはロディには恩があると言えるかもしれないわね」

　カサンドラがあの男を愛称で呼んだ瞬間、ギャレットはみぞおちが焼けつくような感じを覚えた。ロデリック・ベルフォンテが彼女の初めての男だと知っているからだ。カサンドラと共に任務に取り組み始めた当初は、そんなことはどうでもよかった。しかし、今はどうだろう？　彼女が誰か別の男と一緒にいる姿を想像しただけで、嫉妬のあまり目がくらみそうになる。このままだと顔を合わせた瞬間、ロデリックを徹底的に打ちのめしてしまいそうだ。もっと今夜の任務に意識を集中させなければならない。

「みんなが仮面をつけている。きみはどうやってロデリックを見つけ出すんだ？」

「わたしならロデリックの声を聞き分けられるわ。話し声で絶対に彼だとわかるはずよ」

「だったら、きみ自身の声にも気をつけるべきだ」ギャレットは忠告した。「ロデリックがすられたことに気づき、誰が犯人か考え始めた場合、きみの名前を真っ先に思い浮かべるようなことがあってはならない。きみはフランス語を流暢に話せるかい？」

「もちろんよ（メ・ウィ）、あなた（ムッシュー）」カサンドラは即座に完璧なフランス語で答えた。「当然でしょう？（ビアン・シュール）」

「よし。フランス語は英語よりも鼻にかかった発声だからね。少なくとも、きみの声をごまかす手助けにはなるだろう」

　羽根のついた仮面で顔を隠し、フランス語を話すとなれば、ロデリックだってそう簡単にはカサンドラの正体を見破れないだろう。ギャレットもありとあらゆる人にセンディングをして、二人の正体が誰にもばれないようにするつもりでいた。だが、もしロデリックが彼女とダンスをしたらどうなる？　あの細いウエストに手をかけて香水のにおいを嗅ぎ、カサンドラの吸い込まれそうな瞳をじっとのぞいたら、誰なのか気づくかもしれない。

馬車が石造りのアーチ形の門をくぐった。ここから先はベルフォンテ家の領地だというしるしだ。長い通りの分かれ道で、馬車は大きな屋敷に背を向け、はるかに小さな寡婦用住居をめがけて走り出した。道をまっすぐ行った先にある、一本のオークの木の下にその建物はあった。

「今夜はぼくから離れるな」ギャレットは言った。

「もちろんよ」馬車はつたが絡まる建物の正面玄関の前で止まった。「インフィニタムを手に入れたら、すぐあなたに手渡せるようにね」

メグ・アンソニーはカサンドラに、すったものをいつまでも持っていてはいけないと注意したのだった。

〝なるべく早く、すったものを誰かに手渡すの。そうすれば、もし標的がすられたことに気づいてあなたを問いただした場合でも、持っていないと正直に答えることができるから〟それがメグの忠告だった。〝いわれのない非難を受けて、少し怒ったように答えるといいわ。すると相手もうろたえるから〟

少し怒ったように答えるくらいで、インフィニタムのような大事なものをすられた相手がうろたえるだろうか？　ギャレットは内心そう思いながら、カサンドラが馬車からおりるのを手伝った。

寡婦用住居の扉は大きく開かれていた。実際、蝶番が引きはがされているように見える。一階は窓から光がもれているものの、二階と三階はカーテンが引かれて薄暗かった。下手な音楽の演奏と騒々しい笑い声が聞こえ、胸が悪くなるほど強烈なアルコールのにおいが漂っている。

「寡婦だったレディ・ベルフォンテはいつも、最高に優雅なおもてなしをしてくれたのに」

カサンドラはためらいがちに扉の前へ歩いた。もしギャレットが先に立って進んでいなければ、完全に立ち止まっていたかもしれない。「なんだか悪い予感がするわ」

「ロデリックは独身生活を終える祝いの仮面舞踏会を催すと言っていたんじゃないのか？」ギャレットが尋ねた。「彼はこの集まりを楽しい送迎会のように見せたかったに違いない。だがここにいる招待客たちの様子を見ると、とてもそうとは思えないな」

中へ入っても、二人を出迎えて上着を預かったり、招待状を受け取ったりする執事の姿は見当たらなかった。こういう貴族の仮面舞踏会では、本来なら招待状を確認し、招待されていない者がこっそりまぎれ込まないようにするのが手順なのに。とはいえ、これは社交界のタブロイド紙に正式に記事が載るような集まりではない。遅まきながら、カサンドラは気づいた。これは酩酊の神ディオニソスも赤面するような乱交パーティなのだ。

こんな破廉恥な集まりに招待するなんて、いったいロデリックは何を考えているのだろう？　純潔を捧げたあの日以来、彼はカサンドラに対する敬意まで失ってしまったに違いない。そんなロデリックと遭遇して、マナーをわきまえた振る舞いができるかどうかわからない。

い。たとえ仮装していて、彼にはこちらが誰なのかわからないとしても。

招待客の多くは、ロンドンからやってきた若い男性のようだった。カサンドラには、彼らのうち数人の正体がすぐにわかった。いくら巧みに仮装をしていようと、嗅ぎたばこや気取った足取りですぐわかるのだ。そんな彼らに対し、一人のレディ――彼女を〝レディ〟と呼べるかどうかはわからないけれど――がむき出しの胸を見せびらかしている。胸の頂を熟れたイチゴのようにつんと尖らせたその女性は、ギャレットに誘いかけるような笑みを向けてきた。

カサンドラはギャレットの肩をぴしゃりと叩いた。彼がすぐに目をそらさなかったからだ。

「任務に集中して」

「これも任務のうちだ」ギャレットが薄笑いを浮かべ、小声で言う。「あんなふうに胸をあらわにされて見つめない男がいたら、かえって疑われてしまうよ。周囲の関心を下手に刺激したくないだろう?」

「どんな感情であれ、刺激されたくないわ」カサンドラはみぞおちが締めつけられるような不快感を覚えていた。嫉妬だ。そんな感情を抱く資格がないのはわかっている。それでも、不愉快さはこれっぽっちも和らがなかった。

ギャレットが彼女を応接室へといざなった。そこでは一人の紳士があるレディのドレスの胸元にシャンパンを注ぎ、ほかの招待客――男女問わず――に声をかけて、ボディスの深い襟ぐりにたまったシャンパンをすすらせていた。そのレディは身をよじらせたり、くすくす笑いをしたりしているものの、やってくる客を拒むことなく、体を弓なりにして胸を突き出している。やがてびしょ濡れになったドレスを脱ぐと、彼女は両方のふくらみを手で持ちあげ、注がれるシャンパンを胸の谷間で受け始めた。

「ロディはこの女性たちをどこで見つけてきたのかしら？」カサンドラは尋ねた。やや羽目をはずしたパーティになるかもしれないという予感はあったけれど、まさかこれほどまでとは思わなかった。胃のあたりがうずき、なんだか落ち着かない。「高級娼婦や評判の悪い未亡人たち、それに街娼もいるわね。間違いないわ」

「声が大きいよ。もっと小さな声で話さないと、縛りつけられてしまうかもしれない。この手の乱交パーティでは、ありとあらゆる種類の遊戯が許されている。拘束もその一つだ」ギャレットは部屋を見まわした。「ロデリック・ベルフォンテらしい男はいるか？」

カサンドラは首を横に振った。「彼はあなたと同じくらい背が高いわ。ここにいる紳士たちは全員、背が低すぎる」

ギャレットは彼女の肘を取ると、次の部屋へいざなった。そこは低く立ちこめる霧のようなものが充満していた。ぴりっとした刺激的なにおいが漂っている。好ましい香りだ。カサンドラは胸いっぱいにそれを吸い込んだ。あたりでは、数組の男女が長椅子の上で絡み合っていた。ほかのカップルには目もくれず、この部屋に自分たちだけしかいないかのように性交に没頭している。ある男女など、袖付き安楽椅子の肘掛け部分のクッションで腰の動きにはずみをつけ、激しく交わっていた。椅子を作った職人は、まさかこんな使われ方をするとは想像もしなかったに違いない。

「彼はいるか？」ギャレットが尋ねる。

ロデリックを捜すべく、カサンドラは睦み合っている男女に次々と目を走らせた。本来なら、胸が悪くなって当然だろう。けれど自分でも驚いたことに、交わっている彼らの姿を見ても好奇心しか感じられない。

「ここにはいないと思うわ」彼女は答えた。「彼はこんなふうに人前で愛情表現をしないはずだもの」

「ここで起きていることは愛情とは無縁の行為だ」

「前にもこういうパーティに参加したことがあるような言い方ね」カサンドラは小声で言った。

「ああ、ある」ギャレットが彼女を見おろす。燃えるような目つきだ。「嘘をついたほうがよかったかい、キャシー？　だが、ぼくも快楽に溺れた時期があるんだ。アリスが亡くなったあと、もうどうでもよくなってしまった。誰も何も気にせず、心の痛みを消そうと放蕩三昧をした。でも、今はきみしか見えない。きみのことだけずっと見ていたい」

カサンドラはギャレットの胸にもたれて体を寄せた。彼を満たしてあげたい。ギャレットが彼女を完全に満たしてくれたように。

彼が身をかがめ、カサンドラの耳元にささやきかけた。「きみにとんでもなくみだらな行為をしてあげたい。ぼくの名前を叫ばせ、もっとしてと懇願させたいんだ」

次の瞬間、ギャレットは荒々しいキスをした。カサンドラもつま先立ちになり、怒りにまかせたような口づけに応える。ギャレットを満たしてあげたい。彼の苦しみを癒やすのは自分しかいない。彼女はありったけの想いをこめてキスを返した。やがてギャレットが体を引いた。

「どうして？」カサンドラはあえぎながら尋ねた。「どうしてそんなに多くの女性が必要だったの？」

「女性だけじゃない。アヘンやウィスキーに溺れたこともある。悪夢を見ないために役立ちそうなものは、なんでも試してみた」

ギャレットはそれほど悪夢に悩まされているのだ。その事実に思い至り、カサンドラは改めて胸が痛むのを感じた。過去に彼と交わった女性たちに嫉妬することはできない。今のカサンドラには、彼のことしか考えられなかった。それだけにギャレットの壊れた一面を見せられ、彼女もひどく傷ついていた。どうにかして、彼が完全に満たされる方法を探してあげたい。

悪夢を見なくなる方法を、なんとかして見つけなくては。カサンドラは片方の手をあげ、ギャレットの頬に当てた。奇妙にも、腕がひどく重たく感じられる。それでも彼を慰めてあげたかった。いえ、正直に言えば、慰める以上のことを望んでいる。亡きレディ・ベルフォンテのトルコ絨毯の上に横たわり、この身をギャレットに預けたい。誰に見られていてもかまわない。今、彼女が切に望んでいるのは――。

「しっかりするんだ」くずおれかけたカサンドラの体を、ギャレットがつかんだ。「この霧には何か仕込まれている。きっと自制心を弱める媚薬だろう」

「効果抜群ね」彼女は両方の腕をギャレットに巻きつけた。「ここはとても暑いと思わない?」

突然、暖炉に火がついた。炉床にあった薪が炎に包まれる。

ギャレットが目を見開いた。「キャシー、大丈夫か?」

「いいえ、大丈夫じゃないわ」カサンドラは彼の首に熱っぽく唇を押し当てた。「ああ、あなたはなんとも言えない味がする――しょっぱくて男らしい味。ああ、ギャレット、わたし……あなたの全身を味わいたい。なぜそうさせてくれないの? あなたはいつもわたしに与えてばかり。何も受け取ろうとしないのね」

「今ここで受け取ったら、それは〝盗み〟になってしまう」彼はカサンドラの体を軽々と抱きあげた。「この部屋から出なくては。どこに行けばいい?」

彼女はギャレットの肩越しを指差した。「向こうにダイニングルームがあるわ」

彼はカサンドラを次の部屋へと運んだ。サイドボードには、大食家も満足するほどたくさんの食べ物が並べられていた。その多くは媚薬として知られるイチジクやチョコレート、牡蠣、アスパラガスなどだ。そこにも数組の男女がいて、一口ずつ相手に食べさせ合っている。興奮を高めるために、目隠しをしているカップルもいた。霧は薄まっているものの、やはりダイニングルームにも漂っていた。

「あの先には何がある?」ギャレットが頭を傾け、ダイニングルームの角にある扉を指し示した。

「たぶん配膳室だったと思うけれど」

彼はそちらへ向かった。大股で運ばれながらも、カサンドラはどうにか手を伸ばし、チョコレート・トリュフをさっとつかんだ。

「さあ、口を開けて」からかうように、ギャレットの下唇にトリュフを押し当てる。

扉をくぐり抜けた瞬間、彼はカサンドラをおろしてトリュフを口にした。彼女はギャレットの腕の中で身をよじらせ、唇に唇を押し当てて、トリュフの甘さを一緒に味わおうとした。五感を駆使し、トリュフのなめらかで退廃的な香りを楽しむ。

トリュフはあっという間に溶けたが、ギャレットのキスは甘いままだ。みずみずしくて興奮をかきたてられる。

「ああ、そうよ、いいわ」カサンドラはギャレットの唇に向かってささやき、両手を彼のズボンの前に滑らせた。もしこれからロデリックの気をそらさなければならないなら、練習が必要なはずだ。それにギャレットに触れたくてたまらない。思いきり抱きしめ、彼の体の秘密の部分をすべて知りたい。ギャレットが彼女の体を知り尽くしているように。

なのに、彼はカサンドラの手首をつかんで止めた。「いったい何をしているんだ?」

「わからない? あなたを愛そうとしているの」

「きみは媚薬のせいでたわごとを言っているだけだ」

「いいえ、違うわ。媚薬のせいじゃない。わたしはあなたが欲しいの、ギャレット。あなたが必要なのよ」

彼は再びキスをすると、今度はカサンドラの胸に手を這わせ始めた。先端が痛いほど尖り、興奮が高まっていく。彼女は思わず背中を弓なりにした。けれども突然、ギャレットがキスをやめた。

「きみは……何かに……影響されている」彼があえぎながら言う。「ぼくたち二人ともだ」

「わたしが欲しくないの？」カサンドラは体を小刻みに揺らした。ギャレットの欲望の証がそそり立っているのがわかる。口ではなんと言おうと、彼はカサンドラを求めているのだ。

「媚薬はごまかしと同じだ」ギャレットが彼女の肩をつかんで身を離した。「ごまかされた状態で、きみを求めたくない」

「でも、わたしは求めているの……もう自分が抑えられない。ロデリックを見つけ出す前に、出火騒ぎを起こしそうなのよ。ねえ、お願い、ギャレット」

「これほど苦しんでいるきみを前にして、助けないわけにはいかないな」

13

〝ああ、彼女こそ完全無欠、すべての比倫を絶していた、近代の女聖者の何人にも引けを取りはしなかった〟

――ジョージ・ゴードン・バイロン卿『ドン・ジュアン』

配膳室は壁の高い位置に小さな窓があるだけだった。狭い空間に差し込んでいるのは、ごくかすかな星明かりだけだ。でも、そんなことは気にならない。暗がりでも、カサンドラはギャレットを感じることができた。欲しいのは彼だけだ。

ギャレットの体を引き寄せたとき、カサンドラは自分たちが木炭画の中にいるみたいな感じがした。二人の体が、真夜中の海のごとき暗闇にすっぽりと包み込まれたかのようだ。彼がドレスの裾を膝上まで持ちあげる。彼女が脚を大きく広げると、ギャレットはその間に立った。

「お願い」不器用な手つきでズボンの前ボタンを開けようとしながら、カサンドラは泣き声をあげた。「あなたに触れたいの」

ギャレットは銅像さながらにじっと立ったままだ。とはいえ、彼女の手の下から伝わってくるのは、これ以上ないほどかたい感触だった。ようやくズボンのボタンをはずし終え、カサンドラは安堵した。嬉しいことに、ギャレットは下着を身につけていなかった。

「下着はつけていないのね」

「ああ、せっかくのズボンの線が台なしになるからね」カサンドラの首筋に鼻をこすりつけながら、彼が低い声で応じた。「ブランメルが流行らせたやり方だ」

「ミスター・ブランメル万歳！　魅力的な洒落男に幸あれ！」彼女はズボンの前に両方の手を差し入れ、熱いこわばりの感触を確かめた。かたくて長い欲望の証の根元に針金のような黒々とした毛が生え、その下に柔らかな袋が垂れさがっている。この中にギャレットの種がおさめられているのだ。男性とは、なんて不思議な体のつくりをしているのだろう。

ロデリックと交わったときは、この部分に触れることはなかった。そんな余裕はなかったのだ。とにかくすべてがあっという間に終わってしまった。今はそれに感謝したい気分だけれど。少なくとも、こうして触れたのはギャレットが初めてなのだから。この先も、二人で分かち合える歓びがたくさんあるはず。ロデリックとの体験とは比べものにならないほどの歓びが。

暗闇でも少しずつ目が慣れるにつれ、ギャレットの様子が見えるようになってきた。顎にぐっと力をこめ、カサンドラが熱心に下腹部を探っている状態に耐えている。彼女は試しに先端から根元まで手のひらを滑らせてみた。彼はぶるりと身を震わせたものの、それ以上の反応はこらえている様子だ。続いて垂れさがった袋をそっと撫でてみると、二つの袋がやや持ちあがった。収縮した柔らかな表面に沿って、そろそろと指先を這わせてみる。

ギャレットが歯の隙間から息をもらした。こわばりの先端に、真珠のような小さい滴が浮かびあがった。

「これは何？」カサンドラはがっかりしながら尋ねた。「これでもうおしまいなの？」

「いや、ぼくらはまだ何もしていない。これは、ぼくの体がきみを受け入れる準備が整った合図なんだ。きみの体もぼくを受け入れる準備が整っているようにね」彼は両手をカサンドラの下ばき（パンタレット）の開いた部分に差し入れ、秘めやかな場所に軽く触れた。「ほら、きみもこんなに濡れている」

ギャレットはドレスの裾を持ちあげて彼女のヒップをむき出しにすると、ひんやりしたカウンターに座らせた。それから秘所の襞をかき分け、いちばん感じやすい部分を親指で愛撫し始めた。

このままだとすぐに達してしまいそうだ。カサンドラは唇を噛み、なんとかこらえようとした。配膳室の近くには、彼女がロデリックに純潔を捧げた掃除用具入れがある。でも今回、彼女が一緒にいるのはギャレットだ。カサンドラにとって、彼は性的な面でのパートナーであり、指導者でもあった。しかもこれまでのところ、ギャレットは至極正しく彼女をリードしてくれている。もはや人目を気にしたり、恥ずかしさを感じたりはしない。火の魔法使いとして、カサンドラの体がこうすることを何より必要としているのだ。人が食事や休息、呼吸を必要とするように。寝室というプライバシーが守られた空間ではなくても、ギャレットとは最後の最後まで結ばれたい。

カサンドラは二人の仮面をはぎ取り、前かがみになると激しいキスをした。彼女がどれほど求めているか、ギャレットは感じているだろうか？　濡れた襞をかき分け、指先でまさぐっている様子から察するに、完全にわかっているはずだ。カサンドラの欲望の芯が熱く腫れあがったようになり、彼を受け入れる準備が完璧にできていることを。

ギャレットも同じなのでは？　女性と同じく、男性にも感じやすい部分があるはず。カサンドラは指先でさらに彼のものを探ってみた。ギャレットが大きくあえいだ瞬間、その部分がわかった。こわばりの先端の下にある、ざらざらしたところだ。

「こうされるのが好きなの？」カサンドラは低い声でささやき、彼の耳たぶを舐めた。

「ああ……いや……だめだ……できない……そんな……きみが……」

欲望のあまり、ギャレットはまともに話すこともできない。

そういう彼はなんとも魅力的だ。どうしようもないほど惹かれてしまう。カサンドラは彼の欲望の証に下腹部を押しつけ、自分自身の興奮を高めようとした。

ギャレットが彼女の唇や頬、閉じたまぶたにキスの雨を降らせる。

「きみのことがもっとよく見えるといいのに」彼が低い声で言った。キスを受けるのに夢中なあまりカサンドラが愛撫の手を止めていたので、少し理性を取り戻せたようだ。

「手のひらから伝わる感触で、わたしの全身を想像してみて」彼女はギャレットの両手を胸のふくらみへと導いてから、自分はまたそそり立ったものを攻め始めた。身をよじり、どうにか中へ迎え入れようとしてみるが、そのたびにかわされてしまう。彼は完全には与えまいと覚悟を決めているのだろう。でも今回だけは、ギャレットのノーという返事を受け入れるつもりはない。彼のすべてが欲しい。「あなたには、わたしの胸がどんなふうに見えているの？」

これまでもギャレットはこうして睦み合うとき、自分が見たり感じたりしたものを彼女に伝えてくれていた。

「きみの胸は豊かで柔らかい」募る欲求のせいで、彼の声はかすれている。「きみが解放を求めて叫び声をあげるまで、この胸を愛撫し続けたいよ」

カサンドラが降参とばかりに両方の腕をあげると、ボディスのレースの上から胸の頂がのぞいた。つんと尖った先端に、ギャレットの熱い吐息を感じる。彼は片方を口に含み、もう一方を親指と人差し指でもてあそび始めた。それから空いているほうの手を下へ滑らせ、熱く濡れた襞を押し広げた。敏感な部分を指先で刺激され、思わず背中が弓なりになる。

ギャレットが低くうめき、体をずらして彼女の脚の間に顔をうずめようとした。けれども、カサンドラは両手で彼の頭をつかんでそれを制した。今や全身が業火に包まれたようになっている。このままだと大火災を起こしてしまうだろう。それを避けるためには、ギャレットの唇で秘所を愛撫される以上の行為が必要なのだ。

「いいえ、それだけではだめ。今回はだめなの」カサンドラは彼に口づけた。優しく唇を重ねるつもりだったのに、思いのほか荒々しい、それこそ飢えた獣のようなキスになった。

「あなたが欲しいのよ……わたしの中に入ってきて。お願い」

「ぼくだって、できるならそうしたい。だがそんなことをすれば、またきみの夢を見てしまう。それがわかっているから、できないんだ」

「ええ、あなたはわたしの夢を見て当然だわ。だって、わたしは夢に出てくる価値のある女ですもの」自分でも不思議だった。この自信はどこから来るのだろう？　もしかすると、火使いとしての能力が言わせているのかもしれない。あるいは、ギャレットがそれほど彼女を求めているると知った嬉しさからなのかも。

カサンドラがギャレットの体を引き寄せると、彼は全身の筋肉をこわばらせた。意識的に下腹部を彼女に近づけないようにしている様子だ。そのとき彼女の脳裏に、ふいに先のギャレットの言葉がよみがえった。

「〝また〟と言ったわね？　すでにわたしの夢を見たの？」

彼が厳しい顔でうなずく。「あれほど必死に努力したにもかかわらず、見てしまったんだ。もう二度とそんなことを許すわけにはいかない。きみをぼくの心の中に受け入れるわけにはいかないんだよ」

「だったら、今度はわたしがあなたを受け入れる番だわ。あなたに完全に満たしてほしいの。わたしの夢を見ずにはいられなくなるほどに」カサンドラは手を下へ伸ばし、そそり立ったこわばりを優しく握った。「わたしがあなたを選んだのよ。わたしがあなたと一つになることを選んだ。たとえ明日、災いに襲われたとしてもかまわないわ」

熱く濡れそぼった部分にかたいものが当たるのを感じ、彼女はたまらず体をよじった。どうにかして先端を受け入れることができたら、ギャレットもノーとは言えなくなるだろう。

その考えを読み取ったかのように、彼がいきなり膝をつき、カサンドラの脚を大きく広げた。今回は彼女も制止できなかった。悔しいけれど認めざるをえない。ギャレットは本当に舌の愛撫が巧みだ。軽く歯を立てられ、彼女は歓びのうめきをあげた。

カサンドラの意向がどうであれ、ギャレットはこの方法で彼女をクライマックスに導くつもりらしい。

それなら、彼女が切れるカードはあと一枚しかない。しかも捨て身の一枚だ。「もしあなたがわたしの頼みを聞いてくれないなら、ロデリックに相手をしてもらうまでよ」

ギャレットが体をまっすぐに起こした。

「だめだ」荒々しい声で言うと、彼はカサンドラの両方の肩をぎゅっとつかんだ。「きみを彼のものにさせるわけにはいかない」

導かれるまでもなく、ギャレットはいきなり屹立したものを彼女の奥深くに突き入れた。なんて太く、かたく、熱いのだろう。まるで熱を持っているようだ。襞の奥が押し広げられるのを感じる。彼自身をすっぽりと包み、のみ込む感じがたまらない。カサンドラは彼の体に脚を巻きつけ、動きを合わせてヒップを揺らしながら、共にのぼりつめていった。

秘められた部分が収縮し始める。次の瞬間、自分の中に彼の種がまかれるのを感じた。歓びの極致に達したあとも、ギャレットはカサンドラから離れず、彼女を一人にしようとはしなかった。二人は快感を共有しつつ、めくるめくような至福の波に何度ものみ込まれて、とうとう力尽きた。

カサンドラはギャレットを抱きしめると、彼の肩に頭を休めた。共にあえぎながら、新鮮な空気を胸いっぱいに吸い込もうとする。この配膳室にはあの妖しい霧が流れていない。明らかに空気が澄んでいる。

そのとき、カサンドラは気づいた。自分がギャレット・スターリングを愛していることに。

結局、ロデリックに対する気持ちは幼さゆえのものだったのだ。小さい頃に楽しんだ〝王子様と乙女ごっこ〟のせいで、ずっと彼を英雄のように思ってきた。けれど本当のロデリックは彼女が考えていたような男性ではなかった。彼の本当の姿をまるでわかっていなかった。

でも、ギャレットのことはよく知っている。短所も一つ一つ数えあげられる。彼は頑固だし、秘密主義だし、周囲の人たちにいたずらを仕掛けるのが大好きだ。おまけに独占欲が強くて過保護ときている。そういった短所があるにもかかわらず、カサンドラは彼を愛している。

いいえ、そういった短所のせいで愛しているのかもしれない。

一つだけ、わかっていることがある。ギャレットと一緒にいると不思議と心が満たされ、むなしさが和らぎ、癒やされるということだ。

呼吸が落ち着くと、彼はカサンドラから体を離した。その瞬間、彼女が感じたのはどうしようもない寂しさだった。それに押しつぶされずにすんだのは、この先もギャレット・スターリングがカサンドラの人生にさらに密接に関わり、より完全に彼女を満たすに違いないと確信していたからだ。

「キャシー、すまない」ギャレットが彼女の体をカウンターから持ちあげて床におろした。ドレスの裾が落ち、足首のあたりにまとわりつく。「こんなことをするつもりはなかったんだ」

「わたしはこうするつもりだったわ。だから謝ったりしないで」カサンドラは彼のズボンを引きあげ、前のボタンをかけてあげた。まるで妻がするような優しいしぐさだ。今はそうするのが正しいように思える。「わたしにはあなたが必要だったの。それに、あなたも少しはわたしを必要としてくれていたはずよ」

ギャレットは両腕で彼女を抱きしめた。「〝少しは〟なんてことはない。心からだ」

髪がもつれ、顎の力を抜いた彼はとてもくつろいだ表情をしている。いつにもましてハンサムだ。そんなギャレットにとって、今こそ愛を宣言するには完璧なタイミングだろう。

カサンドラは期待をこめて彼を見あげ、笑みを浮かべた。そう、これからギャレットは彼女が一生忘れられないような美しい言葉を連ね、結婚を申し込むに違いない。今後は二人でカサンドラの火使いの能力を解放し、ギャレットの悪夢に対処する方法を探っていくのだ。ヴェスタからは、結婚も家庭も望むべきではないと警告されている。特殊能力者はごくふつうの生活におさまりきることができないから、と。けれど、その事実がヴェスタには当てはまっても、カサンドラとギャレットに当てはまるとはかぎらない。

そのときギャレットが前かがみになり、彼女にキスをした……ただし、鼻のてっぺんに。ロマンティックな魔法がたちまち解けていく。

「さて」彼がそっけなく言う。「きみが能力をうまく支配できるようになったのなら、そろそろ任務に戻らないと。ロデリックを捜さなければならない。これまでの部屋に、彼の姿はなかったようだからね。あの霧が充満している部屋には戻らずに、この建物の二階へ行くにはどうすればいい？」

「〝能力をうまく支配できるようになったのなら〟？」どうしてギャレットはそんなことを言えるのだろう？　あの交わりを能力を抑えるためだけのものと決めつけるなんて。二人はそれ以上のものを交わし合ったというのに。彼だって、そう気づいたはず。カサンドラは目の奥が熱くなるのを感じた。涙がこぼれそうだ。二人とも、仮面をつけたほうがいい。彼女はギャレットに仮面を手渡し、自身も仮面の紐をしっかりと結んだ。「あなたはどうなの？　自分の気持ちを抑えきれていないように見えたけれど？」

「ああ、きみの言うとおり、ぼくも有罪だ。でも、謝るなと言ったのはきみだよ」

カサンドラが壁に取りつけられた燭台を一瞥すると火が灯り、狭い配膳室が淡い黄色の光に包まれた。けれども彼女が反論を口にする前に、配膳室の扉が大きく開いた。そこに立っていたのは、仮面をつけてトルコ風の仮装をした背の高い男性だ。ぶかぶかのズボンに小さなベストを合わせているが、前のボタンはすべてはずされ、胸がむき出しのままだった。カサンドラは一瞬迷った。この男性の仮装はトルコの高官(パシャ)なのだろうか？　それとも、閉じ込められた瓶から逃げ出そうとするイスラム神話の精霊(ジン)？

「ああ、これこそ天使の光だ」配膳室に漂う濃厚な性の香りを嗅ぎ取ったのだろう。男性がカサンドラを〝天使〟と考えていないのは、火を見るよりも明らかだ。「この悪魔の手先がきみを悩ませているのかい？」

カサンドラはその声に聞き覚えがあった。ロデリック・ベルフォンテ。どこにいても彼の声なら聞き分けられる。こうして彼を見つけた以上、狙いのものをこっそり盗めるよう、彼女がフランス人女性だと信じ込ませなければならない。

自分を取り巻く世界は、なんと混沌としたものに変わってしまったことか。カサンドラはつくづくそう思った。かつての世界では、マナーさえ気にしていればよかったのに。

「そうなの、ムッシュー・ル・パシャ」カサンドラはとびきり流暢なフランス語で答えた。誰かの望みをかなえるために瓶に閉じ込められたしもべよりも、退廃的なパシャと思わせておいたほうが、ロデリックもさぞいい気分だろう。「この悪魔は……どう言えばいいのかしら……わたしをいらいらさせるの。もしあなたが彼からわたしを救ってくれたら、本当に嬉しいわ」

彼女はまばたきをしてロデリックを見つめた。彼が頭に巻いたシルクのターバンの中心には宝石ではなく、金色の何かがおさまっている。ちょうど懐中時計と同じ形と大きさだ。

インフィニタム。

カサンドラがロデリックのズボンのポケットから盗むはずだった宝物。それが彼の額の真上にある。いかに優れた技術を持つすりでも、そんなところにあるインフィニタムを気づかれずに盗むのは無理だろう。その場ですぐにつかまってしまう。

うろたえるべきなのだろうが、カサンドラが今感じているのはまぎれもない安堵だった。これでもう、ロデリックを誘惑しなくていい。彼のズボンの前を触って気をそらす間に、ポケットからインフィニタムを盗む必要はなくなったのだ。その代わり、彼女とギャレットは一刻も早く、新たな計画を考えなければならない。

14

〝盗人は聖職者よりもよき人であることが多い。しかも聖職者よりも、天国の門の近くにいるものだ〟
――ジョージ・マクドナルド(小説家、詩人、そして驚くべきことに聖職者でもあった)

カサンドラがロデリックの腕を取り、立ち去っていくのを、ギャレットはなすすべもなく見送った。いや、なすすべが一つもなかったわけではない。ロデリックの心にセンディングをしたのだ。ロデリックが何をするつもりであろうと、カサンドラの身の安全が確保されるよう、熱心に念を送り続けた。この集まりの趣旨から察するに、あの卑劣な男が彼女に対してみだらな感情を抱いているのは間違いない。

それでもなお、ギャレットは人目につかないよう、離れた場所から二人を追いかけるしかなかった。

「仮面舞踏会はやや大胆な雰囲気になってきたね、ミス・エンジェル」ロデリックがカサンドラに話しかける声がギャレットにも聞こえた。二人は今、ダイニングルームから応接間を移動している。そこでは乱痴気騒ぎがまさにたけなわを迎えようとしていた。つんと鼻をつく霧がさらに濃くなっていることに気づき、ギャレットはみぞおちにねじれるような痛みを感じた。媚薬の力など借りなくても、カサンドラの性的欲求は飽くことを知らない。この霧のせいで、その欲望が再び高められてしまう可能性は大いにある。しかも今回、彼女が一緒にいる男性はギャレットではないのだ。

「どこか二人きりになれる場所へ行こう」ロデリックが言う。

カサンドラはうなずいた。

彼女がロデリックのポケットからインフィニタムを盗む計画は、衆人環視の中でいちばん効果的な作戦だった。しかし今、カサンドラは人目につかない場所へロデリックを連れ出す必要に駆られている。彼女があの男と二人きりになれる場所へ行く――そう考えただけで、ギャレットは背筋をかぎ爪で引っかかれるような強烈な痛みを覚えた。とはいえ、この新たな展開に対処するためにはそうするしかない。

インフィニタムを別の懐中時計とこっそりすり替えるという選択肢は消えた。ロデリックが眠り込むか、酒の飲みすぎで意識を失うかしないかぎり、インフィニタムを盗むことはできないだろう。だがカサンドラに、ロデリックとそれほど長い時間を共にさせたくない。それがギャレットの本音だ。いちばん望ましいのは、力ずくでインフィニタムを奪い、すみやかに逃げ出すことだろう。カサンドラはフランス人女性のふりをしている。そんな彼女をギャレットがセンディングで援助すれば、ロデリックが仮装した二人の正体に気づくこともないかもしれない。

ロデリックがカサンドラをいざない、階段をのぼっていく。何か話しているが、声が低くて話の内容まではわからない。ギャレットは彼らのあとをつけ、廊下の角からこっそり顔を出し、二人が入った部屋の扉を確認すると、すかさずセンディングをした。ロデリックの心は大きく開かれたままだ。すっかり油断しているのだろう。

〝おまえはひどく疲れている。一週間ずっと眠り続けなければいけないほどくたくただ〟ギャレットはロデリックの心に念を送った。〝おまえの一物はスポンジケーキのようにふにゃふにゃだ。柔らかくて、まったく役に立たない〟

ふつうならば、ギャレットは自分のセンディングの能力に自信があった。いかなる男の高ぶりも抑えられるはずだ。でも、この建物には例の霧が低く立ちこめている。しかもカサンドラのように蠱惑的な女性と一緒にいるとなれば、ロデリックを萎えさせられるかどうか疑問だ。ギャレットは扉に耳を押し当てた。

「まあ、なんてすてきな懐中時計かしら、ムッシュー。だけど変ね。どうして宝石の代わりにターバンの真ん中につけているの？」カサンドラの声が聞こえた。「時はあっという間に過ぎるから、しっかりとつかまえておかなければならないという警告のつもり？」

「ぼくには時間がふんだんにあるんだよ、愛しい人」

それはそうだろう、とギャレットは心の中でひとりごちた。インフィニタムは彼の手中にあるのだから。

「だけど、この懐中時計は壊れているわ」彼女が言葉を継ぐ。「だって分針がないもの」

「違うんだ、ぼくの天使。何も壊れていない。これは時計じゃないんだよ。ほら、もっと近くに寄って見てごらん」

〝彼女にインフィニタムを渡せ〟ギャレットは念を送った。もしかすると、ロデリックは暗示にかかりやすいたちかもしれない。祈るような気持ちで、そのわずかな見込みに賭ける。

「いや、だめだ」ロデリックの声がした。「見るだけだよ。触ってはいけない」

「あなたにも同じことを言うわ、ムッシュー。お願いだからわたしのお尻(マ・デリエ)から手を離して」

ギャレットは体の脇で両のこぶしを握りしめた。激しい怒りがふつふつとわいてくる。けれどもどうにか自分を抑え、扉にまた耳を当てた。

二人は小声で何か言い合っている。話の内容まではわからない。とはいえ、カサンドラの身に危険が及んでいるのは明らかだ。ギャレットは水晶製のドアノブに手をかけ、扉を開けようとした。だが、びくともしない。間違いない、ロデリックは彼女をこの部屋に監禁しようとしているのだ。

そのとき、室内からどさりという音が、続いて椅子が倒れるような音が聞こえた。それからギャレットの耳に聞こえたのは押し殺したような悲鳴だ。激しい怒りに突き動かされて、彼は扉に肩を打ちつけた。蝶番が少しゆるんだものの、完全にははずれていない。あとずさりして勢いをつけ、もう一度体当たりする。今回は扉が大きく開いた。

ベッドの真ん中で、ロデリックがうつ伏せのカサンドラに覆いかぶさっていた。彼女は足を蹴りあげ、身をよじってなんとか逃れようとしている。もはやフランス語を話していないが、声は低くかすれて、とても彼女の声とは思えなかった。しかも、口汚い悪態を連発しているからなおさらだ。おそらくヴェスタ・ラモットから学んだのだろう。高級娼婦であるヴエスタは、いくつかの言語を流暢に使い分ける。中でも得意なのがみだらな言葉だ。

ロデリックが弾かれたようにギャレットを見た。「いったいなんの（ホワット・ザ・デビル）――」

「そのとおりだ！」そう応じたものの、ギャレットは悪魔（デビル）というよりはむしろ報復の天使のような気分だった。ロデリックのベストをつかんでカサンドラから引き離し、体を壁に叩きつける。

ロデリックは攻撃をかわそうと頭をひょいと動かし、こぶしを顔の前に掲げて応戦する構えを見せた。ところが次の瞬間、ボクシングのルールなどかなぐり捨てたかのように化粧台の椅子をひっつかむと、ギャレットの頭めがけて振りおろした。椅子が壊れて割れる。

視界に星が飛んでいたものの、ギャレットは必死で意識を保とうとした。もしここで自分が倒れたら、この悪党はすかさずカサンドラに襲いかかるだろう。椅子を振りおろされた衝撃に耐えながら、ギャレットは体をうしろに引き、ロデリックの顎めがけて渾身のパンチを繰り出した。相手は切り倒されたオークの木のごとく倒れ込み、色あせたトルコ絨毯に顔面をぶつけて長々と伸びた。

カサンドラは、まだベッドでうつ伏せになったままだ。ギャレットは彼女のもとへと急いだ。

「大丈夫か？」

「ええ」カサンドラが低いしわがれ声で答え、片方の手を喉元に当てる。「彼はたぶん……わたしを殺す気だったみたい」

彼女の喉は赤くまだらになっている。それを見たギャレットは、気絶しているロデリックを思いきり遠くまで蹴り飛ばしてやりたくなった。

「彼はきみの正体に気づいたのか？」

「そうは思わないわ。誘われてノーと断ったら、急に怒り出したの。わたしを痛めつけることでいい気分になっていたみたい」

「すぐにこの建物から出なければ」カサンドラの体を起こしながら、ギャレットは言った。

「だめよ、インフィニタムを手に入れずにここを離れるわけにはいかないわ。あのターバンはどこ？」カサンドラはあたりを見まわし、おそるおそる動き出した。「あれを見つけないと」

彼女と揉み合っているうちに、ロデリックの風変わりなターバンはどこかに吹っ飛んでしまっていた。カサンドラの仮面が取れなかったのは、運がいいとしか言いようがない。それから必死で捜しまわった結果、二人はベッドの下に落ちているターバンを見つけた。

カサンドラはターバンからインフィニタムをはずし、その表面に指先を滑らせた。「揉み合ったせいで壊れたんじゃないかしら？」

「そう願うよ。これがなければ、世の中はもっといい場所になるはずだから」ギャレットは彼女から忌まわしい遺物を受け取ると、ポケットにしまい込んだ。「歩けるかい？」

カサンドラは彼を一瞥し、当たり前でしょうと言わんばかりに目をぐるりとまわしてみせた。

「よし。ぼくらが出ていくことに気づかれないよう、ちょっとした出火騒ぎを起こせるかな？」

「ええ、眠っていてもできるわ」そう答えたものの、彼女は心配そうに顔をしかめた。「だけど、誰も傷つけたくないの」

「大丈夫、誰も傷ついたりしないよ」ギャレットはカサンドラを連れて一階におりた。そこでは相変わらずみだらな行為が繰り広げられている。「まず厨房に火をつけてくれ。そうすれば、ぼくはみんなに〝今すぐこの建物の外へ出たほうがいい〟とセンディングができる。〈オールマックス〉のときのように、きみとぼくも混乱に乗じて逃げ出せるはずだ」

「そんなことができるの？」彼女は信じられない様子だ。「一度に何人もの心に念を送れるの？」

「ああ、眠っていてもできる」

ダーキン卿とその妻ハリエットは全然幸せそうではなかった。自慢の娘であるカサンドラときらびやかな招待客たちが朝食をとったあとすぐ、満足な説明もなしに滞在を切りあげてロンドンへ戻ったせいだ。そしてその二日後、ギャレットとカサンドラがロンドンにあるカムデン・ハウスにインフィニタムを届けたとき、カムデン公爵もちっとも幸せそうではなかった。

「スターリング、今回はきみらしくなかったな」公爵はきびきびした口調で言うと、インフィニタムを執事のバーナードに手渡した。執事が一礼し、インフィニタムを持ち去っていく。カムデン公爵が所有する鍵付きの保管室にしまうためだ。公爵はその保管室に、世の中に災いをもたらすほかの遺物も収蔵していた。

ギャレットは袖付き安楽椅子の肘掛け部分に片方の足をのせた。こうするとカムデン公爵がいらだつのを知っているからだ。「だが望みどおり、インフィニタムはあなたの支配下にある。文句を言われる筋合いはどこにもないはずだ」

「文句を言っているのはわたしだけではない。ベルフォンテ子爵もだ。息子が郊外にある寡婦用住居で仮面舞踏会を開いたところ、何者かに火をつけられたと文句たらたらだ。建物は奇跡的に全焼を免れたが、修復は不可能だという。しかしいちばんひやりとしたのは、彼の息子で相続人であるロデリックが出火騒ぎで殺されかけたことだ」

「といっても、彼はひどい傷を負ったわけではないんでしょう？」カサンドラが心配そうに眉をひそめて尋ねた。彼女がロデリックを心配するのは当然だろう。他人の幸せを願わずにはいられない性分なのだから。それがわかっていても、ギャレットはいらだちを覚えた。

「ああ、たしかにそうだ。彼は顎にガチョウの卵ほどのこぶを作り、いまだに咳き込んでいるらしいが、命は落とさずにすんだ」カムデン公爵は手をひらひらと振り、カサンドラの懸念を振り払った。「建物は二度と元どおりにはならないだろう。だが、重傷を負った者は一人もいない。ただし、あの出火はとんでもない騒ぎとなった」

「全部わたしのせいだわ」カサンドラが落ち込んだ様子で言う。

「いや、そうじゃない」ギャレットはまっすぐに座り直した。「悪いのはぼくだ。この茶番劇を引き起こした責任はぼくにある」カムデン公爵が向こう見ずにも戦いを挑んできたかのように、ギャレットは顔をあげて彼をにらんだ。「カサンドラに責められるべき点は一つもない」

「ああ、その点はわたしも確信している」公爵がギャレットをにらみ返す。「誤解しないでくれ。インフィニタムを回収できて、摂政皇太子の命が脅かされる危険がなくなったのは嬉しく思っているよ。しかも今、あの遺物がベルフォンテ一族の手にないのはきみたちの努力の賜物だ。あの力に魅せられている彼らなら、遅かれ早かれ、残酷な行動を起こしてもおかしくなかっただろう。しかしこの一連の出来事で、きみはMUSE全体を危険にさらしたも同然なんだぞ、スターリング」

「なぜそう言える？」

「きみのせいで、わたしたちの存在が明らかになってしまった」カムデン公爵はいつものように、行きつ戻りつし始めた。「特殊能力がある者ならば誰でも、ロデリック・ベルフォンテの仮面舞踏会で、ふつうとは違う何かが起きたことに気づいただろう。その者たちが全員、わたしたちと目的を同じにしているとはかぎらない」

カムデン公爵とは違う思想を持ち、MUSEとは目的を異にする集団がいる——ギャレットは今まで、その可能性を考えたことが一度もなかった。だが、そうした存在がいても不思議ではない。彼らは謎のパワーを持つ古代遺物を使い、英国王室を攻撃しようとしているのだ。

「火事騒ぎに関して、わたしたちの名前があがっているのかしら?」カサンドラが尋ねた。

ロデリックに手荒に扱われたせいで、まだ声がかすれたままだ。

「いや、きみたち二人の名前が出ているわけじゃない。きみの変装が功を奏したようだ。ロデリック・ベルフォンテは、男とフランス人女がぐるになって自分を襲い、盗みを働いたとロンドンじゅうに触れまわっている。寡婦用住居での舞踏会の最中、その二人が彼を殴って、〝とても高価な先祖伝来の家財〟を持ち逃げしたと言っているんだ」

ギャレットは鼻を鳴らした。「とても高価な先祖伝来の家財とは、よく言ったものだ。たしかに仮装の一部に使うほど、あの男はインフィニタムを貴重だと考えていたんだろう。それで、彼はその二人組の盗人についてどう話しているんだ?」

「紳士クラブの〈ホワイツ〉で聞いた話によれば、いろいろと詩的な表現で女について語っているらしい」カムデン公爵が答える。「しかし男のほうに関しては、卑怯な戦い方をしたということ以外、ほとんど何も言っていないそうだ」

ギャレットは含み笑いをし、やれやれとばかりに両手をあげた。「先にぼくの頭に椅子を振りおろしてきたのは彼のほうなんだが」

カムデン公爵はカサンドラに頭をかしげてみせた。「フランス語を使ったのは実に巧妙だったと思う。しかし、ロデリックの次の言葉がどうにも信じられない。彼はその女が船乗りみたいな悪態をついていたと言っているんだ。それを聞いて、彼は混乱のきわみに達してしまったに違いない」

慎み深くも、カサンドラは頬を染めた。ギャレットも、あのとき彼女が汚い言葉を使ったのは秀逸な作戦だったと考えている。誰もそんな女と、社交界にデビューしたての人気者ミス・ダーキンを結びつけて考えたりしないだろう。

「とにかく、ずさんな部分も多々あったが、任務は完了した」カムデン公爵は一瞬足を止め、また行きつ戻りつし始めた。「きみたち二人は少し休んだほうがいい」

「そんな必要はありません」カサンドラが言った。決然とした表情からは、庇護者である公爵に対して名誉を挽回したいという思いがひしひしと伝わってくる。「お願いです、閣下。あなたのお役に立ちたいんです」

「時間をかけて回復しなければ、きみの力を役立てることはできない。ひとたびパワーを大きく放出すると、自分でも気づかないうちに能力を激減させてしまうことになるんだ」カムデン公爵は言葉を継いだ。「ミス・ダーキン、きみには一週間休んでもらう。茶会や夜会の招待状が山ほど届いているが、勝手ながら、わたしから丁重な断りの返事を出すことにした。しばらくきみに休んでもらうためだ」

「でも――」

「議論はなしだ、ミス・ダーキン。きみがなんと言おうと、体は休息を必要としている。それにその首のあざが消えるまで、公の場には姿を現せない。いつなんどき、ロデリック・ベルフォンテに自分がつけたあざだと気づかれるかわからないからね」

カサンドラがはっとしたように片方の手を喉に当て、胸元でゆるやかに結んだフィシューがそこにあるかどうか確かめた。その薄い生地の下には、まだ紫がかった黄色のあざがある。それを見るたびに、ギャレットは怒りを覚えた。彼女をこんな目に遭わせたロデリックに報復してやりたい。

「さあ、わたしの図書室でくつろいでくれ」カムデン公爵がカサンドラに言う。「きみ宛の手紙に目を通すといい」

「ミス・ラモットと一緒に、もっと特訓することもできます」大胆にも、彼女はそう提案した。

「彼女いわく、きみにはもう教えることがないそうだ。今のきみに必要なのは時間と経験だよ。とにかく来週は、きみ自身の心に目を向けてみてほしい。自分の中にある冷静な部分を見つけ出すんだ。そうすれば、能力をもっと簡単に操れるようになる」公爵はカサンドラに優しい笑みを見せたあと、厳しい顔になってギャレットを一瞥した。「しかしスターリング、きみの場合は話が別だ。きみはわたしが教えた心のトレーニングに真剣に取り組んでいない。定期的に、そして熱心に一週間トレーニングに励めば、それが精神的習慣になる。その習慣を利用できるようになるんだ」

一晩を過ごすには、アヘン窟やウィスキーを利用してもいい。すべてはもう二度とカサンドラの夢を見ないためだ。すでに彼女についての夢は一度見ている。それだけでもじゅうぶん危険なのだ。

「親切にも、ウェストフォールがきみの手助けを申し出てくれている。彼に教えてもらうといい。ウェストフォールは訓練を重ねたおかげで、目覚ましい成長を見せているんだ。今では意のままに意識を遮断できるようになりつつある」カムデン公爵は言った。「きっと彼の体験は、きみが夢を遮断する方法を学ぶ役に立つはずだ」

「ほら、まただ」ギャレットは両手をあげた。「そうやって、ロバの前にニンジンをぶらさげ続けるんだな。ただ問題は、哀れなロバが一生かかってもニンジンにたどり着けないという点だ」

「きみが自分をのろまなロバにたとえるとは愉快だ」公爵はゆったりと笑みを浮かべた。「だが、わたしの手助けをはねつけるのは間違っている。きみは悪夢を見てしまう力を支配する術を学びたいのか、学びたくないのか、どちらなんだ？」

ギャレットはちらりとカサンドラを見た。前に見た彼女に関する悪夢の恐ろしいイメージを、どうにか心から振り払おうとする。けれどもうまくいかない。もし悪夢を見ないようにする機会がわずかでもあるならば、それに賭けたい。

彼は立ちあがり、カムデン公爵に皮肉めかしたお辞儀をした。「閣下、またしてもあなたの勝ちだ」

ギャレットは体の向きを変え、大股で部屋から出た。その直前、背後で公爵の低い声が聞こえた。「問題はそこなんだ。うまくいくかどうかは、きみの意志しだいなんだよ、スターリング。きみのかたい決意がなければ、何もうまくいかない」

15

〝あのリンゴが非難されているのは知っている。だがそれは真実ではない。鳥たちや獣たちを見るといい。そうすれば、われわれがやむにやまれぬ衝動であの行為をしているのがわかるだろう。とはいえ、これは冷やかしのための時間ではない。わたしの中にわき起こっている波を感じないか？　ほら、やってきた！　さあ、手を取ってくれ、そしてこの波に抗ってくれ――欲望という名の荒波に〟

――ピエトロ・アレティーノ（ルネサンス期イタリアの作家、笑いすぎで死んだと言われている）

ギャレットはろうそくの火を吹き消し、清潔なベッドに入った。もし信心深い男ならば、夢を見ずに一晩過ごせますようにと神に祈りを捧げただろう。だが婚約者を突然の病で失って以来、神には言いたいことが山ほどある。そんな相手に今夜だけ助けを求めるのはむしがいいように思えた。

その日の午後、ギャレットはウェストフォールと共に、カムデン公爵が考案した忌々しい心のトレーニングを行った。そして数時間後、ウェストフォールにしぶしぶこう認めさせたのだった。

〝誰かに衝撃を与えたり、ばかげた行動を起こさせたりしようと躍起になっていなければ、きみは驚くほど穏やかな心の持ち主なんだな、スターリング〟

目覚めているときならば、ギャレットはセンディングの衝動を完全に抑えることができる。ところが寝ているときは自信が持てなかった。今日の午後のトレーニングのおかげで、無意識を完全に支配できるとはかぎらない。ところがウェストフォールからは、今夜はいつものように酒を飲むのをやめたほうがいいと言われた。そうすればトレーニングの効果を正確に判断できるからだ。

というわけで不本意ながら、ギャレットはこうしてふかふかのベッドに横たわっている。深呼吸をしてよけいな物思いを振り払おうとしたものの、なかなか眠くならない。ひとたび暗闇に目が慣れると、片方の腕を頭の下に置き、ほぼ四十五分間、天井に描かれた絵をまじまじと見つめた。森の中、精霊たちと半神半獣のサテュロスが戯れている姿だ。

もしそのまま好色家のサテュロスがはしゃぎまわる姿に気を取られていたら、前に見たカサンドラの夢の記憶を思い出すこともなかっただろう。

しかし残念ながら、ある光景が脳裏によみがえった。夢で見た恐ろしい光景が。

誰かが炎にとらわれている。その人物は悲しげな叫び声をあげ、助けを求めていた。はたしてそれが男性なのか女性なのか、若いのか年老いているのかもわからない。とてつもない恐怖が、その人物から年齢も性別も奪ってしまったかのようだ。炎の勢いが激しすぎて、ギャレットはその人物に近づくことすらできない。すさまじい炎のせいで、肌に火ぶくれができている。だが、カサンドラは違った。ギャレットが止める間もなく、彼女は冷静な足取りで燃え盛る炎の中へ歩いていった……。

あのときは、そこで悪夢がぷっつりと途切れた。当時の底知れぬ深い穴に落ちていくような感覚を思い出し、ギャレットは弾かれたように体を起こして大きくあえいだ。

彼の心の一部はこの夢の続きを知りたがっている。けれども別の部分は、絶対に知りたくないと思っていた。

カサンドラにまつわるこの悪夢を見たあと、ギャレットはヴェスタ・ラモットに火使いの能力の限界について率直な質問をしてみた。もし火の魔法使いが思いどおりに発火できるならば、自分が起こした火によって焼け死なないようにすることも可能なのか？　あるいは、そこまではできないのか？

〝あら、それはできないわ。わたしだって自分が出した火にとらわれたら燃えてしまうのよ〟ヴェスタは答えた。〝わたしは特に香水に目がなくて、ふだんからたくさん振りかけてしまうの。ほら、もっと近くに寄って、わたしの香りを嗅いでみて、スターリング。わたしが秘密の場所にもいつも香水をつけていること、あなたならきっとお見通しのはずよ〟

ヴェスタは色気たっぷりの女だ。それゆえ、ギャレットは彼女との戯れを楽しむことがある。もっとも、ヴェスタは二人の戯れが冗談にすぎないのをわかっている様子だ。ヴェスタはギャレットのカサンドラに対する気持ちを――おそらく彼自身よりも――理解していた。彼が尋ねる前から、最初の任務を共に終えれば、カサンドラとさらに深い肉体関係が結べると教えてくれたのがいい証拠だ。

〝あなたが彼女を大切に思っているのがよくわかるの。だから、あなたには打ち明けるわね〟

カムデン公爵の庭園をそぞろ歩きながら、ヴェスタはそう言うとギャレットの肘を取り、温かな胸をぴたりと押しつけてきた。〝火使いが自分の能力に目覚め、勇気を持ってそのパワーを巧みに使い出すと、自分が無敵であるかのように感じてくるの。炎を引き起こし、自在に操れるようになるのは、間違いなく心が浮き立つ体験よ。カサンドラはまだ若いから、これから永遠に生き続けられるみたいに思い始めているかもしれない。能力が高まるにつれ、ますます自分は万能の存在だと考えたくなってくるのよ。だけど、彼女もまた死ぬべき運命にあることに変わりはない。焼き殺されないよう、火使いは炎をいいかげんに扱うことが許されていないわ。だから、これからも彼女を守ってあげてね、スターリング〟

そう言われても、どうやって守ればいいのだ？　まさに彼の悪夢がカサンドラの安全を脅かそうとしているのに？

もう眠れそうにない。そう思い、ギャレットはベッドからおりると、木片を使って暖炉から火を取った。空いたほうの手を炎にかざしながら、ゆっくりと寝室を横切り、ベッド脇にある寝室用便器の上にあるろうそくに明かりを灯す。

「カサンドラがここにいなくて残念だ」低い声で言った。「彼女なら、こんなことはいとも簡単にできるはずなのに」

その考えに呼び出されたかのように寝室の扉が開き、カサンドラが顔をのぞかせた。ギャレットが起きているのを見て、にっこりと微笑む。

「ああ、よかった。起きていたのね。寝ているところを邪魔したらどうしようと思っていたの」

「眠れないんだ」どうしても眠る勇気がない。「きみはどうしてまだ起きているんだ？　それになぜここへ来た？」

ここへ来るようカサンドラにセンディングをした覚えはない。そもそも、彼女は念を受け取れないはずだ。だがこうして起きている状態でも、彼の無意識のメッセージがカサンドラに届いたのだろうか？

「まあ、もう少し優雅な歓迎を期待していたのに」

カサンドラはギャレットの寝室にそっと入ると、うしろ手で扉を閉めた。今夜の彼女がまとっているのは、ボタンが顎まできっちりとめられた少女っぽいシルクのネグリジェだ。上に羽織った部屋着の裾の長さは足首まである。でも彼女の全身から、いい香りが立ちのぼっていた。部屋の向こう側にいても、ユリのように甘くて魅力的なにおいが感じられる。まさにカサンドラにぴったりの香りだ。

「わたしはカムデン公爵の逆鱗に触れる危険を冒してまで、ここにやってきたのよ」

「なぜそう思うんだ？　公爵は堅物かもしれないが、変に上品ぶったところはない。ぼくがきみの寝室で一緒に過ごしていることは彼も知っている」女らしい体に手を這わせ、カサンドラを解放に導くことを考えただけで、ギャレットの下腹部はたちまちこわばった。

　彼女が恥ずかしそうに首をすくめる。驚くほど内気なしぐさだ。配膳室で情熱的にギャレットと交わっていたのと同じ女性とは思えない。「そうね。だけどあなたがわたしの寝室に来ているのは、あくまでわたしの能力を解放する手助けのためよ。いわば、それもＭＵＳＥの仕事の一環だわ」

「ということは、きみは今、自分の意思でここに来たのか？」彼は期待をこめて尋ねた。

　寝室はあまりに薄暗く、カサンドラが赤面したかどうかはわからなかった。とはいえ視線をそらしたことから察するに、頬を染めたのだろう。あの仮面舞踏会のときに結ばれたことで、彼女の気持ちに変化が生じたのだろうか？　もちろん、媚薬が含まれた霧のせいで激しく交わったのは褒められたことではない。しかし火使いの能力とは関係ない理由で、こうしてカサンドラが訪ねてきてくれたのなら嬉しい。そのとき初めて、ギャレットは自分の本心に気づいた。

「いいえ、そういうわけではないの。わたしが来たのは……」カサンドラは口をつぐみ、片方の手でネグリジェのボタンの上から三つをはずした。そこで自分がしたことに気づいたように、あわてて両方の手を部屋着のポケットに突っ込んだ。ギャレットが暖炉の前にある椅子を指し示すと、彼女はそこに腰をおろした。部屋着の裾があがり、細い足首と足が見えている。「カムデン公爵が捜し出そうとしている、ASPについて考えてみたの」

ギャレットは彼女の向かい側の椅子へどさりと座った。「きみはいつも公爵の望みについて考えているんだね？」

「知ってのとおり、わたしは公爵にたくさん借りがあるもの。もしあの人がいなければ、わたしはいまだに無意識のまま出火騒ぎを起こして、誰かを傷つけていたかもしれないのよ」カサンドラは椅子にまっすぐ座り直すと、蠱惑的な笑みを浮かべた。「なのに、今のわたしは自分の力を楽しむ術を心得ているわ」

ギャレットは前かがみになり、両方の膝に肘をついた。「今、きみが楽しんでいるものがもう一つある――性的な解放だ」

「でも、わたしはそのためにここへ来たわけじゃない」彼女は再び目をそらした。「公爵との打ち合わせのあと、ミスター・バーナードがわたしにそのASPとやらについて教えてくれたの」

二人の間に高まっている性的な緊張について話そうとしたのに、カサンドラはその話題に乗ってこない。そう気づいたギャレットは椅子にもたれ、脚を組んだ。カサンドラには男性用室内着から彼の欲望の証が見えるかもしれないが、それならそれでいい。「話はすぐに終わってしまっただろうね。ASPについては何も情報がないのだから」

「だけど名前はわかっているわ」カサンドラはギャレットの膝をちらりと見たが、すぐに視線を顔に戻した。意識的に彼の下半身を見ないようにしている様子だ。「そこで考えてみたの。ASPというのは頭字語ではないかしら？　もし三つの頭文字が何を表しているのかわかれば、そのありかを捜し出せる可能性も高まるはずよ」

ギャレットはうなずいた。「メグ・アンソニーが見つけてくれるだろう。捜しているものの形、あるいは捜している人物の名前がわかれば、彼女は千里眼の能力を使えるからね」

「じゃあ、わたしたちも協力しないと。そうね……」カサンドラは爪で前歯をこつこつと叩いた。「ASPは秘密の箱（ア・シークレット・パッケージ）の略じゃない？」

彼女が顔をしかめる。「もっと真面目に考えて」

「あるいはくだらないプディング（ア・シリー・プディング）菓子かもしれない」

「すまない。ならば酸っぱいピクルスの詰め合わせ（アソート・サワー・ピクルス）はどうだろう？」

「もう、ギャレットったら！」カサンドラは立ちあがり、暖炉に近づくと両手をかざした。燃えあがった炎に照らされ、ふいに部屋着とネグリジェ越しに女らしい曲線があらわになる。その一瞬の光景を、ギャレットは心から楽しんだ。「食べ物以外で何か考えてちょうだい」

カサンドラの体の線があらわになった今の瞬間についてなら、いくらでも考えられる。とはいえ、彼女はそれを望んでいない様子だ。ギャレットは立ちあがった。女性が立っているのに男が座り続けているのは、適切なマナーとは言えない。彼は部屋を横切り、暖炉の前にいるカサンドラの横に立った。

適切か否か、それが問題なのだろう。二人の関係は初めから堕落していた。適切とは無縁の関係だ。初めはギャレットがカサンドラを拉致した。続いて、まだ互いをよく知りもしないうちに、彼はカサンドラを性的な冒険へといざなった。しかし彼女の体の隅々まで知り尽くすうちに、ギャレットは本当の彼女――温かくて、心優しく、勇気あるキャシーを垣間見るようになった。そして今は彼女のことを――驚くべきことに性的な面以外でも――もっと知りたいと思っている。

「ASPは何かの武器かもしれない。当てはまる頭文字はないかしら？」カサンドラが考え込むように眉根を寄せた。「攻撃的な剣の先（アグレッシブ・スウォード・ポイント）？」

「あからさますぎる」ギャレットは言った。「剣の先はどれも攻撃的なものだ」

「たしかにそうね。それなら、もっとあからさまじゃない言い方はある？　心的エネルギーを帯びた武器は一目見ても武器とはわからないけれど、ちゃんと機能している（アクティブ）。そうだわ、Aは〝機能している（アクティブリー）〟の略かもしれない。それならSはなんの略かしら？」

「治安妨害（セディティアス）？」ギャレットは答えた。

「そう、その調子よ」カサンドラに笑みを向けられ、彼は誇らしくなった。「英国王室への攻撃は、まさに治安妨害にほかならないもの。だったら、Pはなんの略？」

「ポテト、ペーパー、ペンギン」

「もう、真面目に答えて」カサンドラが目をぐるりとまわす。

「わかった。きみは何か思いつくかい？」

「コショウの実、枕、ピアノ」

「治安妨害として機能しているピアノ？」ギャレットは片方の眉をあげた。

「それじゃ意味がわからないわね」彼女が椅子に沈み込む。「なんだか絶望的だわ。摂政皇太子にピアノを献上しようとする人なんて、いるはずがないもの」

「驚くなかれ、最高の血統を引く馬から巨匠の描いた絵画、宝石まで、摂政皇太子はありとあらゆるものを受け取っているんだ。彼の機嫌を取るために、みんなが献上した品物は数えきれない。ちなみに、ぼくもきみに気に入られるためならどんなことでもするつもりだよ」

「本当に？　どうして？」突然、暖炉の炎がまたしても赤く燃えあがった。彼の言葉を聞いて、カサンドラが不安を感じている証拠だ。「この忌々しい火使いの能力以外、わたしには何も特別なところなんてないのに」

「そんなことはない」ギャレットは彼女の前にひざまずいた。「きみのような女性はほかにいない」

カサンドラが物問いたげなまなざしで彼を見た。ギャレットが本気でそう言っているのか確かめている様子だったが、結局は満足したのだろう。そのあとすぐ、前かがみになって彼の体に両腕を巻きつけ、肩に頭をもたせかけた。最初は小刻みに身を震わせていたものの、しばらくすると震えはおさまった。

ギャレットはそれ以上、何も話すことなく、カサンドラを抱き返した。カサンドラがここにいる。彼女自身の意思で、ギャレットの腕の中に抱かれている。火使いとしての能力を解放するためではない。霧に仕込まれた媚薬のせいでもない。純粋にギャレットの抱擁を求めて、カサンドラは今、彼の腕の中でとろけそうになっている。

それでじゅうぶんだ。

ギャレットは彼女に優しく口づけた。これまでは荒々しいキスばかりだったが、今回は戯れるようにカサンドラの唇を味わい、彼女が口を開くまで待った。それから舌をそっと差し入れた。彼女が応えるように小さくあえぐ。彼はカサンドラのもつれた髪に指を差し入れ、形のいい顎の線を唇でたどり始めた。首へと唇を滑らせて、喉元のかわいらしいくぼみに押し当てる。

彼女が切ないうめき声をあげた。

「しまった、あざだね?」ギャレットは尋ねた。「傷つけてしまっただろうか?」

「いいえ、わたしが傷つくとしたら、あなたが途中でやめたときだけよ。ねえ、ギャレット、あなたにこうされるとくらくらするの。空腹に、シェリー酒を飲みすぎたような気分になるわ」カサンドラはバニヤンのベルトを引っ張った。ほどけたベルトが音もなく床に落ちる。

「お願いだからやめないで」

ギャレットは彼女を立ちあがらせて、もう一度口づけた。カサンドラがバニヤンの中に両手を差し入れ、肋骨に沿って素肌に這わせる。ギャレットは彼女の鎖骨に口づけながらネグリジェのボタンをへその上まではずし、部屋着の前を大きく広げて、ネグリジェの開いた部分に指先を滑らせた。

「きみが見たいんだ、キャシー。きみのことをよく見せてくれ、愛しい人」

「もう何度も見ているはずよ」

「いや、いくら見ても足りない」ギャレットはネグリジェの前を大きく開き、胸のふくらみをあらわにした。彼の愛撫のせいで、すでに先端がつんと尖っている。「ああ、なんて美しいんだ」

指先で弧を描くように、両方の胸の線をたどる。それからまた唇にキスをしつつ、ふくらみをすくいあげた。

「わたしもあなたが見たいわ」カサンドラが彼の肩からバニヤンを押しやり、床へ落とした。

「どうだい？」ギャレットは両方の腕を広げ、その場でゆっくりとまわってみせた。

「自分の体が完璧なこと、わかっているくせに」カサンドラが彼の全身に視線を這わせる。「これまで男性のことをそんなふうに思ったことがないけれど、ギャレット、あなたは本当に美しいわ」

カサンドラが見つめる中、ギャレットはすっくと立った。胸の中心に行くと毛がさらに濃くなり、黒々とした細い線を描いてへその下へとつながっている。今や彼女の目の前で、男らしいかたい筋肉がうねるような動きを見せていた。炎の薄明かりの中、カサンドラは彼の胸にヘビのような傷痕が走っているのに気づいた。一歩間違えば片方の乳首を失っていただろう。彼女は指先でその傷痕をたどった。

「ずいぶん痛そうね?」小声で尋ねる。

「今は大丈夫だ」

カサンドラはそこに唇を押し当てた。どうしてこんな傷ができたのか、いつか尋ねよう。唇の下で、ギャレットが体をぶるりと震わせていた。

カサンドラは嬉しくなった。歓びを与えられるのはギャレットだけではなかった!

彼は歯の間から息をもらした。それでもしっかりと立ち、カサンドラの好きなように触らせてくれている。

へそにキスをして、小さなくぼみに舌を差し入れると、ギャレットは大きくうめいた。そして彼女の体を引きあげ、再びキスをした。

今回は優しい口づけではなかった。まるで全面的に攻撃を仕掛けるような、荒々しいキスだ。ギャレットは両手をカサンドラの体に滑らせ、器用な手つきで部屋着を完全に脱がせた。それからネグリジェの薄い生地をまくりあげると、脚とヒップをむき出しにした。柔らかなヒップをつかみ、彼女の体を強く引き寄せる。

二人の全身はたちまち業火に包まれた。その瞬間にカサンドラが抱いたのは、いつも体内にくすぶっている炎が燃えあがり、体の内側がぐにゃりと溶け出すような感覚だ。

〝わたしを燃やして、ギャレット。生きたまま燃やしてちょうだい。わたしはいっこうにかまわない〟

彼がキスをやめて、カサンドラの頭からネグリジェを脱がせた。一糸まとわぬ姿で、彼女はギャレットの前に立ち尽くした。彼の顔にはまぎれもない欲望が浮かんでいる。もしカサンドラが礼儀を守る女性なら、こんな状況は恥じて当然だろう。でも、そんな気になれない。かつて熟読したミセス・オッドボザムの『良家の子女のための行動様式』の内容が、はるか遠い世界のように感じられる。きっとあれは来世のことに違いない。

カサンドラは彼の胸に両手を置き、手のひらに伝わってくる筋肉のかたさと胸毛のちくちくした感触を大いに楽しんだ。

ギャレットが彼女の頬を手ではさみ、目をのぞき込む。「キャシー、ぼくはきみを愛したくなかった。アリス亡きあと、もう二度と誰も愛すまいと思っていたんだ。きみを愛さないように、これ以上ないほど必死で努力した」

彼の言葉はナイフのようにカサンドラの胸をえぐった。

「それなのに、いくら頑張ってもうまくいかなかった」

彼女は目をしばたたいた。ギャレットは何を言っているのだろう？　「それは――」

「ぼくがきみを愛しているという意味だ」彼が笑みを向けてくる。「心の底から」

そして、ギャレットはその言葉を態度で示した。

唇に唇を重ねて。

言いたいことも、尋ねたいことも、カサンドラにはたくさんあった。けれどギャレットのむき出しの肌が彼女の肌に触れたとき、ふいにどうでもよくなった。なんて温かく、張りのある肌だろう。彼に抱きあげられ、そのままベッドまで運ばれる。手足を絡ませながら、二人して柔らかなベッドへ倒れ込んだ。

ギャレットに触れられると、体じゅうに火がついたようになる。まるで彼の指先で焼き印を押されているみたいだ。肘の曲がったところに、膝の裏側に、内腿のなめらかな肌に。カサンドラは彼にすべてを預けた。ギャレットが体を下へずらすと、期待がこれ以上ないほど高まっていく。

「入ってきて、ギャレット」共に動きながら、とうとうギャレットがゆっくり身を沈めてきたとき、カサンドラは思わず彼の肋骨に爪を立てた。

ついに満たされた。完全に。これほどの歓びがあるだろうか。その瞬間、彼女はすべての感覚を失った。ギャレットの前で、これ以上ないほど無防備な姿をさらしている。だけど、ちっとも怖くない。自分の魂が震えているのを、あえて隠そうとも思わない。

彼がさらに奥深くへ進んでいくにつれ、カサンドラは気づいた。もう彼女の魂は一人ぼっちじゃない。すぐそこにギャレットがいる。彼の魂がいてくれるのだ。

ああ、彼をこれ以上ないほどに感じる。なんとかたくて、力強くて、熱いのだろう。

脈打つ心臓の鼓動が鳴り響いている。やがてカサンドラの体の内側が小刻みに収縮し始めた。ぎゅっと引き絞られるのを感じたとたん、まばゆい光が炸裂し、めくるめく歓びに到達した。手足に力が入らない。あまりの快感に体がわないている。彼女はギャレットを強く引き寄せ、貪欲に求め続けた。とにかく彼のすべてを受け入れたい。

やがてギャレットが彼女の上に倒れ込み、首筋に鼻をこすりつけた。カサンドラはあやすように彼の背中を撫でた。

話す必要などなかった。必要なことはすべて、すでに二人の体が語り合っている。息遣いがようやくギャレットと同じリズムになったとき、カサンドラは彼が眠りに落ちたことに気づいた。よほど疲れきっていたのだろう。

「いいのよ、気にしないで」彼女はそっと話しかけた。「だって、わたしもあなたを愛しているんだもの」

16

〝わたしの愛したすべてのもの、こよなく愛した最愛のものですら、今ではわたしに冷たい
——いや、他人以上に冷たい〟
——ジョン・クレア(ノーサンプトン精神科病院の患者)『わたしは』

カムデンは陶器のティーカップをおろし、朝食のテーブルを囲んでいる面々を見まわした。民主的な円テーブルの向かい側にいる彼の姉、レディ・イーストンは、両隣のウェストフォールとメグと静かに会話している。スターリングとカサンドラはほぼ向かい合わせに、カムデンともレディ・イーストンたちとも等しく距離を置いた位置に座っていた。誰もカムデンのそばに座ろうとはしなかった。

それでいい。彼は一人でいるのに慣れている。

カサンドラがこっそりとスターリングを一瞥し、彼がすばやいウィンクを返した。二人の関係が必要以上に親密なのは、カムデンも知っていた。だが、今日の彼らは何かが違って見

える。それがなんなのか、はっきりとは指摘できない。おそらくカサンドラにとっての初任務を二人で成し遂げたことで、結びつきがより強まったのだろう。そのことについてカムデンがじっくり考えていると、スターリングがカサンドラに笑みを向けた。心からの笑みだ。その笑顔から伝わってきたのは、彼女といる嬉しさと尊敬の思いだった。こんな表情を浮かべたスターリングは初めて見る。

これは単なる〝結びつき〟以上のものだ。カムデンはふいにそう気づいた。かつて彼自身も、あんなふうに妻のメルセデスを見ていたものだ。当時、彼が心から妻を愛していたのは誰の目にも明らかだった。メルセデスへの思いが胸からあふれ出んばかりだったのだ。だが今の彼は、むなしい孤独を身にまとっている。

もしカムデンさえ許せば、ヴェスタがその孤独を癒やしてくれるだろう。カムデンが張りめぐらしている防御壁を打ち破り、彼女ならではのやり方で心の隙間を埋めてくれるはずだ。しかし、もう二度とそれを許すわけにはいかない。ヴェスタの魅力になすすべもなく溺れてしまい、妻の死の謎をときあかせなくなりそうで恐ろしい。

そんなわけで、カムデンは朝食のテーブルでほかの者たちと離れた席に一人ぽつんと座っていた。たとえヴェスタがカムデン・ハウスで暮らしていたとしても、今、彼の隣に座ることはなかっただろう。正午前には決して起きない――それが高級娼婦のプライドをかけた流儀なのだ。それにヴェスタならば、自分の寝室でたっぷりと数時間かけて朝食をとってから、訪問者を迎えるためにドレスに着替えるに違いない。

不本意ながら、カムデンは彼女と過ごしたすばらしいひとときを思い返さずにはいられなかった。人は正午まで眠って初めて、本当の意味で〝休息した〟と言える――それがヴェスタの持論だ。実際、カムデンも一週間朝寝坊を楽しみ、ヴェスタの甘い香りに酔いしれつつ、朝食のトレイから彼女が食べさせてくれる果物を楽しんだり、彼女が読みあげるタブロイド紙の噂話に耳を傾けたりしたのだった。

朝食室にバーナードが現れたことに気づき、カムデンは現実に引き戻された。執事が持ってきた銀製のトレイにのっていたのは、封印された密書とレターオープナーだ。彼はそのトレイをカムデンの席の左側に置いた。

「お食事中に申し訳ありません。閣下。ですが、この密書をご覧いただければ、わたしがお邪魔した理由をご理解いただけるはずです」

密書の赤い回旋状の封印はバドウィン家――カムデンが最も信頼している情報源のものだ。彼はその場で開封し、内容に目を通した。

「スターリング、ミス・ダーキン、残念ながら、朝のくつろぎの時間を切りあげなければいけなくなった。緊急事態が発生したんだ」

「緊急事態とは？」スターリングが即座に尋ねた。いつもの皮肉っぽい調子ではない。

「たしかな情報源から、ある重要な情報が届いた。ＡＳＰは今、英国の地にある。ブライトンだ。離宮（パビリオン）のどこからしい」

「ＡＳＰの外観に関する情報はありますか？」メグが尋ねる。卵形の顔が真っ青だ。

「残念ながら、それはない」カムデンが答えた。「この情報源はかなり遠くまで見渡せる特別な遠視力の持ち主なんだが、彼でもASPの外観までは見通せなかったらしい。しかし彼は、ASPが英国にあるならば、わたしたちで回収できるだろうと言っている」

カムデンは特殊能力者たちを見まわした。つくづく残念なのは、ウェストフォールとメグがまだ第一線で活躍できないことだ。メグはまだ、社交界の集まりに顔を出せるほど洗練されてはいない。レディに見えるようにするには、さらに磨きをかける必要があるだろう。ウェストフォールはみずからの能力を支配できるようになりつつあるが、病院で数年過ごしたせいで、精神的にまだもろいところがある。無理をさせて、再び状態を悪化させるわけにはいかない。MUSEのメンバーは英国全土だけでなく、スコットランドの荒野にもいる。カムデン自身は、フランス北部にいる少数の特殊能力者たちとも交流があった。だがどう考えても、ブライトンにいちばん近いのは今このテーブルを囲んでいる者たちだ。それゆえ、この任務につけるのは二人しかいないことになる。

カサンドラ、そしてその向かいの席でカムデンの話など取るに足りないことであるかのように笑みを浮かべている、彼女にぞっこんのスターリングだ。

「スターリング、これは英国王族の身の安全に関わる問題だ。真面目に聞いてくれ」カムデンはぶっきらぼうに言った。「スタンステッド伯爵が近々、ブライトンにある屋敷でパーティを主催することになっている。おじ上を訪ねることに異存はないだろうな?」

スターリングが鼻を鳴らす。「あの老いぼれのほうに異存がなければね」

「どうやら、きみと彼の関係は冷えきっているようだな」

「いつもながら見事な推察力だ」スターリングは紅茶をすすった。「伯爵は息子をもうけるために妻を四人もめとったが、無駄な努力だった。依然として、彼の爵位はこのぼくが受け継ぐことになっている。でも、おじはぼくが世継ぎとなったのを決して許そうとしないんだ」

「女性を連れていけば、冷えきった雰囲気も和らぐはずだわ」レディ・イーストンが柔らかな声で口をはさんだ。彼女は特殊能力を持っているわけではない。けれどもMUSEにとってなくてはならない存在だ。彼女がいるだけで、メンバーたちの外出や社交界への出入りがしやすくなる。「ミスター・スターリングの招待客として、ミス・ダーキンとわたしが一緒にブライトンへ行けば、彼もおじ様と交流しやすくなるはずよ」

「たしかに」スターリングが同意した。「伯爵が公爵閣下の姉君を迎えるのを拒むはずがない。それに愛らしいミス・ダーキンもだ。あの老いぼれは、彼女のかわいらしさにめろめろになるだろう」

カサンドラが嬉しそうに頬を染めている。間違いない、あの二人の間に何か決定的な変化があったのだろう。カムデンは眉をひそめた。彼らはもともと特別な関係だったため、いずれもっと親密で個人的な間柄になるのは避けられないだろうと思っていた。だが、心配せずにはいられない。そんな関係性の変化がこれからの重大な任務の支障にならないだろうか？

まさにそれと同じ理由で、カムデンはヴェスタをあきらめたのだ。

「バーナード、スタンステッド伯爵に手紙を送っておいてくれ。彼の甥とレディ・イーストン、ミス・ダーキンが数日後、そちらへ到着すると伝えるんだ」カムデンは姉に向き直った。「きみたち三人は明日発てるよう準備をしてほしい。スターリング、わたしの書斎に来てくれるか?」

カムデンにはわかっていた。疑問形で尋ねたものの、スターリングはそれを命令と受け取ったはずだ。案の定、彼は文句も言わずにカムデンのあとからついてきた。二人は横並びになり、書斎まで無言のまま歩いた。

「なぜ二人きりに?」カムデンが扉を閉めると、スターリングが尋ねた。

「理由は二つある」机の前にある椅子に座るよう、身ぶりでスターリングに促す。彼が素直に腰かけるのを見て、カムデンはふと思った。やはり、この若者の中で何かが大きく変わったのだ。以前は常にけんか腰だったのに。カムデンは机の背後にある椅子に座ると言葉を継いだ。「まずは、ミス・ダーキンやわたしの姉を警戒させることなく、きみにこの任務の重要性を伝えたかったからだ。実は来週、摂政皇太子がウィンチェスターを離れ、ブライトンにあるパビリオンへ向かう予定になっている」

スターリングがうなずいた。「つまり、遅かれ早かれASPが関わってくるということだな」

「ああ、そうだ。しかし、きみと二人だけで話したかったのにはもう一つ理由がある」たとえカムデンに特殊能力がなかったとしても、スターリングとカサンドラが互いに夢中なことにはすぐ気づいただろう。カムデンと同じように、彼らが自分の感情を捨ててまで大義のために尽くせるかどうかは疑問だ。「きみとミス・ダーキンがMUSEの任務だけに集中できるかどうかが心配なんだ」

「そこまで熱心に任務に集中できるのはあなただけだよ」スターリングは笑い、椅子の肘掛け部分に片方の脚をのせた。いつもどおりの気楽な姿勢だ。カムデンは歯がゆかった。今、彼が期待しているのは向こう見ずなスターリングなのだ。こんなくつろいだ様子など見たくない。

カムデンは机にこぶしを叩きつけた。「わかっているのか？　今回われわれが守ろうとしているのは、英国の将来を担う次の国王なんだぞ」

スターリングは真顔になると背筋を伸ばした。「ああ、最善を尽くして任務に当たるつもりだ。だがMUSE以外のことで、ぼくの行動をとやかく言われたくないね。カサンドラとの関係を、あなたにあれこれ指図される筋合いはない」

カムデンは両手を合わせ、作戦を変えることにした。「先日の仮面舞踏会に関するきみの報告書を読んだ。ロデリック・ベルフォンテは本当にきみたちの正体を見抜いていないと思うか？」

「ああ、間違いない」

「きみと同じくらい、わたしもあることを確信している。きみは報告書で、あの夜自分が取った行動の一部をわざと省略して書いただろう？　当初の計画どおりに進んでいれば、あれほど支離滅裂な結果になることもなかったはずだ」

スターリングが眉をひそめてカムデンを見た。「もし何かが省略されていたとすれば、それが任務には関係ない、取るに足りないことだったからだ」

「いや、いくら報告書に書いていなくても、きみがミス・ダーキンに個人的な愛着を抱いているのは明らかだ。それは任務達成の妨げになるだけではない。ほかの者たちまで危険にさらしてしまう」カムデンは心の痛みを感じた。いつものことだ。もし今メルセデスと子供が生きていたら、彼の特殊能力やMUSEの活動によって命を助けられたかもしれない。「ミス・ダーキンを守りたいなら、きみがいちばん警戒しなければならないのはきみ自身だよ」

スターリングの表情が陰った。「わかっている」

「きみがミス・ダーキンを大切に思っているなら、ブライトンにいる間、彼女とは適切な距離を保ったほうがいい。この任務には何人もの命がかかっている。ミス・ダーキンも含めてだ」

スターリングは何も言わなかった。けれども表情を見れば、あれこれと考えをめぐらせているのは明らかだ。

「きみなら正しい選択をするだろう。わたしは心からそう信じている」カムデンは言った。

「話は以上だ、スターリング」

ところが彼は立ちあがろうとしなかった。「いや、まだ終わりじゃない。あなたに話したいことがある。今度の任務を終えて無事にASPを回収したら、カサンドラとぼくはMUSEをやめる」

これまで、ひとたび特殊能力を認められたメンバーがMUSEを去ったことは一度もない。

彼らはそういう能力を持つ者が自分一人ではないと知ると安堵し、MUSEから離れられなくなるのだ。カムデンはスターリングを激しく非難したかった。公爵という立場なら、じゅうぶんに許される振る舞いだ。しかしどうにか怒りをこらえ、こう言うにとどめた。「わたしたちとの関係を断ちたい理由を聞かせてもらえるかな?」

「約束したのに、あなたはぼくを助けてくれなかった」

「言わせてもらえば、きみがわたしの教えた心のトレーニングを始めたのはつい最近のことだ。その効果が出ているかどうかも、まだわからない」カムデンは目を細めてスターリングを見おろした。「また夢を見たのか?」

スターリングがうなずく。「ウェストフォールと一緒にトレーニングを始める前に見た」

「それで、その夢にミス・ダーキンが出てきたんだな?」

スターリングは立ちあがり、カムデンがよくするように室内を行きつ戻りつし始めた。「自分の悪夢のせいでミス・ダーキンの身が危ないと感じているからといって、なぜきみがMUSEをやめようとするのかわからない。そんな必要はないはずだ」

「一緒にやめるよう、彼女を説得するつもりだ」スターリングは言った。「もし彼女を守り抜きたいなら、ずっと近くにいなくてはならない。距離を置くわけにはいかないんだ。もうあなたの言いなりにはならないよ。ぼくが責任を負う必要があるのは、自分自身に対してだけだ」

MUSEのメンバーの中でも、スターリングほどカムデンにつっかかってくる厄介者はいない。せめて今回だけは、素直に言いなりになってほしかった。「わたしだって、ミス・ダーキンを危険にさらしたくない。それをきみにわかってほしいんだ」

「それなのに、あなたは彼女をブライトンへ送り込もうとしている。ASPとはなんなのか、どれほどの破壊力を持つのかわからないというのに、どんな犠牲を払ってでもそれを手に入れるよう、ぼくたちに望んでいるんだ。まったく、あなたには驚かされるよ。まるで万能の神みたいに、命令を下すことですべてを支配しようとするんだからね」

カムデンの堪忍袋の緒が切れそうになった。「そんなことを言うきみにも驚かされるよ。それほど小心者だったとはな」

臆病者呼ばわりされるのは激しく非難されるのと同じことだ。スターリングは両のこぶしを握りしめ、目を光らせた。「もし別の相手なら、今すぐ決闘を申し込んだだろう。とはいえ、カサンドラに引き合わせてくれたあなたには感謝している。だから今回は見逃すよ」

「ということは、きみがASPを奪うのを恐れているのは、自分が臆病風に吹かれたせいではなく、ミス・ダーキンの身を案じているからなんだな。それを聞いて安心した。これまでASPは厳重に守られていて、精密な調査はできないかもしれないとためらってきたが、何か情報が得られるかどうか、今ここで確かめてみようと思う。少しでもきみたちの役に立つように」カムデンは言った。「さあ、座ってくれ。意識を集中させたい」

スターリングが座るのも待たずにカムデンは目を閉じ、意識的な考えをすべて手放して心を空っぽにした。閉じられたバラのつぼみが開くようにゆっくりと、彼自身を精神的な領域へ開いていく。最初に感じたのは、カムデン・ハウスにいるメンバーたちから放射されているパワーだ。火花のようにまばゆい光はカサンドラのものだろう。ウェストフォールはひんやりとした緑色のパワーを、千里眼であるメグは柔らかなパワーを発している。スターリングは意識的にセンディングの能力を隠しているようだ。それでも、この若者から静電気のような波紋が発せられているのがわかる。

カムデンはさらに心を開き、カムデン・ハウスの境界を越えると、あたりの様子を探り始めた。どこかに特殊な機能を兼ね備えた古代遺物か、あるいは特殊能力を持つ者がいないだろうか？　すると、いくつもの通りがクモ状に広がるロンドンの街でヴェスタの存在を感じた。驚くべきことに、彼女はもう起きていたらしい。ヴェスタにとってはまだ早い時間のはずだが、ロンドンの街のどこかでこっそり能力を使った――おそらく、ろうそくの火をつけたに違いない。

カムデンは視野を拡大し、精神的な空間を深くのぞき込んで、宇宙に放たれている超自然的なエネルギーを探知しようとした。今、眼下に広がっているのはみずみずしい緑が広がる郊外の景色だ。心をさらに広げると、海辺の街ブライトンへ達した。

そのとき、何かにはね返された。これは初めての体験だ。全速力で走っている最中、れんがの壁にぶつかったような衝撃だった。けれども投影した心がどこかへはね返されてしまう前に、どうにか取り戻すことができた。

いずれにせよ、ＡＳＰは非常に古いものなのだろう。年数など超越した存在に違いない。

カムデンは舌に独特の味わいが残っていることに気づいた。まぎれもない悪意の味わい。だが圧倒的で容赦のない、むき出しの悪意ではない。どちらかといえば、災いの神ロキや妖精パックをほうふつとさせる、いたずらっぽい悪意だ。

ふいにカムデンは目を開いた。メイフェアにあるタウンハウスの書斎で、椅子に倒れ込んでいた。もし立っていたら、間違いなく絨毯の上にひっくり返っていただろう。

スターリングが頬づえをつき、カムデンの机に肘をかけて、仰天したような目で見つめていた。

「どうだった？」彼が尋ねる。「カサンドラを守る手助けになるような、ASPに関する情報は見つかったか？」

カムデンは右目の裏側に鋭い痛みを感じた。ASPに遭遇したことによる痛みだ。

「ASPは非常に古い。それに素手で触れることはできない」彼は答えた。「手袋をするんだ。レディは手袋をはめる機会が多いのを考えれば、ミス・ダーキンにとっては問題ないだろう」

「手袋をしろだって？　忠告はそれだけか？」スターリングは立ちあがり、頭を左右に振りながら大股で扉へ向かった。「あなたの大切なMUSEを、ぼくが本当にやめようとしているのか知りたいか？　ああ、ぼくは本気だ。やめるときはカサンドラも一緒に連れていく。ぼくの悪夢のせいで、彼女の身に危険が及ぶかもしれない。しかも、いつ悪夢が現実になるかはわからない。だが、少なくとも悪夢の内容はわかっている。ぼくは自分なりの方法で、彼女を守るつもりだ。必要とあらば、彼女を肩に担いでもここを出ていく」

17

〝わたしの目の前には、世にも奇妙な、奇妙すぎるものが建っていた。これこそがまさにブライトンにある新奇な建築物だ〟

——ウィリアム・ホーン『女王の結婚に関する梯子』

ギャレットの予想を裏切り、彼のおじであるスタンステッド伯爵はブライトンの屋敷で三人を歓待してくれた。いや、正確には〝おじは〟ではなく〝おじの使用人たちは〟と言うべきだろう。というのも、彼らを温かく出迎えてくれたスタンステッド伯爵の使用人たちは、たとえ伯爵がギャレットを世継ぎとして気に入っていなかったとしても、それをおくびにも出さなかったのだ。伯爵は具合が悪く、ベッドから離れられなかったが、三人のために来客用寝室——ギャレットには伯爵本人の寝室の次に豪華な部屋——を用意するよう命じていた。

海が見える寝室だったらよかったのに。最初、カサンドラはそう思わずにはいられなかった。ブライトンの長く伸びる砂利浜や砂浜を移動できる水浴機械（馬に引かれて動く移動式の更衣室）については、何度も耳にしたことがある。とはいえ、彼女の寝室からは摂政皇太子のパビリオンの周辺に点在する良家の貴族たちの家々が見え、それを眺めているだけで楽しい。ちなみに、レディ・イーストンの寝室はパビリオンを囲む公園に面していた。

奇抜なデザインゆえ、フォリーと呼ばれているパビリオンは、いくつもの尖塔とタマネギ形のドームからなる、ぞっとするほど趣味の悪い代物だった。巷では、パビリオンは摂政皇太子の宮廷――派手で、退廃的で、一貫性がない――を完璧に体現したものだと言われている。

尖塔とコショウ入れにそっくりなドームを不釣り合いに組み合わせたこのパビリオンのどこかに、ASPが隠されている。メグ・アンソニーみたいな千里眼の能力があればいいのに、とカサンドラはつくづく思った。たとえどういうものかわからなくても、もしASPの近くにいれば、メグならそのありかを言い当てられるかもしれない。

ただカサンドラとギャレットも、ASPにまつわる情報を集めることはできる。幸い、その機会はすぐに訪れた。彼らとレディ・イーストンは、その晩パビリオンで開かれる演奏会に出席することになっていた。病床にふせっているにもかかわらず、スタンステッド伯爵が手配してくれていたのだ。執事のミスター・クライブによれば、伯爵はその演奏会を開く若きピアニストに夢中だという。そこで甥とその招待客二人にも、そのピアニストの演奏を聴かせたいと考えたのだ。

ロンドンからカムデン公爵の馬車に乗り、ブライトンへ到着するのに丸二日かかった。その間、乗り物酔いに苦しめられて疲れきったせいで、レディ・イーストンは演奏会に出席できなくなってしまった。それでも彼女は自分のメイド、ネリーにカサンドラの身支度を手伝うよう取り計らってくれた。入浴を楽しんだあと、カサンドラはネリーの助けを借り、セロリ色のシルクのドレスを身につけた。舞踏会に着ていくほど凝ったデザインではないけれど、夕方の演奏会にはぴったりのドレスだ。海辺で着たいと思っていたため、カサンドラは仕立て屋におそろいのパラソルとボンネットも用意させていた。

「今日の演奏会は、わたしがあなたとミスター・スターリングの付き添い役を務めなくても平気ね」レディ・イーストンが言う。「パビリオンには歩いていけるし、演奏会に行く人たちがほかにも大勢歩いているはずだもの。そのうえ、ピアノの演奏会ほど健全な催しはないから大丈夫」

〝健全〟カサンドラはその言葉を心の中で繰り返した。ギャレットと彼女の関係には、まるで当てはまらない言葉だ。

身を焦がすほど強烈で、炎のように熱く、絶望的なほど激しい——もし言い表すとしたら、そんな表現がぴったりだろう。

育ちのいいレディ・イーストンは何も言わないが、彼女なら、カサンドラとギャレットの関係にある程度気づいているのではないだろうか？　もっとも、レディ・イーストンが非難の言葉を口にしたことは一度もない。ほかの貴族なら、それほど寛大な態度は取れないだろう。カサンドラとギャレットはカムデン公爵のタウンハウスで一緒に暮らしている。ウィルトシャーにあるカサンドラの両親の屋敷へも一緒に行ったし、今回はブライトンにあるギャレットのおじの屋敷を訪ねている。たとえレディ・イーストンが付き添ってくれていても、もし婚約を発表しなければ、悪意ある噂が広がり始めるはずだ。

今、カサンドラは社交界で自分が認められている状態を心から楽しんでいた。でもひとたび醜聞が広まれば、彼女の評判は一気に地に堕ちるだろう。カムデン公爵の庇護下にあるとしても、正式な催しへの招待状はぴたりと来なくなるはずだ。慎み深いレディたちはカサンドラに知らん顔をし、彼女とすれ違うのを避けて通りを渡るようになるに違いない。

一方で、ギャレットはどこの屋敷の応接室でも歓待される。

なんと不公平なのか。だけど、どうすることもできない。世間とはそういうものだ。レディの身の安全と体面は、結婚をいやがらない誠実な男性によってのみ守られる。それが悲しい現実。社交界デビュー一年目のレディたちが、軍隊のような怒涛の勢いで結婚市場になだれ込むのも無理はない。

火の魔法使いであろうとなかろうと、カサンドラは夫を必要としていた。

ギャレットは彼女への愛を打ち明けてくれた。でも、結婚を申し込んだわけではない。求婚する機会はこれまでもたくさんあったはずなのに。現状に満足しているのだろう。

けれどカサンドラは違う。ふつうの暮らしをあきらめてはいない。何より無償の愛を求めている。移ろいやすいこの世界において、変わることのない愛が欲しい。それが彼女の切なる願いなのだ。たとえ火の魔法使いと人心操作能力者であっても、世の中の平穏を乱すことなく結婚できるはずだ。

ギャレットと結婚するか、それがだめなら結婚しないか。そのどちらかしかない。カサンドラの火使いとしての特殊な欲求を理解し、容認してくれる一般男性がいるとは思えなかった。その他人に彼女を取り巻く状況を、どこから説明すればいいというのだろう？〝ねえ、あなた、お願いだからわたしをいらいらさせないで。そうしないと居間のカーテンが燃えてしまうわ〟とでも？

特殊能力者ではない一般人に正体を明かす危険を冒すくらいなら、ヴェスタを見習ったほうがまだいい。パトロンを何人か選び、彼らから経済的な援助だけでなく、火使いとしての能力解放のために性的な支援も受けるのだ。

とはいえ、そう考えるとわびしくなる。愛のない、うつろな関係に思えてしかたがない。カサンドラは共に人生を生きてくれる相手を望んでいた。そう、彼女の勝利や喜びを見届け、分かち合ってくれる相手を。同時に、彼女が失敗してもどうにかやり過ごし、どんな場合でも彼女を愛してくれる相手。

「このドレスの色が本当にお似合いですね、ミス・ダーキン」レディ・イーストンのメイド、ネリーの声でカサンドラは物思いから覚めた。ネリーは彼女の髪を高く結いあげ、最後の仕上げに宝石のついたピンを差している。

「ありがとう」カサンドラは鏡に映る自分の姿を眺めた。この数週間で、彼女の人生はなんと大きく変わってしまったのだろう。こうして見ると、始まったばかりの社交シーズンでデビューを果たした若々しいレディであることに変わりはない。けれど、今のカサンドラの瞳には訳知りの色が浮かんでいる。さまざまな体験により、内面が実年齢をはるかに超え、成熟したように感じられるのだ。実際、自分が成長したと感じられる体験もある。ロデリックへの幼い恋を克服することができた。それに前よりもずっと自信が持てたし、今ではみずからの望みもわかっている。でも今、彼女は長年の夢——愛する人との結婚——がついえるのを目の当たりにしようとしているのだ。

それがいいこととは思えない。

「そのピアニストはある意味、特殊な才能の持ち主だと思うんだ」ギャレットはカサンドラに話しかけた。二人は腕を組み、足早にパビリオンへ向かおうとしていた。「ミスター・クライブが言うには、おじがあれほど音楽家に入れ込んだのは初めてらしい」

「伯爵は芸術を好む方なの？」

ギャレットは肩をすくめた。「そんなことはない。息子を作ること以外、おじは何に対しても興味を持とうとしなかった。全財産をぼくに相続させたくなかったからだ」

海岸から海のにおいが漂ってくる。ギャレットと浜辺をそぞろ歩き、夕日を見に行けたらいいのに、とカサンドラは思った。でも、それはまるで愛人であるかのように親密すぎる行為だ。今だって、こうして二人で摂政皇太子のパビリオンに向かって歩いているけれど、それは演奏を聴くためだった。しかも、まわりには大勢の人たちがいる。二人きりで海辺を歩けば、批判にさらされるのは火を見るよりも明らかだ。「なぜあなたのお父様とおじ様はそんなに仲が悪いの？」

「ぼくの母のせいだよ。二人とも母と結婚したがったが、母が選んだのはスタンステッド伯爵ではなく、ぼくの父だった。父より高い爵位を持っているにもかかわらず、母と結婚できなかったことで、伯爵の魂は傷ついたんだ。それ以来、彼とぼくの父が和解することはなかった。母の墓前で顔を合わせたときでさえもね」

「あなたのお母様はどうして亡くなったの？」

「ぼくを産んだときに命を落としたんだ。おじがぼくを忌み嫌っている、もう一つの理由がそれさ」

カサンドラは考えをめぐらせた。ギャレットがおじの相続人ということは、ギャレットの父親もすでに他界しているに違いない。「ほかにご親戚はいないの？」

「おじと彼の三人の娘だけだ。ちなみに、その三人もぼくのことをよく思っていない。彼ら以外の親戚は全員亡くなった」ギャレットは肘にかけられたカサンドラの手に手を重ねた。

「もっとも親戚づき合いはほとんどなかったから、寂しさを感じることもないんだ」

「あなたのいとこたちは、自分たちの父親が亡くなったら、あなたから関係を断ち切られるのを心配しているんじゃないかしら？」これはわりとよく耳にする話だ。直系の世継ぎでない者が爵位と財産を受け継いだ場合、その者には前に爵位を持っていた人物の家族を養う法的義務はいっさいない。

「金にはあまり関心がないから、おじから受け継ぐ財産について考えたことが今までほとんどなかった。そのうえ、いとこたちにはずっと無視されてきたので、彼女たちのそういう不安を和らげる機会も与えられなかったんだ。まあ、そのときが来れば、彼女たちもおのずと答えがわかるだろう。もし本当にそのときが来ればの話だが」ギャレットが含み笑いをする。「とうに七十歳を過ぎているのに、おじはとにかく元気なんだ。今はふせっているけれど、だまされてはいけない。おじは腹いせに、ぼくより長生きするかもしれないよ」

ギャレットの親類の話を聞き、カサンドラは当惑した。彼女自身は家族も親戚も大勢いる。彼女の父親はインドから予想外の富を手に帰国する前もあとも、親族たちを分け隔てなく屋敷に迎え入れ、物惜しみすることなく富を分け与えてきたのだ。

家族や親戚の中で――今のカサンドラのように――いかにも英国貴族らしい高貴な雰囲気を身につけられた者は一人もいない。それでもなお彼女は、救いようがないほど騒々しく、ごく平凡な家族である彼らを大切に思っていた。たとえことの成り行きが悪くなり、マナーを重んじる社交界からカサンドラがつまはじきにされることがあっても、親類縁者は彼女を気にかけてくれるはずだ。

先ほどギャレットは否定したものの、カサンドラは彼が深い孤独を感じていることに気づいていた。

求婚さえしてくれたら、彼の家族になれるのに。欲求不満がこみあげてきたが、カサンドラはその感情を抑えつけた。求婚を強要するのは、求婚されないよりもさらに悪い。目の前の問題に意識を戻したほうがいい。

「ということは、あなたはここに到着して以来、おじ様に一度も会っていないの？」

「ああ。ミスター・クライブは、おじの具合が思わしくなくて、ぼくに会える状態ではないと言っている。もちろん、おじが元気そのものでぼくに会えたとしても、結果は何も変わらないと思うがね」

ずっと続いていた木々のトンネルが突然開け、広大な芝生とパビリオンが見えてきた。カサンドラが噂に聞いていたとおり、なんともけばけばしくて摩訶不思議な建物だ。「もうお医者様には診せたの？」

「ああ。ところが瀉血（しゃけつ）しても、おじの具合はいっこうによくならない。数日前にパビリオンを訪れてから、急に気分が悪くなったらしい。それから病状は悪化の一途をたどっている」

「おじ様がＡＳＰに接触した可能性はあると思う？」

「ぼくもそれを考えていたんだ。パビリオンを訪れたとき、おじがどこにいて、何をじたのか直接尋ねられたらいいんだが。わかっているのは、おじが演奏会に行ったことだけなんだよ」

「まさかピアノの演奏のせいで具合が悪くなったわけではないわよね？　むしろ、ピアノそのものに心的エネルギーが蓄えられていたと考えるべきかもしれないわ」

「おやおや、〝心的エネルギーが蓄えられていた〟だって？　いかにもＭＵＳＥのメンバーらしい物言いだな。カムデン公爵は勉強熱心なきみを、さぞ誇らしく思うに違いない」

その皮肉めかした言葉を聞き、カサンドラはいらだった。「そうよ、わたしも少しは勉強しているんだから。あなたはなかなか努力しようとしないけれどね」

「きみの言うとおりだ」ギャレットがふいに真顔になる。「心のトレーニングをもっと熱心にやっていればよかった。そうすれば夢を見ずにすんだかもしれない……」

彼女はギャレットをちらりと見た。特殊能力の世界に新たに関心を抱いたことをからかわれたのは悔しいが、彼が急に真面目になると、どうしていいかわからなくなる。軽口を叩いているギャレットといるほうが、はるかに気が楽だ。カサンドラは不安で背筋が寒くなるのを感じた。ギャレットの夢に彼女が出てきたのは知っている。でも、彼はその悪夢がどんな内容だったか教えようとはしない。

「音楽そのものがある種の武器として使われ、聴衆を攻撃した可能性はあるかしら？」

「それは考えにくいな。もしそうなら、演奏会に出席した全員の具合が悪くなったはずだ。しかも心的エネルギーを持つ古代遺物が邪悪な力を及ぼすためには、よほど近くに寄らないといけないことが多い」ギャレットがにやりとしてみせる。「ほらね？　ぼくだって少しは勉強したんだ」

「そのようね」

「それに、仮におじが音楽のせいで具合が悪くなったとしたら、間違いなくぼくにはそのピアニストの演奏を聴きに行けと言うだろう。しかし、さすがにきみやレディ・イーストンまでは誘わないに違いない」

二人は屋根のある玄関ポーチからパビリオンの中へ入り、バロック様式とトルコ様式がごちゃ混ぜになった、天井の高い部屋へと足を踏み入れた。演奏会開催のため、部屋の端までずらりと並んだ窓の下には演台が設けられ、グランドピアノが置かれている。すでに席についている聴衆もいたが、ほとんどの者は部屋のあちこちに立っておしゃべりをしていた。

カサンドラは、巨大なシダの鉢植えの近くにレディ・ワルドグレンがいるのに気づいた。取り巻き連中に対して話したりうなずいたりするたびに、彼女のトレードマークである羽根飾り付きのターバンが揺れている。不愉快な人物ではあるものの、レディ・ワルドグレンが情報の発信源であることに変わりはない。しかもレディ・ワルドグレンはカムデン公爵の庇護下にあるカサンドラを認めてくれている。話に加われば、彼女から歓迎されるはずだ。

「どうだろう？」ギャレットが言った。「効率よく調査するために二手に分かれ、あとで前のほうの席で落ち合わないか？」

「いい提案だわ。わたしのために席を取っておいてね」カサンドラはそう言い残し、レディ・ワルドグレンたちのほうへ向かった。

近づいてくるカサンドラを見たとたん、厚化粧を施したレディ・ワルドグレンは顔をしわくちゃにし、歯を見せて笑った。

「まあ、ミス・ダーキン、今日もすてきね。そのドレス、よく似合っているわ。みなさんもそう思うでしょう？　やはりわたしが常日頃言っているように、彼女は魅力的だと思わない？」彼女は取り巻き連中に同意を求めながら、扇をハチドリの羽根のようにはためかせた。

「さっきまで一緒にいたのはミスター・スターリング？」

「ええ。レディ・イーストンとわたしは、彼のおじ様であるスタンステッド卿を訪ねることにしたんです」カサンドラは自分自身から話題をそらしたかった。「今夜の演奏会を本当に楽しみにしていたんですよ。ピアニストはどういう方なんですか？」

「あら、あなた、パスカルを知らないの？　とてつもない才能の持ち主よ。彼はヨーロッパで爆発的な人気を得ているの。ローマやバルセロナ、パリの聴衆はもちろん、不機嫌そうな顔のドイツ人までパスカルに夢中なんだから。どこに行っても、彼は熱烈な歓迎を受けているわ。あれほど見事な演奏を聴くのは、あなたも初めてのはずよ」レディ・ワルドグレンは息つく間もなく言葉を継いだ。「わたしたちがロンドンへ戻る前に、パスカルがここブライトンで演奏するのを快諾してくれるなんて、本当に運がよかったわ。摂政皇太子がここにいらっしゃるおかげね。それにパスカルがここに寄ったのは、ミスター・ベルフォンテのおかげでもあるのよ。ほら、噂をすればミスター・ベルフォンテだわ！」

レディ・ワルドグレンはボンバジン生地の袖口から大きなハンカチを取り出し、降伏の旗のように頭上で振りまわした。カサンドラが振り向くと、ロデリックがやってくるのが見えた。

彼はレディ・ワルドグレンと取り巻き連中に挨拶すると、すぐカサンドラに言った。「ミス・ダーキン、これは嬉しい驚きだな。レディ・ワルドグレン、ぼくの幼なじみを少々お借りしてもいいでしょうか？」

レディ・ワルドグレンが抗議する前に、ロデリックはカサンドラの肘を取り、女性たちの輪から離れた。

「まさかブライトンであなたに会うとは思わなかったわ」カサンドラは言った。うまく呼吸ができない。腕にかけられたロデリックの手には不愉快なほど力がこめられている。あの仮面舞踏会での、天使の仮装を見破られたのだろうか？「レディ・シルビアとそのご家族も一緒にいらしているの？」

「いや、ぼくの婚約者は結婚式の打ち合わせで忙しいんだ。花屋や音楽家、ドレスの仕立屋とかたときも離れようとしない」ロデリックはやれやれとばかりに頭を横に振った。「誓ってもいい。彼女は婚礼衣装に、英国王室の財産もすっからかんになるほど金を注ぎ込むに違いないよ」

カサンドラは不思議に思った。レディ・シルビアの衣装の代金を支払うのは彼女の父親だ。ロデリックはそのことに文句を言うのではなく、むしろ感謝すべきではないだろうか？もっとも、ロデリックは未来の妻のドレス代で彼自身の財産もすっからかんになるのではないか、と心配しているのだろうけれど。

「きみはどうしてブライトンへ来たんだい？ご両親の家に戻っていたはずなのに、ぼくの仮面舞踏会には来てくれなかったね？」レディ・ワルドグレンたちには話が聞こえない場所まで来ると、ロデリックは尋ねた。

「本当にごめんなさい、ロディ」仮装を見破られたわけではないとわかり、カサンドラは安堵のため息をついた。「あなたの舞踏会の日を勘違いしていて、出席できなかったの。本当にお恥ずかしいわ。それでロンドンへ戻ったのよ」

「かえってよかったよ」彼が不機嫌そうに言う。「火事があったのは知っているだろう？」

「ええ、聞いたわ。あの寡婦用住居がほとんど燃えてしまったんですってね」彼女は本当に悲しかった。ロデリックの愛すべき祖母の家を台なしにしたことは、心の底から後悔している。

「それに窃盗事件まであったんだ」

あの日を思い出し、カサンドラはつくづく不思議に思った。一度拒絶されると、ロデリックがあれほどしつこくなることに、なぜ今まで一度も気づかなかったのだろう？「まあ、何を盗まれたの？」

「きみが興味を持つようなものは何もないよ」

「そういえば、まだ教えてくれないのね」彼女は言った。「どうしてあなたはブライトンにいるの？」

心的パワーを持つ二つの遺物――最初はインフィニタム、今回はＡＳＰ――の存在が明らかになったとき、ロデリックが二回ともそのそばにいるのは奇妙な偶然に思える。

「ぼくが芸術家を支援しているのは知っているだろう？　こうしてパスカルの演奏会が実現したのはベルフォンテ家のおかげなんだ。父とぼくはヨーロッパでの彼の活躍ぶりを見て、どうしても英国にも来てほしいと考えた。パスカルは噂どおりの天才だよ。来週あの男の子の演奏を聴いたら、摂政皇太子は彼を寵愛するようになるに違いない」

「男の子？」

「知らないのかい？　パスカルはまだほんの子供だ。十歳なんだが、ピアノを弾かせるとぞくぞくするほどすばらしい」ロデリックが言葉を継ぐ。「モーツァルトの再来と言われているんだ」

「ここにいたのか、ミス・ダーキン」ギャレットが彼女の脇に現れ、手を差し出した。「舞台近くの席を確保できたんだ。だが今すぐ座らなければ、席をめぐってワルドグレン卿とつかみ合いのけんかをしなければいけなくなる」声を落としてつけ加える。「彼の奥さんのことはよく知っているよ。これ以上、あの哀れな男性の負担を増やしたくない」

長年レディ・ワルドグレンに苦しめられている夫の窮状を聞かされ、カサンドラは笑いを噛み殺した。

「何をばかな」ロデリックが驚くほど優しい口調で言い、やはり彼女に手を差し出した。「演台のすぐ左側の席を取ってあるんだ。あそこからなら、きみもパスカルの指遣いがよく見えるだろう」彼はギャレットを一瞥した。明らかに敵意むき出しの目つきだ。「ただし、その席に座れるのはあと一人だけだ」

カサンドラは申し訳なさそうにギャレットをちらりと見たあと、ロデリックの腕を取った。ASPに関するあらゆることを調査しなければならない。それが彼らの任務だ。ロデリックの予期せぬ出現で、全身の神経がざわついている。ロデリックがASPの放つ心的エネルギーに気づいているかどうかはわからないけれど、これほどＡＳＰの近くにいるのはやはり疑わしい。

ギャレットを残してロデリックと立ち去りながらも、カサンドラは心の中で願わずにはいられなかった。どうか彼女がロデリックと一緒にいることにした理由を、ギャレットが理解してくれていますように。でもしかめっ面をしていたことから察するに、その願いが通じたとは思えない。彼はひどく怒っているのだろう。

18

〝もし音楽が恋の糧になるならば、弾き続けておくれ。飽きるまで聴くことで欲そのものが消えてなくなるようにできるものならば〟
——シェイクスピア『十二夜』

ロデリックはカサンドラを席まで案内して座らせたあと演台にのぼり、グランドピアノの脇に立った。彼が両手をあげて静粛を求めると、室内は静まり返った。最後に着席したのはギャレットだ。ちょうど演台の反対側にある席から、カサンドラをにらみつけている。

そんなにそばにいてほしいなら、あの言葉を口にすればいいのに。カサンドラは心の中でひとりごちた。求婚するのはそんなに難しいことなのだろうか？　ただ〝結婚してくれないか？〟と言えばいいだけなのに？

「みなさん、今夜はお越しいただき、ありがとうございます」ロデリックは待ちわびている聴衆に語りかけた。「前にパスカルの演奏を聴いたことがある方は、どれほどの喜びが待ち受けているかご存じのはずです。まだ聴いたことがない方には、とりあえずこう言っておきましょう。今夜はあなたの人生において、無上の喜びを感じられる一夜となるはずだと」

驚きのあまり、カサンドラは目をしばたたいた。ロデリックはまるで別人のようだ。以前の彼は、こんなふうに人前で話をしたことなどなかった。人気の喜劇が上演されていても、劇場に出かけるのをいやがった。社交界の既婚女性たちによって催される音楽の夕べにも、ほとんど姿を見せたことがない。交響曲にさえ、なんの魅力も感じていなかったのだ。

パスカルがどんな魔法を使ったのであれ、ロデリックをここまで豹変させたことを考えると、なんだかぞっとしてしまう。

そのパスカルが部屋に入ってくると、室内から熱狂的な拍手がわき起こった。颯爽とした足取りだ。とても少年とは思えない。実際の年齢よりも、はるかに大人びて見える。彼は趣味のいい衣装を身にまとっていた。深い青色の燕尾服に淡黄色のブリーチズを合わせ、複雑にクラヴァットを結んでいる。靴には銀色のバックルが輝いていた。幼いながらも、まさに小粋を絵に描いたようないでたちだ。もう少し年上ならば、〈オールマックス〉にいてもまったく違和感なく見えただろう。ただし、けばけばしい緋色の手袋は悪目立ちしている。パスカルは背筋を思いきり伸ばすと演台にのぼり、ロデリックに会釈をした。ロデリックはパスカルのためにピアノの椅子を引き、少年がはずした手袋をうやうやしく受け取った。

それからロデリックはカサンドラの隣にある椅子に腰をおろすと、前かがみになって話しかけてきた。「パスカルは手袋にひどく執着しているんだ。脱ぐのは演奏しているときだけなんだよ」

「芸術家って、変わり者が多いものね」

「とりあえず、こう忠告しておこう。スタンステッド伯爵の二の舞にならないように、とね」

「それはどういう意味？」

「スタンステッド伯爵はパスカルの演奏にいたく感動し、彼を褒めたたえるための列に並ぶまで待てなかったんだ。最後の曲の演奏が終わると無礼にも演台に飛びのり、パスカルに手袋をはめる隙を与えず握手をした」ロデリックが声をひそめる。「きつと握った部分がうっ血してしまったに違いない」

「伯爵が？」

「いや、パスカルがだ。何しろそれまでは一度も、誰も彼の素手には触れたことがなかったんだから」

なんとも極端な話だけれど、偉大な才能の持ち主というのは、それゆえに大きな負担を感じるものなのかもしれない。そしてそうした負担は、ある種の儀式を行うことでしか和らげられないものなのだろう。その意味では、この天才少年はカサンドラと似ている。火の魔法使いとして、彼女もまた極端な一面を持っているからだ。カサンドラはパスカルに親近感を覚えた。

「紳士淑女(マダム・エ・ムッシュー)のみなさん、ぼくが指慣らしをしている間、どうか自由にご歓談ください」パスカルは言った。少しフランス語のアクセントのある英語だ。声はまだあどけなさが感じられる、澄んだ高いソプラノだった。次の瞬間、彼はものすごい速さで音階(スケール)を奏で始めた。

「なんて変わっているのかしら」カサンドラは身をかがめ、ロデリックに小声で話しかけた。

「こんな演奏会の始め方をするピアニストは見たことがないわ」

「パスカルは完璧主義者なんだ。演奏会を始める前に、ピアノが完璧に調律されていないと気がすまない。必要とあらば、自分でピンを使って調律しようとするだろう」この豹変ぶりはどうしたことか、とカサンドラは思った。以前のロデリックなら、完璧に調律されたピアノがどういうものか知るよしもなかっただろうに。「信じてくれ、これはほんの序の口にすぎない。パスカルにまつわる驚くべき点は、まだ山ほどあるんだ」

「彼のご両親は、さぞ誇らしいでしょうね」

「ああ。もし行方がわかったら、きっとそうだろうな。ぼくが教父から聞いたのは、パスカルが大聖堂の階段の前に置き去りにされていて、教会学校で育てられたという話だ。その学校で早いうちからピアノの才能を開花させて、すぐに教師を超える腕前になったそうだよ」

わずか十歳なのに、天涯孤独。少年の境遇を聞き、カサンドラの胸は締めつけられた。

「だけど育ての親はいるんでしょう? こうして旅をしながら、あちこちで演奏会を行っているんですもの」

「いや、パスカルと共に旅しているのは従者と彼専属の料理人の二人だけだ。パスカルはその料理人が作ったものしか口にしない。きみが言うとおり、変わり者なんだよ」

パスカルはスケールを奏でていた手を止めると、指の関節を鳴らした。室内が息苦しいほどの沈黙に包まれる。それから少年は演奏を始めた。

今から数年後、誰かにその夜の演奏会の感想を尋ねられても、カサンドラはこう答えることしかできないだろう。〝パスカルの音楽に魂の一部を奪われた〟と。実際、彼女は喜んでその状態を受け入れた。まるで少年が奏でる音に、体を預けているかのようだ。あるときは優しく、あるときは情熱的に、そしてあるときはからかうように、パスカルはピアノに声を与え、自在に歌わせていた。圧倒的な力で、ピアノそのものを支配していたのだ。いとも簡単に鍵盤を操り、魅力的な音楽を紡ぎ出していく。聴衆にとって、どの曲も驚くべき体験となった。彼の演奏には技術面での巧みさ以上のものが感じられた。七十歳のピアニストでも表現できないような、奥深い感情と共に旋律を奏でている。パスカルが鍵盤を叩くたびに、誰もが心を揺さぶられずにはいられなかった。

演奏会は数時間にも及んだが、あっという間に思えた。カサンドラは座席の端に腰かけ、固唾をのんで次に奏でられる和音に、すばらしい調べに、この世のものとは思えない美しさのアルペジオに耳を傾けた。演奏中、彼女は踊り出し、飛びあがり、叫び声をあげ、泣き出したくなった。そして最後の一音が消えた瞬間は、夢のような旋律をもう一度聴きたくてたまらなくなった。パスカルが落ち着いた様子で緋色の手袋をはめている間も、誰一人として拍手しようとせず、呼吸さえしていなかった。聴衆はみな、彼の魔法から覚めることができずにいたのだ。

少年が立ちあがり、すばやくお辞儀をすると、室内は万雷の拍手に包まれた。カサンドラも席を立ち、手のひらが真っ赤になるほどの拍手を送った。そうせずにはいられなかったからだ。ロデリックがアンコールを要求すると、ほかの観客たちもそれにならった。

パスカルが無言のまま片方の手をあげ、静粛を求める。彼がアンコールに応えることに満足し、聴衆は再び席についた。

「ごめんなさい。今夜はもうこれ以上、演奏できません。摂政皇太子がここにいらっしゃるまで、二度と演奏はしないつもりです」パスカルはがっかりした顔の聴衆を見まわした。そしてカサンドラと目を合わせると、また口を開いた。「そのときまでは、今夜のぼくの演奏を思い出していてください」

彼女は少年の瞳に何かを見た。いかに拍手喝采を浴びても消すことのできない、孤独のようなものを。パスカルが自分の奏でる音楽を心から愛しているのは明らかだ。けれども同時に、その音楽の奴隷になっているのも間違いないだろう。

母親のいない、哀れな、才能ある子供。

カサンドラは母性本能というものを一度も信じたことがない。それは男性が勝手に思い描いている夢――子供が生まれると、女性は子育てを優先させるもの――を正当化するための概念だと考えていた。だが今、なぜかパスカルに対して、母親のような愛情を感じている。彼を養育し、守ってあげたい。そんな思いが胸からあふれ出そうだ。

彼女はロデリックに押し出され、パスカルをねぎらう列の先頭に立った。パスカルをブライトンへ連れてきたのは、ロデリックと彼の家族だ。真っ先に少年を出迎えるのがロデリックとカサンドラであっても、あのレディ・ワルドグレンでさえ文句は言えないだろう。

「パスカル、きみにミス・カサンドラ・ダーキンを紹介したい」ロデリックが言った。

「でも、ムッシュー、ぼくとこのレディはすでに出会っているよ」パスカルは彼女の差し出した手を取り、お辞儀をした。「ぼくたちの魂は、音楽によってもう一つになっているんだ。そうだよね（ネ・ス・パ）、マドモワゼル？」

先ほど目が合ったとき、カサンドラはこの少年との結びつきを意識した。でも、相手も同じように感じていたとは思わなかった。今ここでパスカルを抱きしめたい――まるで彼のお気に入りのおばのように、そんな衝動に駆られる。「あなたの音楽の才能はすばらしいわ」

彼女の褒め言葉を聞いて、パスカルはひらひらと手を振った。「すばらしいのは音楽のほうで、ぼくの才能じゃない。音楽って、はかない霧みたいなものなんだ。空間ではなく、時間の中にだけ存在するんだよ。ぼくはね、一日何もしないで長い時間をつぶす達人なんだ」

彼はカサンドラに頭をかしげてみせ、濃い色の瞳をすっと細めた。一瞬、彼女は小動物がヘビに変身したかのような印象を受けた。けれどもパスカルはわずかに体を震わせると、いかにも十歳の少年らしい、いたずらっぽい笑みを浮かべた。そしてつま先立ちになり、手袋をはめた手を口に当てながら、カサンドラの耳元にささやいた。「あなたには何かを燃えあがらせる能力があるんだね。あと、一瞬でその火を消す能力も」

驚きのあまり、カサンドラは目をしばたたいた。彼女の火使いの能力に気づいたということは、この少年は特殊能力の世界に属しているに違いない。もしここにカムデン公爵がいれば、間違いなくパスカルをMUSEに加入させただろう。

カサンドラはあたりを見まわし、ギャレットの姿を捜した。「実は……あなたに会わせたい友人がいるの」

「スターリングのことなら、それは無理だ」口をはさんだのはロデリックだ。「演奏会の途中、従僕から伝言を手渡され、ハイドンのソナチネの間にここを出ていったよ」

彼女は再び不思議に思った。どうしてロデリックは突然これほど音楽に詳しくなったのだろう？　パスカルに視線を戻して言葉を継ぐ。「あなたの演奏中にミスター・スターリングが部屋から出ていったとすれば、よほど重要な用事だったはずだわ。どうか彼を許してあげてね。摂政皇太子のための演奏会には必ず顔を出すはずだから」

「あなたのそのお友だちは、ぼくに許される必要なんてない。彼は音楽を恋しく思ってるし、じゅうぶん苦しんでいるもの」パスカルは思わせぶりに肩をすくめた。「そして、ぼくはあなたとまた会うことになるのも知ってるよ、ミス・ダーキン」

またしてもカサンドラは確信した。やはりこの謎めいた少年には、MUSEのメンバーのような特殊能力が備わっているのだ。彼女は軽くお辞儀をすると、パスカルを待ちわびて列をなしている人たちのために彼を解放した。

遅い時間だったが、スタンステッド伯爵の屋敷へは歩いてでも帰れただろう。カサンドラだけでなく、ほかにも大勢の演奏会帰りの人々が歩いているので安心だ。けれどもロデリックは、彼の一頭立て二輪馬車で送っていくと言い張った。カサンドラにしてみれば、ギャレットが演奏会を中座し――しかも彼女を置き去りにして――おじの屋敷に戻った理由を一刻も早く知りたい。だからロデリックの申し出を受けることにした。

スタンステッド伯爵の屋敷の前で馬車を止めても、ロデリックはすぐにおりて彼女に手を貸そうとはしなかった。それどころか、カサンドラの手を取って指を絡めてきた。

「キャシー、毎日きみのことを考えている」

「そんな、いけないわ」彼女は手を引こうとしたが、ロデリックの力が強すぎて失敗した。もし誰かがそばを通りかかったら、彼がカサンドラを抱きしめているように見えただろう。

「考えずにいられないんだ。きみはぼくの最初の恋の相手だからね」

あるいはロデリックが最初に征服した相手でもある。初めて結ばれたあの不幸な日、彼は優しく巧みな愛撫をいっさいすることなく、カサンドラをがっかりさせたのだ。

「あなたはもうすぐ結婚するのよ」彼女はきっぱりとした口調で言った。「レディ・シルビアはあなたに愛されて当然の女性だわ」

「ああ、頭ではきみの言うとおりだとわかっている。だがいくら言い聞かせようとしても、心が聞いてくれないんだ」ロデリックが彼女を抱きしめようとした。けれどもカサンドラは腕を伸ばし、彼を押しのけた。

「それなら、わたしの言うことを聞いてちょうだい。さもないと叫ぶわよ。もしミスター・スターリングがおじ様の家にいたら、ここに駆けつけてあなたを打ちのめすはずだわ」

「スターリングなんか怖くない」

「怖がるべきよ」寡婦用住居での一件で、ギャレットはロデリックよりもけんか好きだとわかった。それにもし殴り合いで負けたとしても、ギャレットにはセンディングの能力がある。ロデリックに〝手近な壁に頭を思いきり叩きつけろ〟という念を送れるのだ。「たとえミスター・スターリングを恐れていなくても、あなたはわたしを恐れるべきだわ。あなたに乱暴に扱われるのを許すわけにはいかないの」

ロデリックが乾いた笑い声をあげる。「キャシー、運命に逆らおうとするのはやめるんだ。ぼくらはお似合いじゃないか」

カサンドラは彼の右足の下でたいまつが燃えているところを想像した。たちまち革の焼けるにおいが鼻をつく。

「あっ！」ロデリックは彼女は解放し、ブーツについた火を帽子で必死に叩いて消そうとした。

その隙にカサンドラは馬車からおりた。庭園の道をひた走り、スタンステッド伯爵邸の暗緑色の正面玄関にたどり着く。

ロデリックが追いかけてきているか、振り返って確かめようともしなかった。扉を叩いて執事が開けてくれるのを待つ心の余裕さえない。荒い息のまま、彼女は扉を大きく開けてうしろ手でばたんと閉めた。

だが、物音を聞きつけて駆け寄ってくる者は一人もいなかった。

屋敷内に満ちているのは濃い霧のような静寂だ。一階には誰の姿も見当たらない。カサンドラは階段をのぼり始めた。靴音がやけにあたりに響くように思える。踊り場に着いたとき、誰かがすすり泣いている声と、続いて低い話し声が聞こえてきた。彼女はその場に凍りつき、耳をそばだてた。

「だけど不公平です」話しているのは女性だが、それが誰かはわからない。おそらく使用人だろう。レディ・イーストンのメイドのネリーではない。ネリーのほうが、この女性より洗練された話し方をする。「わたしはやっとお部屋付きのメイドに昇格したばかりです。もしこのお屋敷が閉じられてしまったら、わたしはどうなるんでしょう？　どうしても知りたいんです」

「メイブル、まだ解雇もされていないのに泣くことはない」こちらの声の主はカサンドラにもすぐわかった。ミスター・クライブだ。たしなめるような口調だった。「わたしはあの方がこの屋敷を閉じたりしないと信じているよ。あのように若い男性なら、そんなことをするはずがない」

「もしあの旦那様がここを手放してしまっても、スタンステッド家の郊外のお屋敷にわたしの働き口があるはずです。そうでしょう？　サリーにあるお屋敷はすばらしいと聞いたことがあります。とても大きなお宅なんですよね？　わたしは田舎が大好きだし、ブライトンがいいとは思えないんです。社交シーズンに合わせて満ち潮のように押し寄せる上流階級の方々も」メイブルはおもねるような調子で言った。「お願いです、ミスター・クライブ。わたし、今の仕事を失うわけにはいかないんです」

「もしきみが本当に今の仕事を失うとすれば」ミスター・クライブがそっけない口調で応じる。「それはきみがわたしをいらいらさせるようなことを言ったからだ。今はまだ何が起きるかすらわかっていない。取り越し苦労はやめなさい」

「だけど、伯爵閣下がこんなことになったあとに……どうしてここに残れるでしょう？　あのお姿を見ましたか、ミスター・クライブ？　あれはどう考えても不自然です」

「落ち着くんだ。これ以上あんなことは起こらない。それにもしこの屋敷の中で不可解な噂話を聞くようなことがあれば、非難すべきは誰か、おのずとわかるだろう」執事は効果的な間を置いた。「それに解雇すべきは誰なのかも」

カサンドラは残りの階段を急ぎ足でのぼり始めた。泣いて鼻を赤くしたメイドが、あわてて彼女に短いお辞儀をする。ミスター・クライブがきびきびした足取りで近づいてきた。

「ああ、ここにいらしたのですか、ミス・ダーキン。あなた様のことを心配しておりました」先ほどの目下の者に対する口調とはうって変わって、心からの配慮が感じられる言葉遣いだ。「閣下があなたを迎えに行かせるためにパビリオンへ従僕を送ったのです。従僕はあなた様に会えたのですね」

「いいえ、従僕には会わなかったわ。演奏会が終わったあと、わたしをここまで送ってくれたのはミスター・ベルフォンテだもの」そのときメイドがもう一人、スタンステッド伯爵の寝室から出てきた。水差しを持ち、手にはリンネルの汚れた寝具類をかけている。「いったい何があったの？　ミスター・スターリングはここにいるの？」

「はい。ですが……今からは、あの方をスタンステッド伯爵閣下とお呼びしなくてはなりません。遺憾ながら、前伯爵は今夜お亡くなりになりました」

ギャレットはおじが重病ではないと自信たっぷりに言っていた。それだけに訃報はひどく衝撃的だった。「彼はどこにいるの?」

ミスター・クライブは、カサンドラが会いたがっているのが誰かわかっていた。「閣下はおじ様の寝室にいらっしゃいます。ドクター・タリーウッドも一緒です。ですが、あの部屋には――」

「いいえ、行くわ」カサンドラはギャレットのそばにいたかった。たとえ彼がどれほどつらい体験をしていたとしても。彼女は亡き伯爵の寝室の前で足を止め、深呼吸をして心を落ち着けようとした。これまで人の死を目の当たりにしたことはない。動揺を少しでも和らげたいなら、部屋に入る前に冷静にならなければいけないだろう。

中に足を踏み入れると、病室特有のにおいが鼻をついた。むっとした空気、汗のにおい、その他の悪臭を隠すための蜜蝋ろうそくのにおい。ギャレットはベッド脇の椅子にがっくりと座り込んでいた。膝に肘をつき、両手で頭を抱えている。よほど疲れているのだろう、扉に掛け金をかける音がしても、顔もあげようとしなかった。今すぐ部屋を横切って駆け寄り、彼の頭を優しく胸に抱きしめてあげたい。そんな衝動を、カサンドラはありったけの意志の力で抑えつけようとした。医師がまだ部屋にいたからだ。ドクター・タリーウッドは伯爵の亡骸にかがみ込んでいる。だから彼女は扉のすぐそばに立っていた。

「閣下、正直に申しあげれば、この病はわたしの経験をはるかに超えるものでした」あまり清潔そうには見えない白いハンカチで顔を拭きながら、ドクター・タリーウッドは言った。「これほど短期間で容態が急変した患者を見たのは初めてです」

天蓋付きの巨大なベッドの中央に横たわっていたのは、しなびたような小さな体だ。ギャレットはおじのことを、〝とうに七十歳を過ぎているのに、おじはとにかく元気なんだ〟〝ぼくより長生きするかもしれないよ〟と言っていた。だが針金のように細い白髪は艶がなく、目はこれ以上ないほど落ちくぼんでいる。ベッドに眠るその姿を見て、カサンドラは前にギャレットと大英博物館で見たエジプトのミイラを思い出さずにはいられなかった。

彼女に気づくなり、医師はあわてて遺体にシーツをかぶせた。「お見せしてしまって申し訳ありません」手を揉みながら、ギャレットに向き直る。「閣下がおじ様の悲しい旅立ちを、わたしの力不足のせいだとお考えにならないよう切に祈っています」

「心配しなくていい。あなたを責めるつもりはないよ」ギャレットがぎこちない口調で応じた。「以上だ」

「閣下、埋葬に関して、わたしに心当たりがあるのですが。地元の葬儀屋〈ヒンフィンクル&サンズ〉ならば、安心してご遺体の搬送をまかせられるでしょう。彼らとはいつも仕事をしているんです。いや、いつもというわけではありません。それに、こういう案件は経験したことがありません。もう少し早く、わたしを呼んでいただけたらよかったのに。知ってのとおり、わたしは患者を亡くしたことがほとんどないのです。特に……こんな形では」ドクター・タリーウッドはわざとらしく咳払いをして、ベッドに横たわる亡骸の異様な姿に対する嫌悪感を隠そうとした。「〈ヒンフィンクル&サンズ〉であれば、おじ様の秘密は守ってくれるはずです」

「わかった」

医師は扉のほうへ行きかけたが、途中でつと足を止め、振り返ってギャレットを見た。

「これは本当にまれな案件です。おそらく手を打てる医者は一人もいなかったでしょう。ご存じのとおり、わたしのような職業はいちばん新しい患者の治療の結果によって判断されがちです。あなたのおじ様の逝去に関して、わたしの名前が出ることがないよう、切に願っております」

「わかった、わかった。今すぐここから出ていくなら、あなたのことは口外しない」ギャレットはとげとげしい口調で言った。スタンステッド伯爵の死と自分は無関係だとあくまで言い張る医師に、いらだちを感じているのだろう。「おじの遺体の搬送手続きに必要なこと以外、何も口外するな」

医師が退室すると、カサンドラはギャレットのもとへ駆け寄った。彼は立ちあがってカサンドラを抱きしめ、がっくりと頭を垂れた。幅の広い肩が震えているのに気づき、彼女は切なくなった。まるで一度も受け入れてもらえなかったおじの死を悼んでいる、小さな男の子のようだ。

ギャレットとスタンステッド伯爵は初めから対話することなく、関係を修復する機会にも恵まれなかった。解決することがない不毛な争いだったと言っていい。だがそんな折り合いの悪いおじでも、家族愛に飢えていたギャレットにはいないよりましだったのだろう。

胸が締めつけられ、カサンドラの頬に涙が流れ落ちた。慰めるように、ギャレットの体をさらに引き寄せる。これから一生、この人と一緒にいたい。彼の喜びも悲しみも共に分かち合いたい。

これほど早く悲しみに見舞われるとは思っていなかったけれど。

19

〝夜は愛のためにあるし、すぐ朝になるけれど、それでももうさまようのはやめよう。この月の光の中を〟

――ジョージ・ゴードン・バイロン卿『もうさまようのはやめよう』

「おじ様とは話せたの……こうなる前に？」落ち着きを取り戻したギャレットが背筋を伸ばして体を離すと、カサンドラは尋ねた。

「ああ、短い時間だったけれどね」彼はハンカチを取り出し、目元を拭いた。「今のこんなぼくを見たら、おじは軽蔑するだろうな」

「いいえ、そんなことはないわ」彼女はギャレットの額にほつれかかる髪を撫でつけた。「おじ様はあなたが大切に思っていたのをご存じだったはずよ。それにおじ様も心の底で、あなたを大切に思っていらしたに違いないわ」

「もしそうだとしたら、おじは本当に心の奥の奥で思っていたんだな。さあ、こちらへ」

彼はポケットにハンカチをしまうと、カーテンで仕切られた扉へカサンドラをいざない、寝室に隣接する小さな居間へ案内した。そこははるかに空気が澄んでいて、あたりにはパイプたばこの香りがかすかに漂っている。死者から少し遠ざかったことで、彼女は安堵せずにはいられなかった。

「いまわのきわ、おじは意味のない言葉を口走っていた。ほとんどがうわごとだったんだ」ギャレットは窓を開けた。摂政皇太子のパビリオンが見えている。「ぼくにわかったのは、おじが音楽に関して何か言おうとしていたことだけだ」

カサンドラは眉をひそめた。パスカルの奏でた旋律はいまだ頭の中を漂い、彼女の心に特別な輝きをもたらしている。あの少年のすばらしかった演奏会を、ギャレットのおじの死と結びつけて考えたくない。「パスカルの演奏を聞いて、この一件と彼の音楽とはなんの関係もないと確信したの。演奏会は本当にすばらしかったわ。すばらしさ以上の何かを感じたのよ」

ギャレットが鋭く彼女を一瞥した。「きみがそれほど感動したのは、ロデリック・ベルフォンテの隣に座れたからじゃないだろうな？」

「そうじゃないことは、あなたがいちばんよく知っているはずだけど」

「そうか？　きみは一度も振り返りもせず、ぼくを置き去りにしたじゃないか」

「わたしたちがブライトンへやってきたのは、お互いを喜ばせるためではなく、あくまで調査のためよ。機会があれば、できるだけ多くの情報を探り出そうとするのは当然でしょう？

その情報源に、いちいちけちをつけたりせずにね」ロデリックと話さなければ、パスカルが捨て子であり、寂しい幼少期を送っていたことを知らずにいたかもしれない。もちろん、そういう断片的な情報がASPを見つけ出すのにどう役立つのか、カサンドラにはわからない。けれども一見無価値に思える情報の中から、まさに金塊が現れるかもしれないのだ。「最初はロデリックの隣に座ろうなんて思っていなかったわ。だけど任務のためにここにいる以上、わたしたちに求められているのは個人的な欲求を無視することだと考えたの」

ギャレットが片方の口角をあげた。「幸いにも、きみと出会って以来、ぼくがMUSEのために果たしている任務は自分の個人的な欲求と完全に一致している」

仮に念を受け取れたなら、今の彼からはみだらなメッセージが送られてきたに違いない。そう考えたとたん、カサンドラの全身にかすかな震えが走った。でも、今はそういうときではない。ましてや、ここは互いの衝動を満たすべき場所ではないのだ。

「きっとあなたのおじ様は、演奏を聴いている間に病の原因となる何かに遭遇したと言いたかったんじゃないかしら？」

「そうかもしれない。ASPは演奏会が行われた会場のどこかに隠されている可能性がある」

ギャレットは前伯爵の寝室へ通じる扉に厳しい視線を投げた。ベッドには、まだ亡骸が横たわったままだ。伯爵という称号を得たら——それがどういう経緯であれ——嬉しくならない男性などいないだろう。だが、ギャレットが例外なのは明らかだった。「最悪なときにおじが亡くなってしまった。ぼくは遺体をサリーの屋敷に運び、埋葬を見届けなければならない」

「それに、おじ様の事務弁護士にも会わなければいけないわ」

忙しく過ごしていれば、喪失の悲しみも少しは癒やせる。おじの死に衝撃を受けつつも、ギャレットがこれからすべきことを考え始めたのに気づき、カサンドラは安堵した。

「そのとおりだ。これまで不仲だったせいで、おじはぼくに領地の経営状態について一度も知らせてきたことがない。スタンステッド家の土地がどれだけの広さなのか、財政的に安定しているのかどうかさえ、ぼくにはわからないんだ」ギャレットの肩はがっくりと垂れている。伯爵という爵位を受け継ぐ重圧を、彼女は目の当たりにした気がした。

「おじの弁護士の法律事務所はロンドンを拠点にしている。つまり、さらに遠くまで旅をする必要があるということだ。それだけブライトンから離れる時間が長引くことになる。とはいえ、いたしかたない。すぐに使用人を呼んで、ぼくたちの荷造りをさせよう。明け方にはここを発つんだ」

「ぼくたち？」

二人は結婚しているわけではない。婚約すらしていないのだ。娯楽のために、付き添い役同伴でギャレットと一緒にブライトンまでやってくるのは社会的に認められるぎりぎりの線だろう。けれども埋葬は私事であり、ごく個人的なことでもある。もし爵位を継いだばかりのギャレットが前伯爵の埋葬にカサンドラを同行させれば、社交界の面々は奇妙だと感じるに違いない。

「当然だ。きみもぼくと一緒に行く」ギャレットは慇懃無礼なドクター・タリーウッドを追い返したときのように、ぶっきらぼうに答えた。「カムデン公爵に連絡を取らなければならないな。摂政皇太子が到着するまでにASPを手に入れたいなら、別の誰かをここへよこすべきだとね」

「どうしてわたしも一緒に行かなければならないの?」カサンドラは尋ねた。「誤解しないで、あなたに同情していないわけではないのよ。だけど、もっと現実的に考えなくては。おじ様の葬儀が滞りなく終わるまであなたのそばにいたいけれど、一緒にサリーまで行く必要があるとは思えないの。それに、ここでの任務を中断する理由がないわ」

「一人でやるつもりなのか?」

「わたしは一人じゃない。だって、レディ・イーストンが一緒だもの。パーティ好きのレディ・ワルドグレンがブライトンにいるかぎり、わたしたちはお茶会や夜会の招待状を数えきれないほど受け取るはずよ。こちらにとっては有利だわ。噂話から有益な情報が手に入る可能性があるんだもの」カサンドラは言葉を継いだ。「それに、今やこのお屋敷はあなたのものでしょう。あなたが戻ってくるまで、レディ・イーストンもわたしも、ここに気がねなく滞在できるのよ」

「きみはわかっていない」ギャレットが胸の前で腕組みをした。「ぼくはきみに、わけのわからない案件に首を突っ込んでほしくないんだ」

「あら、そう言うからには、あなたはわたしよりもASPについてよく知っているんでしょうね?」

「ああ、そのとおりだ。もし知りたいなら、隣の部屋のベッドに横たわるおじの姿を見ればいい」彼はカサンドラの両手を取り、きつく握りしめた。「キャシー、きみにそんな危険を冒させるわけにはいかない」

ちらりと見ただけだが、前伯爵の干からびた体の残像は脳裏に焼きついている。彼女は身震いをこらえた。「わたしだって、それほど愚かじゃないわ。もちろん恐怖を感じているわよ。でも同時に、目の前にある深刻な事実を無視することもできない。摂政皇太子の命が危険にさらされているんだもの」

ギャレットは居間の中を行きつ戻りつした。全身から、いらだちの念が感じられる。「きみの言うとおりだ。ぼくらはここに残らなければならない。ロンドンの事務弁護士に命じて、ブライトンへ来させよう。出張費をはずめば、海辺のこの街まではるばるやってくることに文句は言うまい。サリーにはミスター・クライブを行かせる。彼なら、向こうで執り行われる葬儀のいっさいを取り仕切ってくれるはずだ」

「それはだめよ。もしあなたがおじ様の葬儀に参列しなければ、まわりの人たちになんて言われることか」

「おじとぼくは生涯不仲だったと言われるだろうな」ギャレットは火のない暖炉の前で立ち止まり、炉棚に両手を置いた。「実際そのとおりだ。ぼくらは最後の最後まで和解できなかったんだから」

「だからこそ、今回あなたはサリーへ行かなければならないの。あなたはおじ様と仲直りする必要がある。これはその最後の機会なのよ」カサンドラはギャレットの背後に立ち、両方の腕をウエストに巻きつけた。彼の背中に頭をもたせかけながら、力強い心臓の鼓動に耳を傾ける。「おじ様のためじゃない。彼はもう亡くなってしまったんだもの。これはあなたのためなの。あなたが自分自身のために、おじ様と仲直りするのよ」

ギャレットは向き直って彼女の手を取り、口元まで持ちあげて親指と人差し指の間に口づけた。「きみが一緒に来てくれたら、すべてがずっと簡単になるんだ」彼は優しく言った。

カサンドラの手袋を脱がせて、手のひらに唇を押し当てる。

体じゅうの細胞がギャレットを求めていたものの、彼女はどうにか自分を抑えた。「だめよ。ASPがどこかに隠されているんだもの」

ギャレットは彼女の手を落とし、眉をひそめてにらみつけた。「キャシー、きみがここに残るのを禁じる」

「あなたはわたしの父親でも夫でもない」気づくとカサンドラはあとずさりして、彼から離れていた。「わたしに何かを禁じる権利などないわ」

「ならば、こうすればいい」ギャレットは彼女の背中が壁に当たるまで、じりじりと近づいた。体の両脇の壁に手をつき、カサンドラを腕の中に閉じ込める。「ぼくと結婚しろ」

「なんてこと！　わたしが使用人であるかのように命令するつもり？　英国の未婚の伯爵はあなた一人だけじゃないのよ」カサンドラはギャレットの腕の下をくぐり、彼との間に距離を置いた。

ギャレットは求婚の言葉をまるで考えていなかったに違いない。たしかにカサンドラは彼からの結婚の申し込みを待ち望んでいた。とはいえ、こんなやり方はとうてい受け入れられない。


それまで傲慢な目でにらみつけていたギャレットは今、困惑したように眉をひそめている。

「きみはぼくを愛していると思っていた」

「ええ、愛しているわ」

「ならば、なぜぼくと言い争おうとするんだ?」

「あなたはわたしに関して決定を下す法的地位を得たいという理由だけで、結婚を申し込んでいる。そんな相手とわたしが結婚すると思う?」

「キャシー、それは違う。どうしてそうひねくれた考え方をするんだ?」ギャレットは自分の髪に手を差し入れたので、さらに髪が乱れてしまった。「ぼくはきみの身の安全を守りたいんだ」


カサンドラは両手で口を覆った。そうしなければ、うっかり間違ったことを言ってしまいそうだ。次の言葉で彼女の未来が決まるのに。

「どうか信じて。わたしはあなたを愛しているのよ、ギャレット。サリーでおじ様を弔っているあなたのそばにいられたらどんなにいいだろうと、本気で考えているわ。そこにいることができず、あなたを支えてあげられないのが悲しくてたまらない」彼女はギャレットに近づき、両方の手のひらで彼の頰をはさんだ。「初めて自分が火の魔法使いだと知ったとき、あなたはわたしのためにそばにいてくれた。だからこそ、わたしはMUSEの一員になったの。結果的にわたしは計画どおりの人生は歩めないけれど、それでも意味のある人生を送れるかもしれないという希望を抱くようになったのよ」

ギャレットが横を向き、彼女の手のひらに口づける。「ああ、そうだとも。ぼくの妻としてね」

「そうね。だけど少なくとも今は、あなたの求婚を受けることはできない。来週、摂政皇太子の身に危険がおよぶ可能性が高いんですもの。それに運がよければ、摂政皇太子が到着する前に、あなたもサリーから戻ってこられるかもしれないわ」カサンドラはつま先立ちになって、彼に軽くキスをした。「それまでの間、できるだけ用心するようにするから」

「どうやって？」ギャレットが体を離す。「何からきみ自身を守ればいいのかさえ、わかっていないんだぞ」

「たぶん、その答えを知る必要はないのかもしれない。知ってのとおり、あなたからセンディングをされても、わたしにはメッセージがまるで聞こえないのよ。カムデン公爵はその理由を、わたしには生まれつき盾のような性質が備わっているからではないかと考えているの。もしあなたの能力に影響を及ぼされないとすれば、たぶんASPにも影響されないはず。わたしはASPの力に対して免疫があるのかもしれないわ」

「なんてことだ、ぼくの幸せがカムデン公爵の推論にかかっているとは」ギャレットは暖炉の前にある椅子に沈み込んだ。彼のおじが使っていた膝かけが、椅子の背にまだかけられている。「〝たぶん〟では少しも安心できない」

カサンドラはギャレットの前にひざまずいた。「カムデン公爵はこういう類のことについて豊富な知識を持っているわ。わたしは彼の直感を信じたいの」

「その彼の直感をもってしても、ASPにまつわる大した情報は得られなかったのに?」ギャレットは鼻を鳴らし、嫌悪感をあらわにした。「くそっ、キャシー、頼むからやめてくれ。ロンドンへ伝言を送らせてほしい。そうすれば、カムデン公爵も次のブライトン行きの馬車にウェストフォールとメグ・アンソニーを乗せられる」

「二人とも、まだ準備ができていないわ。レディ・イーストンの話では、メグはまだレディとして通用する段階まで達していないそうよ。そばまで近づいて摂政皇太子をお守りすることはできない。それに気の毒なウェストフォール子爵は、病院でのひどい体験からまだ完全に回復できていないんですもの」

ギャレットが彼女を膝の上にのせた。これまで彼の願いをことごとく拒否してきたカサンドラも、今回は素直に従った。ギャレットが彼女のこめかみに口づけ、頭を自分の肩にもたれさせる。しばし、世界に二人しかいないような気分になった。彼とこんなふうに永遠に一緒にいられたらいいのに――そう願わずにはいられない。

MUSEに加わる前、カサンドラは社会的な義務に縛られた人生を送っていた。生きる目的といえば、複雑に入り組んだ英国貴族社会の中で、どうにか自分の居場所を見つけることだけだった。だが、今の彼女は違う。社交界は見せかけだけの、ガラスのようにもろくて壊れやすい世界だと気づき、MUSEの一員として活動することこそ生きる目的だと考えるようになっている。そして生まれて初めて、大義を果たすための大切な任務を託されたのだ。失敗するわけにはいかない。

カサンドラは顎をあげ、ギャレットの頬に口づけると膝の上から立ちあがった。「ミスター・クライブを連れて行けば安心ね。彼なら、おじ様の葬儀をきちんと取り仕切ってくれるはずよ」

「この部屋から出て行かないでくれ」ギャレットが彼女の手首をつかんだ。

「出て行かなければいけないの」目の前にいる男性を、カサンドラはこれ以上ないほど愛している。でも、ここで譲歩することはできない。「もしわたしがこの任務に当たらなければ、摂政皇太子の身に危険が及ぶことになる。そうなれば、わたしは決して自分を許せないわ」

「もしきみの身に危険が及んでしまったらどうするんだ？　ぼくはきみのそばにいられないのに？　ぼくが悪夢を見たのを忘れたのか――」

「大丈夫よ、愛しい人。わたしは恐れていないわ」カサンドラは彼の唇に指を一本押し当てた。「小さな頃、竜にとらわれた乙女ごっこをよくしたものよ。だけど、もはやその役割はわたしには似合わないみたい。わたしを守ろうとしてくれているあなたを心から愛おしいと思うけれど、わたしは救出される必要がないの。この任務はわたし一人でもできるわ、ギャレット、どうか信じて。なるべく早くブライトンに帰ってきてくれるだけでいい。わたしはここでずっと、あなたを待っているから」

「キャシー、きみは無敵じゃない。ぼくの夢では……」ギャレットが彼女の体を強く引き寄せる。その瞬間、カサンドラは彼の恐れをありありと感じ取った。「きみも燃えてしまうんだ」

「だったら、そうならないよう注意するわ」彼女は約束した。

「とにかくいつもの何倍も注意してくれ。ぼくの体はサリーに行くかもしれないが、心はいつもきみと共にある」

〝あなた自身を――あなたの魂を――そのすべてをわたしに与えてほしい。あなたの一かけらも残さずに。さもないと、わたしは死ぬ。あるいは生きていても、あなたの哀れな奴隷となる〟

――ジョン・キーツ『わたしはあなたの慈悲が、哀れみが、愛が欲しい！　あなたの愛が！』

20

潮の香りを含んだ風が心地いい。カサンドラは肩のあたりにショールを巻きつけた。今日は一日じゅう雨だったため、浜辺にある長椅子には誰も座っていない。けれども今、低く垂れ込めた雲の合間から、太陽が顔をのぞかせている。ブライトンの浜辺に、わずかな光が斜めに差し始めた。波が砂利浜に打ち寄せ、砕け散っている。浜に転がる石はどれも、容赦なく打ち寄せる波によってなめらかに磨きあげられていた。

まるでギャレットの愛情のようだ。彼の愛のおかげで、カサンドラが張りめぐらしていた防御の壁も少しずつ崩されていった。そして自分自身を大きく開き、もろい部分もさらけ出せたのだ。ロデリックとの一件のあと、もう誰も求めたりしないと心に誓ったはずなのに。

そんな誓いがどこかに吹き飛んだのは、ギャレットと出会えたおかげだ。

空では一羽のカモメが弧を描いている。その物悲しい鳴き声は、カサンドラの空っぽな心にやけに響いた。

なぜ一人でも大丈夫だと、あれほど言い張ってしまったのだろう？

ギャレットが旅立ったのは数日前のことだ。スタンステッド前伯爵の遺体をのせた黒い馬車は、同じく黒の去勢馬に引かれてサリーへ向かった。ギャレットがいなくなり、カサンドラは心にぽっかりと穴が開いたように感じていた。それに、彼と離ればなれになって不安を覚えている。そばにギャレットがいないと、いつうっかり発火を起こすかわからない。だから、こうして燃えやすいものが何もない砂利浜を一人で散歩するようにしていた。

最悪なのは、ブライトンに到着してから今日まで、ＡＳＰに関する詳しい情報を何も得られていないことだ。どんな魔力を秘め、いったいどこにあるのか。レディ・イーストンと共に、ブライトン社交界の貴族たちから数えきれないほどのディナーやカードパーティに招待されたものの、カサンドラはすぐに思い知ることになった。人が大勢集まるそういう場所では、なかなか一人きりになれないものだと。

そしてこんなふうに一人で浜辺を歩いている今は、孤独に押しつぶされそうになっている。

「誰かを恋しがってるの？」背後から小さくて甲高い声が聞こえた。

カサンドラは驚き、振り向いた。ひとけのない海岸に立っていたのは、ピアニストのパスカルだった。

「こんにちは」彼女はほっとしながら言った。散歩していたところに出会ったのが、この少年でよかった。「ここで何をしているの?」

「あなたと同じだよ、ミス・ダーキン。誰かを恋しがってたんだ」

一人ぼっちの早熟な少年を前にして、カサンドラの胸は痛んだ。同時に、少年が名前を覚えていてくれたことを嬉しく思った。「誰を恋しがっていたのかしら?」

「お母さんだと思う。だけどおかしいよね、本当はお母さんのことを何も知らないのに。きっと、ぼくはお母さんという存在を恋しがっているんだね」パスカルはとても子供とは思えない答えを返してきた。「あなたは誰を恋しがってるの? そんなに眉をひそめてるのは、それがこの世にいる人だから?」

カサンドラは幼い頃から、よく理想の男性を夢見てきた。ギャレットは彼女の想像をはるかに超えるすばらしい男性だ。「ええ、彼は実際にいる人よ」

「でもどっちにしろ、その人はここにいないよ」パスカルが言う。「あなたも一人だし、ぼくも一人だ。一緒に一人を楽しむべきじゃないかな」

彼女は微笑んで少年を見おろした。「それなら、わたしたちはもう一人じゃなくなるわ」

「そうだよ。そこがぼくの計画のいいところなんだ」パスカルはいたずらっぽい笑みを浮かべた。「一緒に外で食事をしない? ぼくの従者がここからそんなに遠くない場所にある小さな洞窟の入り口で、食事を用意してるんだ」

年長の紳士さながらに、パスカルは痩せた肘を突き出した。

「ええ、喜んで」カサンドラは少年の腕を取った。夕闇が迫る中、二人は浜辺を歩き出した。

水浴機械が立ち並んでいるのとは反対側の浜で、パスカルの従者はまだあわただしく準備をしていた。赤い縞模様の毛布を、ごつごつした大きな石を避けて座りやすそうな場所に広げている。夕食は枝編み細工のバスケットに詰められていた。

カサンドラとパスカルが毛布の上に座って落ち着くと、従者はサルマガンディという指でつまんで食べられる軽食を給仕した。チョップド・ターキーやかたゆで卵、アンチョビ、ビーツと赤キャベツの酢漬け、ハムの細切り、キュウリの薄切り、ピクルスの詰め合わせ、とおいしそうなものが並べられている。皿にはボールの形をしたバターが盛られていた。従者は飲み物として、カサンドラにはびっくりするほど熱い紅茶、少年には大きなグラスたっぷりのバターミルクを用意した。

食事中、パスカルはトレードマークである赤い手袋を決してはずそうとはしなかった。

二人が食べながら話したのは、もちろん音楽についてだ。パスカルはこれまで演奏したヨーロッパの宮廷についての話を聞かせ、カサンドラを大いに楽しませてくれた。中には摂政皇太子の王宮に比べると、はるかに厳格で禁欲的な宮廷もあった。

こうして話していると、やはりパスカルはとても十歳の少年とは思えない。でもひげのない顎や無垢な瞳は、明らかに子供のものだ。両親なしで育てられたせいで、きっと早く大人にならざるをえなかったのだろう。食事が終わると、パスカルは片づけを終えた従者を帰らせた。「雲もどこかへ行ってしまったね。ミス・ダーキン、一緒に星が出るのを見ない？」

カサンドラはうなずいて両方の脚を伸ばし、星空がよく見えるよう肘をついてうしろにもたれた。

「人の名前って、その人のことを物語るものだと思う？」パスカルが唐突に尋ねた。

「むしろ名前はその人の両親は誰か、彼らが子供に何を願っているかを伝えていると思うわ。結局、誰も自分の名前は選べないんだもの。名前のほうが、わたしたちを選んでいるのね」

「たしかにそうだね。ギリシャ神話のカサンドラには予言の能力があった。だけど彼女にとって最大の悲劇は、誰にも信じてもらえなかったことだ。あなたも能力を持ってるね。でも、もし自分がそう話しても、ぼくが信じないだろうと思ってる」

「あなたにはわたしの考えていることがわかるの？」カサンドラはパスカルと目を合わせた。少年から心的エネルギーが発せられているのが感じ取れる。本人は、そのみなぎるようなパワーに気づいていないに違いない。そのパワーにさらされ、どういうわけかカサンドラは、パスカルの質問に正直に答えたいという衝動に駆られた。けれど、彼女が火使いであることを教えるわけにはいかない。自分の家族にすら、その事実は伝えていないのだ。「きっとカムデン公爵はあなたに会いたがると思うわ」

「ぼくはこれまで、欧州の王族たちのために演奏をしてきた」傲慢にも、パスカルは言い放った。「たかが公爵に会えても感激したりしないよ」

カムデン公爵に対する無礼な言葉を聞き、カサンドラは自分が侮辱されたように感じた。カムデン公爵は尊敬すべき人だ。特殊能力者たちの個性を見抜き、常に行き届いた気配りをしてくれている。たとえばギャレットが図々しい態度を取っても、公爵らしからぬ自制心を発揮して無視するのがいい例だ。もしカサンドラがパスカルを説得し、カムデン・ハウスへ一緒に連れ帰ることができたら、公爵は彼女に感謝するだろう。

「カムデン公爵はわたしの大切なお友だちなの」彼女は言った。「それにとてもすばらしい方なのよ」

「ぼくもあなたの友だちだといいな」パスカルが言う。世界じゅうを旅して疲れきったピアニストというよりは、孤独にさいなまれた子供のような口調だった。

「あなたがわたしのお友だちになってくれるなんて光栄だわ」カサンドラは危うく腕を伸ばし、少年の額に指で触れそうになった。けれどもパスカルが触れられるのを嫌っていること、さらに今は亡きスタンステッド伯爵の不作法な態度を思い出し、握手するだけにしておいた。

「友だちなら、お願いを聞いてくれる？」パスカルが尋ねる。

「もちろんよ」

「あなたの髪のことなんだ。すてきだね。ぼくがとっても若かった頃に飼っていたウサギと同じ、柔らかな茶色だ」彼は真剣な調子で言った。

カサンドラは笑いを噛み殺した。今だって、とっても若いのに。「ありがとう、パスカル。だけど今後のために言っておくわ。もしレディに何かをお願いしたいなら、その女性をウサギと比べるのはどうかしら? あまり感心しないわね」

「侮辱する気はなかったんだ」パスカルがあわてて言う。「ただ……その……撫でてもいいかな? つまり、あなたの髪を。柔らかいかどうか確かめたいんだ。ウサギみたいに。かわいがってたペットだったから」

罪のない頼みだ。それに海から吹きつける風のせいで、すでにカサンドラの髪は乱れかけている。彼女はボンネットを取るとピンを引き抜き、髪を肩へ垂らした。

驚いたことに、パスカルが赤い手袋をはずしている。

「あなたが手袋をはずすのは演奏するときだけかと思っていたわ」

「これから演奏するんだ」彼は明らかに興奮した様子だった。「ただし今から演奏するのはピアノじゃなくて、あなたの髪だよ」

パスカルは手を伸ばし、彼女の肩にかかる巻き毛に触れた。「ああ、やっぱり柔らかい。ぼく、ウサギが恋しいよ。あんまり長く一緒にいられなかったんだ」

カサンドラは笑みを浮かべ、もっと髪に触れやすくなるよう少年に背中を向けた。彼の指先の感触はことのほか優しい。彼女は思わず息をのんだ。パスカルの手には驚くべき能力があるため、何かに触れるとき、彼はこれほど細心の注意を払っているのだ。そんなパスカルが髪に触りたいと言ってくれたことを名誉に思っていいのか、驚くべきなのか、彼女にはわからなかった。

そのときパスカルが手のひらに力をこめ、カサンドラの頭のてっぺんから背中に届く髪の毛先へと一気に滑らせた。

　頭皮にちくちくした不快な痛みが走る。

「あまり力を入れすぎないで」

「ごめんなさい」パスカルはあわてて手を引っ込めると、再び髪を撫で始めた。今度は羽根のように軽く。「ぼくの指がかたい象牙の鍵盤以外のものに触れることはめったにない。あなたの髪の手触りに夢中になってしまいそうで怖いよ、ミス・カサンドラ。ああ、なんてすばらしい手触りなんだろう！　あなたのことをカサンドラって呼んでもいいかな？　ぼくらはもう友だちでしょう？」

　相手は十歳の少年だ。カサンドラも彼を洗礼名で呼ぶのは当然だろう。「いいわよ、わたしにもあなたをクリスチャンネームで呼ばせてくれたらね」

「うん、もちろんだよ。ぼくの名前はアンドレ・サイモンっていうんだ。誰にもそう呼ばれたことはないけど」

「あなたはカサンドラという名前の意味を知っていたわね、アンドレ・サイモンという名前にはどんな意味があるのかしら？」

「いい質問だね。アンドレの意味は簡単だ。〝勇ましい〟っていう意味だよ。ぼくもいつもそうあろうとしているんだ」

　勇ましい少年なら、ペットのウサギを思い出すからという理由でレディの髪を指でもてあそんだりしない――思わずそう指摘しそうになったが、カサンドラはなんとかこらえた。

「次はサイモンだ」パスカルの発音だと〝海の嘆き(シー・モーン)〟と聞こえる。「こっちはそう簡単にはいかない。サイモンという名前には意味がいくつかあるんだよ。一つは〝優れた聴き手〟」

「音楽家として、まさにあなたはそうだわ」

「ウィ。だけどもう一つ、〝団子鼻〟という意味もある。これはぼくには全然当てはまらない。ほら、見て！」パスカルはいらだったように鼻をすすり、カサンドラが肩越しでも見えるように横を向いた。横顔になると、少年のワシのような高い鼻がよけいに目立つ。

「たしかにそうね。きっとこの名前がつけられたとき、あなたは赤ちゃんだったから、まだ鼻が高いことがわからなかったんじゃないかしら？」

「うん、そうだね。でもサイモンには、それより最悪な〝小さなハイエナ〟っていう意味もあるんだ。ハイエナって死体を食べる、ぞっとするほどいやな動物なんだよ。〝ライオン〟を意味するレオっていう名前のほうがずっといい」パスカルは言った。「ぼくがサイモンっていう名前が好きじゃないのも、わかるでしょう？」

パスカルがカサンドラの髪を三つ編みにしようと分け始めた瞬間、彼女は左目の奥に鋭い痛みを感じた。息ができないほどの激痛だ。これほど強烈な頭痛に見舞われたのは初めてだった。

「お願い、やめて」カサンドラは立ちあがった。いきなり立ったせいか一瞬視界が真っ暗になったが、すぐ元に戻った。「気分がよくないの。スタンステッド伯爵のお屋敷へ戻らないと」

「送ろうか？」

「いいえ、大丈夫よ。道は明かりがついているし、ここからすぐだから」

あたりはすでに暗くなっていたが、ブライトンの住人たちはロンドンの慣習にならい、屋敷前のランプをつけている。だから夜でも迷うことなく通りを歩けるのだ。カサンドラは向きを変え、よろめきながら塩生草類の生えた浜辺を歩き始めた。海岸に並行して、石畳のキングス・ロードがある。海という自然と、人が手を加えた住宅街の境界線となる道だ。彼女はおぼつかない足取りでどうにか通りの近くまでたどり着いたものの、体をまっすぐに保つのさえ難しい。

「いい方法がある」パスカルが彼女の脇へ走り寄り、赤い手袋をはめた。「ぼくの馬車を待たせてあるんだ。それに乗れば無事に帰れるよ」

反論する気力もなく、カサンドラは言われるままパスカルの馬車に乗り込んだ。こんなに急に具合が悪くなったのは、たぶんビーツの酢漬けかアンチョビのせいだろう。不安なのはたしかだが、それとは別に何か重大なことを見逃しているような気がしてならない。とはいえ、あまりに気分が悪くて理路整然と考えることができなかった。ましてや浜辺での細々とした出来事など思い出せない。まとまりのない考えが頭の上をぐるぐるとまわっている。急降下して彼女の脳みそをつつこうと狙っているカモメの大群のように。そのとき、またしても鋭い痛みに襲われた。激痛の波が全身に広がっていく。

気つけ薬を嗅げば、きっとすぐによくなるだろう。カサンドラはそう自分に言い聞かせた。

馬車の窓の外に見えるブライトンの街路がぼやけて見える。いえ、気つけ薬ではなく頭痛薬を飲んで、ウィスキーを一杯飲んだほうがいい。パスカルの馬車がスタンステッド伯爵の屋敷に近づくにつれ、再度思い直した。ブライトンにはドクター・タリーウッドのほかにも医師がいるだろうか？　レディ・イーストンに頼んで呼んでもらおう。

結局、カサンドラが自分の考えを口にすることはなかった。馬車がスタンステッド伯爵の屋敷の前で止まったとき、彼女は完全に意識を失っていたのだ。ミスター・クライブは馬車に乗り込み、カサンドラを抱きあげて寝室へと運ばなければならなかった。

ふだんは何事にも動じないレディ・イーストンが動揺もあらわに、ミスター・クライブのあとに続いた。

ギャレットのおじが埋葬される間、雨が降りやむことは少しもなかった。凝った装飾の棺のまわりに集まった彼のいとこたちは、ハンカチで涙をぬぐっている。一人は英国人らしい節度ある態度も忘れた様子で、明らかにすすり泣いていた。もう一人はそばにいる夫に、聞こえよがしに〝父の予期せぬ死に接して卒倒しそう〟とささやいていた。

卒倒しそうなのは収入源を失ったせいもあるはずだ。ギャレットは意地悪くそう考えた。このいとこたちには冷たい出迎えを受けた。だから彼女たちには、今後の話をまだ何もしていない。いとこたちのことは、これからも支援し続けようと考えている。これから事務弁護士と話し合い、現在と同額の小遣いを与えるつもりだ。しかし今しばらくは、貪欲な彼女たちをこのままの状態で放っておいてもいいだろう。自業自得だ。

雨が激しさを増すにつれ、教区牧師が唱える最後の祈りも二倍の速さになった。黒い雨傘をさしていても、参列者たちは全員ずぶ濡れだ。最後にアーメンと唱えたとたん、彼らは墓地に背を向け、待たせてあった馬車へ足早に戻っていった。

家敷に戻ったギャレットを待っていたのは、弁護士事務所〈ゴールドスミス&ファイフ〉の二人だった。

「閣下のご葬儀の日に申し訳ありません」突き出た顎と垂れた顎肉のせいで、ミスター・ゴールドスミスはけんか腰のブルドッグみたいに見える。まさに弁護士という職業にふさわしい表情だ、とギャレットは思った。「しかしながらスタンステッド卿からは、彼の死後、できるだけすみやかにわたしどもの報告書をあなたに届けるよう厳しく言われておりました。そこでほかの約束をすべて取り消し、こちらへ駆けつけたしだいです。もちろん、悲しみを癒やしたいとおっしゃるなら、あと数日待つつもりでおりますが」

「おじは手続きが遅れるのをいやがるはずだ」ギャレットの心は石のようにかたく冷え冷えとしていた。おじの死の床で感じた悲しみは本物だが、孤児となった少年時代から、冷たい仕打ちをしてきたおじをずっと悼み続ける気にはなれない。おじに放り込まれたパブリックスクールで、ギャレットは大変な思いをしながら大人になったのだ。

彼は二人の弁護士をおじの書斎へ案内した。

いや、今はもう自分の書斎だ。みずからにそう言い聞かせる。

ギャレットは伯爵の机の椅子に座り、いくぶん不安を感じながらゴールドスミスとファイフの話に耳を傾けた。何しろ彼が知っているのは、サリーの屋敷が抵当に入っているらしいということだけなのだ。

しかし十五分後、伯爵領の経営はすこぶる順調だとわかった。それだけではなく、ギャレットが莫大な資産を相続することも。スタンステッド家の領地はかなりの収益をあげており、投資している造船会社と運河会社からも多大な利益を得ていた。ギャレットにはすでに父から受け継いださささやかな遺産と、MUSE加入以前に賭け事で心的エネルギーを使って得た儲けがある。そこへおじからの遺産を受け取ることで、彼は突然英国で最も裕福な紳士の仲間入りを果たすことになったのだ。

「これですべて解決だな」ギャレットは弁護士に言った。「いとこたちの小遣いの額をすぐに二倍にしてくれ。あのおじのことだ、娘たちやその夫たちに対しても、けちけちしていたんだろう？」

「死者に鞭打つようなことは言いたくありませんが、そう認めざるをえません。あなたのおじ様は……たいそうな倹約家でした」ファイフは最後の台帳を閉じるとかばんにしまった。貧相な顔立ちと痩せこけた体形から察するに、この男自身、相当な倹約家なのだろう。「あなたのご意思により、来月からレディ・メアリー、レディ・マーサ、レディ・マーガレットのお小遣いを二倍に増額します、閣下」

「ほかに何もないようなら失礼する」ギャレットは立ちあがった。「ここでの話し合いが終わりしだい、すぐブライトンへ戻らなくてはいけない。明日には発つつもりだ」

「そうでしょうとも。摂政皇太子はブライトンでの若き天才ピアニストの演奏会を、ことのほか楽しみにされているとか」ゴールドスミスが言う。

「アンドレ・サイモン・パスカルは欧州で評判の少年ですからね」ファイフがつけ加えた。

「間違いなく、この英国も征服してしまうに違いありません」

「今なんと言った？」ギャレットはファイフを鋭く一瞥した。

「ただの比喩です、閣下」ファイフがあわてて言った。「もちろん何者も英国を征服することなどできませんよ」

「いや、そこじゃない。ピアニストの話だ。彼の名前をなんと？」

「パスカルです。アンドレ・サイモン・パスカル」ファイフが答える。「彼はまだ十歳の子供にすぎません」

「いや、若き天才ピアニストというだけじゃない」ギャレットは言った。アンドレ・サイモン・パスカル、略してＡＳＰだ。「彼はそれをはるかに超えた存在だ」

21

〝あの悲しき地獄の第二圏だ。烈風や旋風、雨や雹(ひょう)のつぶての中、恋人たちは悲しみを語る必要がない。わたしが見た麗しい唇は青ざめていた。わたしが口づけた唇もまた青ざめていた。そして憂鬱な嵐の中、一緒に漂ったその姿は美しかった〟

――ジョン・キーツ『夢の中で』

レディ・イーストンは冷水に布を浸して絞ると、カサンドラの青白い額の上にのせた。閉じられたまぶたの下、眼球をわずかに動かしたものの、彼女は目を覚まさない。不自然なほど長い時間、昏々と眠り続けていた。パスカルの馬車で帰宅したその夜から、一度も目覚めていないのだ。

ドクター・タリーウッド――残念ながら医者は彼しかいなかった――は悪い血を体外に排出させたがったが、レディ・イーストンは彼を信頼していなかった。スタンステッド前伯爵があれほど無残な亡くなり方をしているのだ。おそらく、医師の治療が彼の病状を悪化させたのだろう。そこでレディ・イーストンはドクター・タリーウッドに、しばらく様子を見てカサンドラが自然に回復するのを待つように頼んだのだった。

治療をさせてもらえないなら責任は取れないと強く反論し、ドクター・タリーウッドはとうとう屋敷から出ていった。明日の夜にまた来るという捨て台詞を残して。

けれどもレディ・イーストンは警戒をゆるめなかった。ドクター・タリーウッドがいつ戻ってきてもおかしくはない。

「ねえ、あなた」彼女はカサンドラに話しかけた。「目を開けて。もし今度あの医者が戻ってきたら、もう彼を止めることはできないわ」

カサンドラは何か――〝ギャレット、戻ってきて〟と聞こえた――をつぶやくと、再び昏睡状態に陥った。

「心配しないで。ミスター・スターリングはあなたのために戻ってきてくれるわ」レディ・イーストンは優しい声で言った。

MUSEのほかのメンバーとは異なり、レディ・イーストンには特別な能力がない。だが、彼女は精神世界について理解できる。だから吟遊詩人たちが歌っていることは正しいと気づいていた。そう、あの世とこの世の間には、ほとんどの人が夢見ている以上の何かがある。カサンドラの魂は今、その境目をさまよっているのだろう。聞き慣れた声が聞こえたら、彼女の魂もこの世に戻れるかもしれない。そこでレディ・イーストンはカサンドラに絶えず話しかけるようにしていた。

「あなたのミスター・スターリングは最近まで、ずいぶん尊大な態度を取っていたものよ。顔立ちのいい殿方によく見られるあやまちね」レディ・イーストンは寛大な笑みを浮かべた。「だけどスタンステッド伯爵となった今、もうそんなふうには生きていけないはずだわ」

「わたしは彼なしでは生きていけない」カサンドラがささやき、まぶたを開けた。青白い肌に赤い静脈を浮き立たせているものの、少なくとも意識は戻ったようだ。

「ああ、よかったわ、ミス・ダーキン」カサンドラにいくら頼まれても、レディ・イーストンは彼女を名前で呼ぼうとしなかった。そうすれば自分の役割——メンバーと社交界をつなぐパイプ役——をはっきりと示し、彼らと適切な距離を保てるからだ。とはいえ、カサンドラとスターリングに付き添う間に、レディ・イーストンは二人に突然茶目っ気たっぷりのウィンクまでするようになっていた。そろそろカサンドラの願いに応えるべきときなのだろう。今この瞬間はなおさらだ。

「気をつけて、カサンドラ」起きあがろうとした彼女にレディ・イーストンは注意した。

「無理をしてはだめよ」

けれどもカサンドラはその言葉を無視してベッドの上で起きあがり、指の関節を目に押し当てた。目の下の皮膚の柔らかな部分が、あざのように黒ずんでいる。「どれくらい意識を失っていたのかしら？」

「一日じゅうずっとよ。気分はどう？」

「六頭立て馬車に思いきり轢かれているみたいな感じ」カサンドラは肩をぐるぐるとまわし、

しょう。スープを持ってこさせましょうか？」

レディ・イーストンはベルを鳴らし、ミスター・クライブを呼んだ。「お腹が空いたでしょう。スープを持ってこさせましょうか？」

「ええ、ありがたいわ」カサンドラが手のひらを額に当てる。「それに頭痛薬と飲み物も」

「もちろんよ」レディ・イーストンは枕を重ね、カサンドラがもたれられるようにした。亡き夫が子供を与えてくれたらよかったのに、と思わずにはいられない。こうして誰かの面倒を見るのが好きだ。MUSEの若いメンバーの母親代わりになれたら嬉しい。「今は何も心配しないで、具合がよくなることだけを考えてちょうだい」

カサンドラは指先でこめかみを揉んだ。「思い出せればいいのに。何かが気になるの。気分が悪くなる直前、何か大切なことに気づいたはずなのよ。早く思い出さないと」

「きっとそのうち思い出すわ。今はもう少し休むことね」レディ・イーストンは部屋を横切って窓辺へ行くと、窓枠をさげた。「今夜、摂政皇太子のパビリオンはどんちゃん騒ぎになるでしょうね。騒音であなたが目覚めなければいいけれど」

「摂政皇太子はもうブライトンに？」

「ええ、予定より早く到着されたの。だけどパスカルは御前演奏の準備をちゃんと整えていて――」

「それだわ」カサンドラが目を見開いた。「パスカルよ！　だめ、彼を行かせるわけにはいかない――」寝具をめくり、天蓋付きのベッドからおりようとする。「止めなくては」

「いけません、外出なんて」レディ・イーストンはカサンドラをベッドに戻そうとしたが、

彼女は言うことを聞かない。「目を覚ましたばかりなのに無理したら、わたしも責任が持て

ないわ」

「誰もあなたを責めたりしないわ。どうしようもないんだもの。この事態に対処できる人が

ほかに誰もいないんだから」カサンドラはレディ・イーストンの手を振り払うと立ちあがっ

た。足元から煙が出ている。少しふらついたものの、どうにか背筋を伸ばして言葉を継いだ。

「わたしたち、間違っていたんだわ。ASPは心的エネルギーを帯びた古代遺物なんかじゃ

ない。人だったの。パスカルよ。アンドレ・サイモン・パスカル。あの少年を摂政皇太子に

近づけてはいけない」

レディ・イーストンは胸の前で腕組みをすると、カサンドラをにらみつけた。「カサンド

ラ、あなたはまだ完全に回復していないのよ。この屋敷からあなたを出すわけにはいかない

わ」

突然、火のない暖炉に炎が燃え広がり、室内にあるすべてのろうそくに赤々と火がついた。

室内用便器の水差しの水からも蒸気があがり、ぐつぐつという音が聞こえ始める。カサンド

ラの琥珀色の瞳が異様なほど光っていた。

「わたしを止めることはできないわ」

レディ・イーストンはあとずさりした。今まで一度も火の魔法使いが怒ったところを見た

ことはない。ただし弟からは、カサンドラが強烈なパワーの持ち主だと聞かされている。だ

から彼女は侮れないのだと。

侮れないのはレディ・イーストンも同じだ。「わたしが言いたかったのは」彼女はいらいらした口調で言った。「ネグリジェ姿のまま、この屋敷からあなたを出すわけにはいかないということよ」

カサンドラが自分の姿を見おろして笑みを浮かべた。その瞬間、室内の炎がすべて消えた。

「あなたの言うとおりね。だけどメイドのネリーを待っている時間の余裕がないの。もし未来の英国王の命と健康を大切に思うなら、どうか着替えを手伝ってちょうだい。今すぐに」

カサンドラの全身が悲鳴をあげていた。体じゅうの関節を無数のピンで刺されているような痛みを感じる。それでも急がなければならない。レディ・イーストンは見事にメイドの役割を果たし、あっという間にカサンドラを着替えさせた。タブロイド紙のファッション記事に取りあげられるような流行最先端の装いではないけれど、少なくともきちんとしてはいる。雑な部分はボンネットをかぶってどうにかごまかした。髪を結いあげる時間も惜しかったので、ゆるい三つ編みにしてうしろに垂らしているのだ。

カサンドラはカムデン公爵の馬車の準備も待てず、草深い公園を横切って摂政皇太子のパビリオンまで歩いていくことにした。重いドレスの裾を持ちあげ、一瞬も休むことなくひたすら歩き続けて、ようやく目的地にたどり着いた。

屋根のある玄関ポーチの下に止まっていたのは、両脇に王家の紋章が刻された馬車だ。そばで従僕たちと御者がくつろいでいる。摂政皇太子はすでにパビリオンの中にいるのだろう。

「パスカルはまだ？」カサンドラは荒い息のまま尋ねた。

御者がうなずいた。「噂によれば、彼は演奏を聴かせる相手が重要人物であるほど待たせるらしい。もしそうなら、摂政皇太子殿下はさぞお怒りになるだろう。だがそんなこと、王族の方々に教えられるわけがない。そうだろう？　まったく、音楽家っていうのは何を考えているのかわからないね」

摂政皇太子のお付きの者たちは、パスカルの到着が遅れていることに神経を尖らせている。でも、カサンドラは大いに安堵せずにはいられなかった。パスカルを阻止したいなら、このパビリオンの扉の前で待ち伏せすればいい。ベートーベンは地位の高い人物の私邸で演奏を披露するとき、彼の天才的な音楽の才能はいかなる階級も超えるものだと主張し、使用人用の入り口を使うのを断ったという。明らかに、パスカルも偉大なベートーベンを手本にしようとしているのだろう。摂政皇太子と同じ扉から入るつもりに違いない。

数分も待たずにパスカルの馬車が到着した。ところがパビリオンの玄関前には摂政皇太子の馬車が止まっているため、パスカルはそれより手前で馬車を止めなければならなかった。カサンドラは息が詰まりそうになるのを感じながら、よく手入れされた芝生を早足で横切り、パスカルの馬車に近づいた。

「こんばんは、ミス・ダーキン」馬車からおりるなり、パスカルが言った。満面の笑みを浮かべている。「具合がよくなって本当によかった。今夜はあなたのために夜想曲を弾くつもりなんだ」

「今夜あなたが演奏することはないわ」カサンドラは冷静に告げた。「あなたの正体はわかっているのよ」

パスカルが笑みを消した。「どういう意味？」

「ASPはあなたよ。あなたの指先こそが害をもたらすんだわ。あなたはスタンステッド伯爵を殺した。そして今、摂政皇太子の命も奪おうとしている」

「たとえそのとおりだったとしても、あなたはぼくを止められない」パスカルが唇をゆがめる。カサンドラは、彼の目を通じてひどく年老いた魂に見つめられているかのような錯覚を覚えた。「誰もあなたを信じない。誰も助けてはくれない」

体内に熱がたまっていくのを感じる。今や爆発しそうな勢いだ。そのとき突然、カサンドラとパスカルの周囲が炎に包まれた。「ご覧のとおり、わたしは誰の助けもいらないの」

「実に興味深い」少年が彼女のほうへ歩いてきた。「ということは、カサンドラ、これがあなたの秘密なんだね。やっぱりあなたは炎を操れるんだ」

パスカルが一歩進むにつれ、カサンドラは二人を取り囲む炎の輪をじりじりと狭めていった。今では輪の直径が一メートル半ほどしかない。しかも炎は肩の高さまで燃えあがっている。何があっても、パスカルを逃すわけにはいかないのだ。

「スタンステッド卿はばかなことをした」彼が言う。「自業自得だ。ぼくと握手などするべきじゃなかった。手と手の触れ合いほど効果をあげるものはない。ぼくはわざとそうしたわけじゃないよ。心の準備ができていなかったんだ。ふいを突かれたせいで、彼の寿命を二、三十年吸い取ってしまった」

カサンドラは混乱に眉をひそめた。手と手の触れ合いほど効果をあげるものはない？　寿命を二、三十年吸い取る？　パスカルの不可解な言葉を聞いて、心臓が早鐘を打っていた。

「あなたはいったい何者なの？」

「ぼくは時間泥棒だ」パスカルは気取ったお辞儀をしてみせた。長い歳月の中で身につけたしぐさなのだろう。「他人から生命力を奪い、自分の中に吸収する。通常はわずかな量をね。たとえばあなたの髪を撫でたことで、ぼくはあなたの寿命を一、二カ月縮めた」彼はあっさりと口にした。他人の人生の歳月をいくら奪い取ろうと、大したことはないとでも言いたげだ。「ぼくはいくつだと思う？」

「見かけからは十歳にしか見えないわ。それより上だとしても、せいぜい十二歳ね」

パスカルは首を横に振った。「ぼくは千二百歳近い。ヘラクレイオス皇帝の時代、東ローマ帝国の首都コンスタンチノープルの近くにある小さな村で生まれたんだ。ぼくには触れただけで相手の生命力を何年か奪い取れる能力がある。その能力に誰も気づかなかった頃は、愚かな両親やきょうだいの寿命を奪い取っていた。やがて彼らが全員死ぬと、村人たちはぼくを遠くの野原に捨てて、死なせようとしたんだ」彼が顔を引きつらせる。激しい怒りと悲しみが感じられる表情だ。「ぼくだって、わざとそうしているわけじゃない。自分ではどうしようもないんだよ。こんなふうに生まれついてしまったのだから。なのに、そのせいで彼ちはぼくを殺そうとした」

意に反して、カサンドラはパスカルの話に心を動かされていた。とはいえ、二人を取り囲む炎の輪を消すわけにはいかない。「どうやって生き延びたの？」

「近くの僧院にいる修道士たちがぼくを拾ってくれたんだ。そして、彼らはぼくが触れた人たちがあっけなく死ぬことに気づいた。そこでさんざん試行錯誤を繰り返した結果、直接触れ合うことなく、ぼくの面倒を見る方法をようやく発見したんだよ。やがて自分で自分の面倒が見られる年頃になると、ぼくは修道士たちから離れた。これ以上、彼らを危険にさらしたくなかったからだ。ぼくは気軽に一緒にいられる存在じゃないからね」パスカルは言葉を継いだ。「疑念を持たれないように、ずっと名前や経歴を変えながら各地を転々としてきた。精神面では成長した一方、ご覧のとおり、身体面では十歳くらいの見た目を保ってきたんだ」

千二百年もの知識と経験を積み重ねているならば、パスカルが信じられないほどの腕前のピアニストでも不思議はない。彼が演奏を始めたのは、初めてクラビコードが発明された一四〇〇年代だろう。そんなパスカルにカムデン公爵も興味をそそられるに違いない。

「以前あなたに、わたしの友人であるカムデン公爵の話をしたでしょう？」カサンドラは言った。「彼は人とは違う能力を持つ者たちを手助けしているの」

「あなたのような？」

「ええ、わたしやあなたのようなね。きっとカムデン公爵の助けを借りれば、あなたの人生もずっと楽になるはずよ」

「べつに助けてもらわなくても、今のままでじゅうぶんだ」

パスカルはみずから今のような生き方を選び、変えるつもりはないらしい。カサンドラはこの話題をやめることにした。カムデン公爵なら、この点に関して打つべき手を知っているだろう。

「なぜあなたは摂政皇太子に危害を加えようとしているの？」彼女は尋ねた。

「ハノーヴァー家が英国王座に君臨し続けるのを快く思わない一味がいるからだ。今回、彼らは〝確実に摂政皇太子が父親から王座を受け継げないようにしてくれ〟と依頼してきた。もちろん高額の報酬と引き換えにね」パスカルが肩をすくめてみせた。「ほかに理由があると思うかい？」

「そんな依頼をしてきたのは何者なの？」

「まさかと思う人物が裏切り者だというのは、よくある話だよ。でも、ぼくは政治にはこれっぽっちも興味がない。その依頼を引き受けたからといって、ぼくを責めることはできないさ。だって、ぼくみたいな人生はとにかくお金がかかるんだ。使用人たちの口止めには大金がいる。いつも旅をしているから、旅費もばかにならない。それに万が一の事態に備えて、ぼくは世界じゅうに何軒も屋敷を持っているんだ。一つの名前と経歴がだめになった場合、疑いを持たれることなく新たな人物を作りあげる必要があるからね」

「ねえ、わからない？　あなたはそんなふうに生きる必要などないのよ。カムデン公爵なら、あなたの特別な状況に対処する方法を見つけてくれるわ。あなたはあまりに孤独すぎるもの、アンドレ・サイモン」

「孤独だからなんだっていうんだ？」彼はせせら笑ったが、迫りくる炎をちらりと見た。パスカルは孤独よりも、炎を恐れている様子だ。

「もしわたしたちに手伝わせてくれたら、今の状況を変えられる。ふつうの生活を送ることだってできるのよ」

「カサンドラ、いくら子供の姿をしているからといって、ぼくを見くびらないでくれ。ぼくがふつうの生活を求めているとでも？　朝が来るたびに単調でつまらない仕事をして、誰かに心を開くたびに裏切られて悲しい思いをして、結局は死んでしまう。いつだって死は避けられないというのに？」

彼の考えに反論するのは難しい。たしかに日々の生活は単調だし退屈だ。誰かを愛しても、裏切られて悲しまされる危険性が高まる。しかもどんな人も揺りかごから始まり、最後は棺におさめられることになる。ある意味、パスカルの意見は正しいのかもしれない。でも、全面的に正しいわけではない。

「もしあなたが他人に心を開かなければ……そして、もし誰もあなたを気にかけず、あなたも誰のことも気にかけないとすれば」カサンドラは言葉を継いだ。「あなたは本当の意味で生きているとは言えないわ」

「きみが人生の何を知っているんだ？　まったく愚かな娘だ。さあ、早くこの炎の中から出してくれ！」パスカルは体の両脇でこぶしを握りしめ、思いきり叫んだ。その声を聞いた彼の馬車の御者は衝撃のあまり、一歩も動けずにいる。大声を聞きつけ、摂政皇太子の使用人たちが二人に向かって駆け寄ってきた。パビリオンからも、今の恐ろしい叫びは何事か確かめようと人が出てきている。けれどもカサンドラは、自分とパスカルを囲む炎の輪を燃やし続けた。

「あなたを傷つけるつもりはないわ」彼女は冷静な口調で言った。「こうして炎の輪の中に閉じ込めておけるかぎりはね」

パスカルが赤い手袋をはずし、カサンドラのほうへ近づき始めた。「あいにく、ぼくは同じ約束をする気はない」

22

〝彼は死のような笑みを浮かべていた〟
——チャールズ・ラム『劇的な破片』

ギャレットは去勢馬の横腹に鞭を当て、さらに早く駆けるよう要求した。冷酷な仕打ちだというのは百も承知だ。だが、どうしても急かさずにはいられない。一刻も早くブライトンへ戻るために。

おじの葬儀の前夜、ギャレットはまたしても悪夢を見た。カサンドラが炎の輪を通り抜けている夢だ。彼女の体が燃えているわけではない。それなのにカサンドラは苦悶の表情を浮かべ、身をよじっていた。夢の中でギャレットは何もできず、ただ立ち尽くすだけだった。

馬はうしろに泥をはね飛ばしながら、道をひたすら駆けていく。ゆるやかなのぼりを終えると、空まで届くかのようなブライトンの尖塔が見えてきた。馬の息遣いがさらに激しくなる。

「もっと急ぐんだ」ギャレットは身を乗り出し、馬の耳元でささやいた。「おまえの持てる力をすべて出しきってくれ。そうしたら、あとで好きなだけ草と温かいオート麦を食べさせてやる。それに生きているかぎり、もう二度とおまえには乗らない」

彼のはやる心を理解しているかのように、馬は首を伸ばし、全速力で駆け続けている。ひとたび街に入っても、ギャレットは速度をゆるめようとはしなかった。歩行者や馬に乗った旅行者たちが、あわてて道を空けている。あと何年か先に、彼らの間でこんな迷信がささやかれることになるかもしれない――〝太陽が沈んだちょうどそのとき、ブライトンの街に恐ろしい形相の男がやってくるのを見た。あれは悪魔に違いない〟

いや、それはまんざら間違いではない。カサンドラの命を救えるなら、ギャレットは魔王と取り引きしてもかまわない心境だった。

夜のとばりがおりる中、彼は一目散にパビリオンへ向かった。そこでは見世物を囲むように人々が集まっていた。摂政皇太子やその取り巻き連中でさえ、いったい何事かと見守っている。人だかりの中心には炎があがり、今や上空を焼き焦がしそうな勢いだ。馬上のギャレットには、炎の輪に囲まれている二人の人物が見えた。

女と少年。

ギャレットはみぞおちがねじれるのを感じた。悪夢が現実になったのだ。少年は女をしっかりとつかまえており、彼女は悲鳴をあげている。だが、火勢が衰える様子はない。むしろさらに激しくなっていた。

彼女は少年の正体を知っているのだ。

ギャレットは馬からおり、火のほうへ駆け寄った。どんな犠牲を払おうと、ついに現実となってしまった自分の悪夢を変えなければならない。全速力で走りながらも、彼はレディ・イーストンに念を送った。〝カムデン公爵の馬車と御者を全速力でパビリオンの前までよこしてほしい〟

この大惨事からなんとか抜け出せたなら、ここからすみやかに逃げ出す手段が必要だ。

「通してくれ」ギャレットが怒鳴ると、人々が道を空けた。彼はためらうことなく炎の輪の中へ飛び込んだ。厚手の長いコートの裾が焼け、眉が焦げたものの、そんなことは気にならない。

カサンドラは、まさに死にとらわれていた。少年はむき出しの両手で彼女の顔をはさみ込んでいる。カサンドラは苦悶の悲鳴をあげ、爪で彼の手を引っかいているが、その手から逃れることはできない。

「彼に触れさせてはだめ」彼女が叫ぼうとする。しわがれ声だ。「彼がASPよ」

「ああ、知っている。彼にはぼくを触らせないが、ぼくも彼に触らないという約束はできない」ギャレットはパスカルの両肩をつかむと、カサンドラから引きはがした。自由になったとたん、彼女はがっくりとくずおれた。

「どれくらい時間が経ったのかわからないわ……炎を燃やし続けるのに必死で」カサンドラは大きくあえいだ。

「それはあなたがすっかり年老いて、くたびれ果てたからさ」冷たい笑みを浮かべて、パスカルが言った。彼はギャレットから逃れ、片方の手を伸ばしてギャレットの手首をつかもうとした。

どうすべきなのかわからないまま、ギャレットはとりあえず少年の手をすばやく払った。できれば子供を殴るようなまねはしたくない。しかし視界の隅で地面に倒れ込むカサンドラの姿をとらえた瞬間、心が決まった。パスカルの顔に思いきりパンチをお見舞いする。衝撃でギャレットのこぶしはずきずきと痛んだものの、パスカルは白目を向いて地面に倒れ、芯をつみ取られたろうそくのように気絶した。

「急いで」カサンドラが言った。「あなたのコートでパスカルの体をくるみ、両方の袖で縛りつけてちょうだい。誰も彼の肌に触れられないように」

ギャレットはすばやくパスカルをクリスマスのガチョウのようにぐるぐる巻きにした。火の輪はすでに消えており、背後の草をほんの少し焼いているだけで、今では最後の煙があがっている。ギャレットは少年を肩に背負うと、カサンドラに手を貸して立たせた。けれども彼女はまっすぐ立てず、ギャレットに体を預けてきた。

野次馬たちがいっせいに話し始めたが、ギャレットは目を閉じて、彼らがパビリオンの前の芝生で見たことを忘れるよう、その場にいる全員に念を送った。人々は自分たちがカードパーティに遅れそうになっており、そのせいで摂政皇太子の機嫌が悪くなりそうだと信じ込まされた。

そのとき、摂政皇太子がまさにぴったりのタイミングで外に出てきて、ホイストゲームをする時間なのに庭園をのんびり歩いていたワルドグレン夫妻をたしなめた。そして摂政皇太子はあたりのにおいをくんくん嗅ぐと、何も起こらなかったかのようにパビリオンの正面玄関へ戻り始めた。残りの者たちもガチョウの大群のようにあとへ続いたのは言うまでもない。

ギャレットは思案をめぐらせた。あとで若き天才ピアニスト、アンドレ・サイモン・パスカルの記憶を一つ残らず消し去るような念を送る必要があるだろう。だが今は少年をかっさらい、カサンドラの身の安全を確保しなければならない。

先ほどギャレットが送った念のおかげで、レディ・イーストンを乗せたカムデン公爵の四頭立て馬車が彼らめがけてやってきた。馬車が止まると、彼女がすばやい動きでカサンドラが乗り込むのを手伝った。ギャレットのほうは気絶したままのパスカルを手荷物に見せかけるべく、荷物入れの中へ押し込んだ。コートにくるまれてそこに閉じ込められていては、さぞかし苦しい旅になるに違いない。

だが、パスカルはカサンドラを傷つけた。自業自得だ。

「全速力でカムデン・ハウスまで行ってくれ。途中で馬を交換するが、ロンドンに到着するまでそれ以外の用件では止まるな」ギャレットは御者に命じると、彼自身も馬車の中にいる二人のレディたちに合流した。

カサンドラは椅子に沈み込み、レディ・イーストンの肩に頭をもたせかけている。苦しげな呼吸をしているものの、彼女に息があるのを知って、ギャレットは少し安堵した。

「気を失っているのね」レディ・イーストンが言う。

それだけだといいのだが。ギャレットは祈るような気持ちだった。けれどもASPのせいでおじが急死した事実を考えると、楽観的には考えられない。カサンドラは単に気を失っているだけではないだろう。とはいえ、彼女は悪意あるエネルギーに屈するような女性ではない。ギャレット自身、リウマチにかかったみたいに関節がひりひり痛んでいるこぶしは別にして、ASPに接触しても無傷だったのだ。だがカサンドラを見つめた瞬間、彼は胸をえぐられたような痛みを覚えた。今、感じているのはただ一つ、恐怖だけだ。

生まれて初めて、ギャレットは正真正銘の恐怖を感じていた。

カサンドラを愛している。彼女がいない世界で生き続けることなどできない。

わずか数週間で、カサンドラはギャレットの人生をがらりと変えた。彼はこの世で生きているかぎり、自分以外の人々とは距離を置くつもりでいたのだ。彼らの夢を見ないために。ところがカサンドラの場合、それができなかった。彼女はギャレットの心の最も奥深い部分に入り込んできた。そんな特別な存在であるカサンドラを、あの世に行かせるわけにはいかない。

「あなたも休むべきよ」レディ・イーストンの声で、ギャレットは暗い物思いを振り払った。

「カムデン・ハウスに着くまで、わたしたちにできることはほとんどないのだから」

「こうなる前に、ぼくが手を打つべきだったんだ」すべては彼の責任だ。もしカサンドラには一歩たりとも近づかない心の強さがあれば、悪夢に彼女が出てくることもなかったのに。

「あなたはできるかぎりのことをしたわ。カサンドラの命を救ったし、パスカルをつかまえたんだもの」レディ・イーストンが言う。「閣下もお喜びになるはずよ」

ギャレットは喜ぶ気になどなれない。これまでの自分に対する不満でいっぱいだ。カサンドラが人生に関わってきて以来、彼はふつうの暮らしを望むようになっていた。火の魔法使いと一生を共にし、家族を作る生活を。でも、あの悪夢にうなされるようになり……。

だが、少なくとも悪夢の結果は変えられたのだ。カサンドラはまだ生きている。パスカルに触れられたことで今後心身にどんな影響が出るかはわからないが、彼女はギャレットが夢で見たように炎によって焼き殺されはしなかった。これからもっと真剣に取り組めば、今後は悪夢だって克服できるかもしれない。

生まれて初めて、ギャレットは心の中で祈りを捧げた。

〝神よ、これからは人生のあらゆる面において向上できるよう努力を重ねます。何事にも、もっと真剣に取り組みます。よりよい人となるよう努力します。だからお願いです、神よ。パスカルの邪悪な影響を受けず、キャシーが生き延びることができますように〟

上のほうから声が聞こえている。彼女は天井から自分自身を眺めているような気分だった。しかも元気が全然出ない。話の内容はわからないけれど、どんな声色かはわかる。

心配そうな声色だ。

やがて声は消え、彼女はぼんやりとした無意識の状態に戻った。ここにいれば安全だ。温かいし、何も要求されない。彼女は暗い海の中を漂っている。まるで羊水の中に浮かんでいるみたいに穏やかな気分だ。

時間の感覚がまるでない。

堅木の床に響く誰かの靴音が聞こえた。また声が聞こえ始める。今回はそれが男女の声だとわかった。話している内容まではわからないが、先ほどまでの心配そうな声色が怒ったような調子に変わっている。

カサンドラという名前の誰かが傷つけられたらしい。彼らはそのことで互いを責め合っている。

そして自分自身のことも責めていた。

彼女は指先にリンネルのシーツのひんやりとした感触を感じた。それ以外の体の感覚も徐々に戻ってきたようだ。今や全身の肌に伝わってくるのは、柔らかなベッドに横たえられた心地よさだ。あたかも子宮の内部にいるかのごとく、マットレスや寝具にふんわりとくるまれている。試しにつま先を動かし、足の指がきちんとそろっていることに安堵した。

でも、動かせるのは手と足の指だけ。四肢は動かすことができない。

激したような早口の男女の会話で、またしてもあの名前が登場した――カサンドラ。〝わたしだ。カサンドラはわたし。彼らはわたしのことを心配している〟

自分なら元気だ。これ以上ないほどに。こんなに心穏やかな気分になったのは生まれて初めて。彼らを安心させたい一心で、なんとか目を開けようとする。けれど、まぶたがひどく重い。それでも目を開けようとしたが、すぐにあきらめた。代わりに声を出そうとしたものの、一言も発せられない。

彼らの言葉に意識を集中する。

「何かできることがあるはずだ」男性の絶望的な声を聞き、胸が締めつけられた。

「閣下なら、どうにかできるはずよ」

「どうやって？ 公爵は一日じゅう書斎にこもりきりだ。ひたすら考えているだけで、カサンドラがこの状態から抜け出せるとでもいうのか？」

「ええ、単純なことなのかもしれないわ。もしかすると、閣下はわたしの常識など超えたやり方で彼女を救えるのかもしれない」

「いや、そんな単純なことじゃない」

「かわいそうに」女性は同情たっぷりの声だった。「あなたたち二人が強く惹かれ合っているのは知っているわ。今回のことで、そのすべてががらりと変わってしまうに違いないもの」

「そんなことは言わないでくれ。別に何も変わりはしない。ぼくは彼女を愛しているんだ、レディ・イーストン。たとえ何があろうと」

彼は自分を愛してくれている。カサンドラの全身に、たちまち温かなものがあふれた。どうにかして、この想いを体で表現できればいいのに。そうすれば――。

〝たとえ何があろうと〟？

それはどういう意味だろう？ この身に何かよくないことが起きたのだろうか？

男女の声が遠ざかり、扉の掛け金がかけられる音が聞こえて、彼女は完全なる沈黙に包まれた。明らかに、彼らはカサンドラを一人にしても大丈夫だと考えたのだろう。いい前兆だ。何かよくないことが起きていたら、一人きりにするはずがない。世話をする誰かが付き添っているはずだ。

そのとき、男性の名前がふいに思い浮かんだ。ギャレット。彼女を愛してくれている男性の名前。全身にまたしても温かく生き生きとした活力がわき起こる。

自分もギャレットを愛している。

彼のもとへ戻らなければならない。今漂っている暗い海がどんなに心地いい場所でも、ここで何もかも忘れてぼんやりしていてはいけない。カサンドラはありったけのエネルギーをかき集め、まぶたを開こうとした。壁掛け時計が十五分、さらに三十分の鐘を鳴らす間に、ようやく目を開けることができた。彼女は薄暗い部屋にいた。

カムデン・ハウスにある彼女の寝室だ。

意志の力を振りしぼり、火のない暖炉に視線を向けてみる。すると突然、薪が炎に包まれた。

よかった。火使いの能力を失ってはいない。おかしなものだ、最初はその能力を忌み嫌っていたはずなのに、今ではその能力が、自分が自分であることを証明してくれるなんて。カサンドラが心で唱えると、室内のろうそくすべてに火が灯り、部屋全体に光が満ちあふれた。次に彼女は両方の手や腕、さらに腹部や背中の筋肉に意識を集中させ、起きあがろうとした。

枕から頭を起こし、両方の膝をついて体を支えた瞬間、これ以上ないほど自分が誇らしく思えた。

それから彼の名前を呼ぼうとした。ギャレット。

小さな声しか出なかったけれど、少なくとも言葉を発することはできた。

無意識のうちに背筋を伸ばし、ささやかな成功を祝うべく手を叩いた。

手。カサンドラは両方の手を目の前に掲げた。いや、これらはもはや自分の手ではない。象の膝みたいに、手の甲には無数のしわが寄っている。左の手の甲には青い静脈が浮き出ていた。

ほかにも以前と変わった部分があるのだろうか？

ありったけの力をかき集め、両方の足をあげてベッドからおりようとした。でもうまくいかず、ベッドの脇にぺたんと座り込んでしまった。それでも体を震わせながら呼吸を整え、どうにか立ちあがる。化粧台へ向かって一歩ずつ進むたびに、全身の関節が痛みに悲鳴をあげた。それでもストッキングをはいた足をするようにしながら、床の上をゆっくりと進んでいった。その間も、ネグリジェの裾からのぞくつま先を用心深く見つめずにはいられない。そうしないと今すぐ足を止め、弱々しく身を震わせて、ぼんやりと立ち尽くしてしまいそうだった。ようやく鏡のついた化粧台の前にたどり着き、顔をあげる。

背後に椅子があったのは幸運だった。さもなければ、そのまま床に倒れ込んでいただろう。

鏡の中から彼女を見つめていたのは、白髪の巻き毛に覆われた顔だった。目のまわりには無数のしわが寄り、口角にも深いしわが刻まれている。唇は紙のように薄く、厳しい干ばつに襲われたみたいに干からびていた。頬は落ちくぼみ、顎のまわりの肌は廃橋（はいきょう）のようにだらりと垂れさがっている。

歳月のせいで、やつれきった顔。

それが自分の顔だとわかった理由はただ一つ、琥珀色の瞳だった。若い彼女の魂が、その瞳を通じてこちらをのぞき込んでいた。

「パスカル」カサンドラはささやいた。あの時間泥棒のせいだ。彼はカサンドラの人生の歳月を――何十年分も――盗み、若さをすべて吸い取って抜け殻状態にした。

ギャレットはどうして〝何も変わりはしない〟などと言えるのだろう？　何もかもが変わってしまったというのに。カサンドラは彼と結婚できない。彼の子供も産めない。それに……こんな体ではギャレットと愛し合うこともできない。彼の力強い体と一つになるには、この体はくたびれきっているし、あまりにも弱々しすぎる。

パスカルが盗んだのは歳月だけではない。あの少年はカサンドラが生きがいにしていたものすべてを盗んだのだ。生気を奪われ、すっかり干からびているのに、涙があふれてくるのが不思議だ。彼女は化粧台に突っ伏し、しばし泣き濡れた。声をあげることなく、ひっそりと。こんな姿を誰かに見られるなんて耐えられない。どれだけ長いこと泣いていたのかわからなかった。やがて涙も涸れると、カサンドラは体の痛みをこらえて立ちあがり、よろめきながらベッドへ戻った。運がよければ、またあの暗い海に沈み込み、二度と浮きあがることもないだろう。

ところが無意識の世界は、カサンドラの出入りを禁じてしまったようだ。眠気すら感じられない。心の中でつぶやき、室内のすべてのろうそくと暖炉の火も消したが、前の状態に戻ることはできなかった。とはいえ、意識が戻らないふりをするのはできるだろう。目を閉じて開かなければいい。ギャレットとレディ・イーストンが戻ってきても、目覚めたことをわざわざ知らせる必要はない。

カサンドラはふと考えた。食べ物を口にしないようにすれば、何日で死ねるだろうか。

だが彼女がさらに恐ろしい計画を立てる前に寝室の扉が開かれ、男性が入ってきた。

ギャレット。そう唇を動かしたものの、あえて声に出して呼ぼうとはしなかった。

彼は無言のまま歩み寄り、バニヤンを脱いでベッドの中に入ってきた。骨張った体を引き寄せられ、優しく抱きしめられて、カサンドラは息をすることもままならなかった。ギャレットが頭のてっぺんに唇を押し当てる。まるで彼女の髪がごわごわしておらず、まだ柔らかいみたいに。

「愛しているよ、キャシー」彼がささやいた。

カサンドラは唇を噛んだ。そうしないと同じ言葉を返してしまいそうだったから。

「早くぼくのところへ戻っておいで」ギャレットの胸が震えている。カサンドラは彼が泣いていることに気づいた。

できることなら手を伸ばし、慰めてあげたい。キスをして涙をぬぐってあげられたら、どんなにいいだろう。

でも、ギャレットに慰めは与えられない。こんな薄く干からびた唇でキスをしたら、彼は恐怖に駆られて逃げ出すだろう。ここで何より大切なのは、ぐっすり眠り込んだふりをすることだ。

「ああ、キャシー」ギャレットが悲しげな声で言う。「なぜぼくが代わってあげられなかったんだろう?」

その言葉に胸を締めつけられ、カサンドラは答えずにはいられなかった。「もしあなたがこんな目に遭っていたら、わたしは二度と立ち直れなかったわ。だけど、あなたなら立ち直れるはずよ。そうなってほしいの」

「ああ、愛しい人、目が覚めたんだね」ギャレットが彼女にキスをした。予想とは違い、唇が干からびていても、彼はいっこうに気にしていない様子だ。ろうそくの火をすべて消してあったのがよかったのかもしれない。今のカサンドラにとって暗闇は友だちだ。暗がりだと、こうしてギャレットとキスしている間だけ、彼女も若いままであるかのようなふりができる。

ギャレットがようやく唇を離すと、カサンドラは彼の肩に頭をもたせかけた。いつもと変わらない——彼がそう思ってくれたらいいのに。実際、彼女の心は変わっていない。年を取ってしまったのは外見だけなのだ。

とはいえ、やがて太陽がのぼり、寝室に陽光が差し込んだとき、カサンドラがこの体にとらわれたままであることに変わりはない。

「目は覚めたかもしれないけれど、わたしの寿命はもう長くないわ」彼女はささやいた。

「きみに必要な時間はいくらでもある。カムデン公爵がインフィニタムを保管しているのを覚えているだろう？　ぼくは公爵にあれを使わせるつもりだ」

「だけどインフィニタムが延ばせるのは、その持ち主の今現在の年齢からの時間のはずよ。わたしは今、すでに八十歳を超えているに違いないわ」

「それでもインフィニタムを使うべきだ。ぼくがきみと同じ年齢になるまで、きみの寿命を延ばし続ける。年齢なんて気にすることはない。そうだろう？」

「いいえ、気にするべきよ」

「ぼくのきみに対する気持ちは変わらない」ギャレットは彼女の髪を撫でた。「たとえこういう事態が起きなかったとしても、きみもいつかは年老いる。だが、ぼくはそんなきみを愛し続けるだろう」

「けれど、そのときはあなたも同じように年を取っているはずだわ」

「なんだか、実際年老いたような気分なんだ」ギャレットが言う。「不自然に眠り続けているきみを見ていたら、ぼくの心もそれだけ年を取ったように感じた。この説明でわかってもらえるかな？」

カサンドラは彼の頬に手を当てた。濡れている。「ええ、わかったわ。でも、あなたにそんな思いをさせるわけにはいかないのよ、いと――」そこで口をつぐみ、〝愛しい人〟と呼びかけたいのを必死にこらえる。次の言葉を口にするのはさらにつらかった。「この部屋から出ていってほしいの」

「まさか本気じゃないだろう？」

「いいえ、本気よ。お願い、ギャレット。あなたとこんなふうに一緒にいると、つらくてたまらないの」カサンドラは向きを変えて彼から離れた。老いてしなびた体のどの部分も、ギャレットの若くてかたい体に触れないように細心の注意を払う。「もしわたしを愛していたなら――」

「今もきみを愛している」

「そんなことを言うのはやめて」彼女は片方の手を口に当て、すすり泣きをこらえようとした。それから心を鬼にして続けた。「わたしを一人にして。ギャレット、お願い、わたしにささやかな心の安らぎを与えてちょうだい。ここから出ていって、二度と戻ってこないで」

ギャレットが肩に触れたが、カサンドラは彼の手からすばやく逃れた。ギャレットはもうスタンステッド伯爵なのだ。そんな彼にふさわしいのは世継ぎを与えてあげられる女性。彼の毎日を愛情で満たしてあげられる女性だ。

自分にはできない。無言のまま、カサンドラは大粒の涙を流した。

やがてベッドが大きくたわむのを感じた。続いて聞こえてきたのは、ギャレットがバニヤンを身につける物音だ。彼女の全身の筋肉がこわばっていた。重たい足取りで扉へ向かうギャレットを呼び戻さないようにするには、ありったけの意志の力が必要だった。そして扉が閉まる音が聞こえると、彼女はようやく長いため息をついた。

そのあと、カサンドラは押さえつけていた悲しみを一気に解き放った。思う存分しゃくりあげる。ギャレットとは、もう日々を共に過ごすことはない。それに子供をもうけることもない。彼女の人生はまだ始まってもいないのに、終わってしまったのだ。こみあげる嗚咽をどうしても抑えられなかった。

すると再び扉が開き、誰かが寝室に入ってきた。カサンドラはあわてて涙をぬぐい、息を詰めて嗚咽をこらえようとした。今感じている悲しみは、ほかの誰とも分かち合いたくない。この悲しみの原因となっている男性とも。それなのにまだ心のどこかで、ギャレットが戻ってきてくれるのを期待してしまう自分がいる。

「ギャレット？」カサンドラはかすかに震える声で言った。

「ああ、ぼくだ。どうしてもここから離れられなかった。この寝室の外で立ち、きみの泣き声を聞いていたんだ。胸が張り裂けそうだよ、キャシー。お願いだ、ぼくを追い出さないでくれ。きみなしでは生きていけない。ぼくにとって、きみは安心できるわが家なんだ。そんなきみから離れるなんて耐えられない」

何も言えないまま、彼女はベッドから起きあがり、ギャレットのほうへ手を伸ばした。彼はベッドに戻ると、カサンドラの体をしっかりと抱きしめた。

しばしの沈黙のあと、ギャレットが口を開いた。「あまり深く物事を考えるたちじゃないが、ぼくたちは単なる肉体以上の存在だと気づいたんだ。そう、輝く光のような存在なんだよ。いちばん大切な部分は目に見えない。その部分こそ、本当の自分自身だと言っていい。

ぼくの中にあるそういう部分が、きみの中の同じ部分と呼応している。それを〝魂〟と呼んでいいのかもしれないな。とにかく、わかっているのはただ一つ、きみなしではぼくの魂が失われてしまうだろうということだ」

とっさに目をつぶったものの、カサンドラはあふれる涙を止められなかった。「ああ、ギャレット。あなたと過ごす人生にいろいろなことを夢見ていたのに」

「わかるよ、だがほかのカップルとなんら変わらず、ぼくたちはまだすばらしいものを手にしている。ぼくたちには今があるんだよ、キャシー。ほかのみんなと同じようにね。さあ、きみを抱きしめさせてくれ」ギャレットが彼女の体を抱き寄せる。カサンドラは彼の胸に頭を預け、心臓の鼓動にじっと耳を傾けた。「ぼくがどれだけきみを愛しているか、感じられるかな?」

彼女はうなずいた。胸がいっぱいで何も話せない。

「ならば、ぼくにもきみの愛を感じさせてくれ。夜は暗く、夜明けはまだ遠い。ぼくを抱きしめてほしいんだ、キャシー」

カサンドラは彼の体に両方の腕を巻きつけ、力をこめた。

今がある。

二人には〝今〟があるのだ。これまで望んできたものとは違っているけれど、カサンドラはその〝今〟を受け取ることにした。

ギャレットが一定のリズムで呼吸し始めた。疲れのあまり、眠りについたのだろう。その瞬間、カサンドラは自分が心から望んでいたものを受け取ったことに気づいた。無償の愛。移ろいやすいこの世界において、変わることのない愛情だ。

これほど稀有で、美しいものがあるだろうか。それを目の前にしているのに、両手でつかもうとせずに失ってしまうほど、彼女は愚か者ではない。少なくとも、朝の光が差し込み、老いさらばえたカサンドラがギャレットと永遠に結ばれることなどやはりありえないという現実が浮き彫りになるまでは。

23

〝わたしはここにいる――しかし、誰もわたしのことをかまってくれないし、知りもしない。友だちも見向きもしない。まるで失った記憶のように。わたし一人が、わたしの苦悩を消化している。だがその苦悩は、浮いては消えゆく忘却のあるじだ〟

――ジョン・クレア『わたしは』

夜明けの光が室内に差すと、ギャレットはカサンドラのベッドから出た。何も言われなくても、彼女がそう望んでいるのがわかっていたからだ。寝室にはカサンドラ宛の手紙を残してきた。朝食をとりに階下へおりてきてほしい、誰もが彼女に会うのを楽しみにしているから、と。

だが、カサンドラを急かす必要はない。カムデン・ハウスに住むＭＵＳＥのメンバーたちが朝食のために起きてくるのは、どんなに早くても午前十時なのだ。それまで彼女にはたっぷりと時間がある。心を落ち着け、メイドを呼び、髪形を整えてもらうといい。女というのは髪を整えていると、なぜか常に機嫌がいいものなのだ。

ギャレットにしてみれば、今は彼自身の髪形などどうでもよかった。とはいえ、残りのメンバーが朝食室にやってくるまで待つ間、暇つぶしになるようなことも何もない。その朝ギャレットにとって愉快だったのは、カムデン公爵が特別な機会のためにとってある五十年物のスコッチ・ウィスキーを持ってきてくれとミスター・バーナードに頼んだところ、驚きのあまり執事がまばたきすらできなかったことだ。彼は無言のまま、ウィスキーとグラスを持って戻ってきた。

強い酒を一気に飲み干し、ギャレットは心を決めた。これからはカムデン・ハウスを出て、自分自身で悪夢に対処することにしよう。たとえいかなる犠牲を払う必要があろうと、絶対に悪夢を克服してやる。今、彼はスタンステッド伯爵となった。亡きおじから受け継いだ領地の責任を負えるならば、みずからの人生の責任だって取れるはずだ。

そろそろカムデン公爵の影響下から逃れてもいい頃だろう。伯爵となった今、ギャレットにはロンドンに自分の屋敷がある。カサンドラに、彼女の好みに合うよう家具一式を備えつけさせればいい。もしロンドンの街で買い物ができそうにないなら、彼女の好みにあった品を考えて買いに行く者たちを雇えばいいのだ。そうすれば、カサンドラの好きなように二人のための住まいを一から作っていける。とにかく彼女が居心地よく幸せに暮らせるためなら、ギャレットはあらゆる努力を惜しまないつもりだった。

ただ厄介なのは、彼の力が絶望的なほどにかぎられているということだ。いかに多くの財産や爵位を持っていようと、センディングの能力があろうと、自力ではカサンドラの寿命を一瞬たりとも延ばすことはできない。どう考えても、彼女がギャレットとの結婚を断ってくる可能性は高いだろう。

けれども一つだけ、彼がカサンドラと結ばれる方法がある。

カムデン公爵の鍵付きの保管室はタウンハウスの地下深くにあった。ギャレットは食器洗い場から地下へと通じる石造りの階段を目指した。それからビールの大樽でうまく隠されているらせん階段をおり、地下へとたどり着く。ここ数年の間にMUSEが集めた心的エネルギーを帯びた古代遺物はすべて、一つ一つ目録を作り、前面がガラス張りのケースの中に収納されている。保管室の端には、鉄格子に囲まれた独房があった。

独房は広々としていて、驚くほどの光にあふれている。傾斜した地下道を照らし出す巨大な天窓があるからだ。その地下道はカムデン公爵の庭園にある深い噴水から、この独房まで続いていた。もし囚人が地下道を走る狭い管をつかんでのぼろうとしても、傾斜しているため脱出は図れない。すぐに溺れてしまう設計だ。

しかし快適さという点でいえば、これほど囚人にとっていい場所はない。独房には贅を凝らした家具がしつらえられていた。ふかふかの羽毛入りマットレスの下には、陶器の尿瓶も用意されている。部屋の隅には机と椅子もあった。本棚にはたくさんの本が並べられており、中央にあるテーブルには新鮮な果物が盛られたボウルが置かれている。

ところがパスカルは、この環境をまったく快適とは考えていないらしい。いらいらした様子で床に座り、頬づえをついて、ギャレットが来たことにも気づかない様子だ。

「立て」ギャレットは命じた。

「なんだって？　おまえに命じられる筋合いはない」パスカルが憤ったように言う。「いくらおまえがぼくを傷つけたくても、カムデン公爵が許さないだろう」

「いや、傷つくのはぼくのほうだ」ギャレットは上着を脱ぎ、シャツの袖をまくりあげると、鉄格子の間からむき出しの腕を差し出した。「カサンドラにやったように、好きなだけぼくの寿命を奪ってくれ」

「おまえのおじにしたように、おまえを干からびさせることもできるんだぞ」パスカルが立ちあがる。「どうしてぼくがそうしないと思う？」

「わからない。だが率直に言えば、カサンドラはきみにとって、この世でただ一人の友だちだ。彼女じゃなかったら、あのとき、きみの体を焼いて灰にしていただろう。彼女だって、それができたはずなんだ。きみはぼくを殺すことで、そんなカサンドラを傷つけたいと本気で考えているのか？」

パスカルは靴のつま先で石造りの壁を蹴った。「ぼくは彼女を傷つけたくなかった。でも、彼女がぼくに選択の余地を与えてくれなかったんだ」

「いや、きみには選択肢が与えられていた。今だってそうだ」カサンドラとギャレットが結ばれるためには、こうするしかない。彼は顎に力をこめた。「ぼくを助けてくれるのか、くれないのか？」

パスカルはオオカミの子のように歯をむき出しにして、にやりとした。「心の準備をするんだな、スタンステッド伯爵」緋色の手袋をはずしながら言う。「すごく痛いぞ！」

しかし時間泥棒がギャレットの腕をつかむ直前、ウェストフォール子爵とミスター・バーナードが靴音を響かせてらせん階段をおりてきた。ウェストフォールがギャレットの体をつかみ、パスカルの独房から引きはがす。ギャレットは必死で抵抗したが、執事の手助けを得たウェストフォールに地面にねじ伏せられた。

「離せ」ギャレットはうなるように言った。「あのとき、彼女に〈オールマックス〉を焼き尽くさせ、きみを焼死させておけばよかった」

「よせよ。まさか本気じゃないだろう」ウェストフォールがそう言ったとき、レディ・イーストンとメグ・アンソニーも階段をおりてきた。

「くそっ、ぼくは本気だ」

「言葉に気をつけろ」ウェストフォールがたしなめる。「レディの前だぞ」

「すまない、レディ・イーストン、ミス・アンソニー」ギャレットは低い声で言った。「立たせてくれ、ウェストフォール」

「鉄格子には近づかないと約束するんだ」彼はギャレットの背中に膝をぐいと押しつけた。

〝今すぐぼくを離せ。さもないと後悔することになる〟ギャレットは何度も念を送った。だが、ウェストフォールは頑として聞き入れようとしない。そこでギャレットはしぶしぶこんな念を送った。〝わかった。パスカルから離れると約束する〟するとウェストフォールはようやく彼を解放した。レディたちの前で礼儀を守るべく、ギャレットはすぐに立ちあがった。

「ぼくがカサンドラをMUSEの一員にしなければ、こんなことは起きなかった。ぼくは彼女を放っておくべきだったんだ」

そのとき、姉とメグを追ってきたカムデン公爵が入り口で立ち止まった。ギャレットはすかさず怒鳴った。「あなたはカサンドラを放っておくべきだった」

「ばかばかしい」カムデン公爵のあとからヴェスタ・ラモットが階段をおりてきた。公爵が脇に寄ると、ヴェスタは彼より先に地下室へ進み出た。「もしあのままカサンドラの能力を野放しにしていたら、彼女は今頃ロンドンの半分を燃やしていたはずよ。おまけにこれ以上ないほど混乱し、みじめな思いをしていたに違いないわ」

「人生の若い時期をすべて奪い取られたほうが、まだましだというのか？　それでもなお、これはあなたの失敗だ」ギャレットはカムデン公爵に言った。「どれほどの危険が伴うかわからないのに、あなたはカサンドラを信じられないほど危うい任務に送り込んだんだ」

「日々の生活の中にも危険はひそんでいるものだ」ウェストフォールが言う。「だが、きみは正しい。MUSEのメンバーがそれぞれ独自の課題に直面し、危険にさらされているのは事実だ。だからといって、望みをあきらめてはいけない」

「感激だよ」ギャレットは皮肉っぽく応じた。「元精神障害者から慰めてもらえるとはな」

「ウェストフォールがきみのためにしたことを聞いたら、きみは彼に二度とそんな口のきき方をしなくなるはずだ」カムデン公爵が言う。

ウェストフォールが視線を落とし、自分のブーツの先を見つめた。

「ミス・ダーキンの状態を見たとき」公爵が言葉を継ぐ。「わたしは所有者の寿命を延ばすインフィニタムが役に立つかもしれないと考えた。あの遺物が作用するやり方さえ、詳しくわかればね」

「そこでベルフォンテ子爵なら、あの遺物に関してもっと情報を知っているんじゃないかと考えたんだ」ウェストフォールが言った。

「人込みの中に行くのは拷問のような苦しみにもかかわらず、ウェストフォールはベルフォンテ子爵を見つけるべく〈ホワイツ〉へ出かけた。そして無数の心の声の中からベルフォンテ子爵の考えを聞き分け、彼がインフィニタムの使用法について記された古文書を持っているという事実を突き止めたんだ。もはやインフィニタムの所有者ではない以上、子爵にとってその古文書はなんの価値もない」カムデン公爵は説明を続けた。「ウェストフォールはベルフォンテ子爵を説得し、あらぬ疑いを持たれることなく、その古文書をほかの摩訶不思議な遺物数点と一緒に買い取ることに成功した。そのとき以来、わたしはその古文書を研究し続けてきたのだよ」

「どんなことがわかったのか、彼に教えてあげて」ヴェスタが促す。

「インフィニタムには時間を戻す、つまり人を若返らせる能力もあることがわかった」カムデン公爵は穏やかな口調で言った。

「どうやって？」ギャレットは尋ねた。手のひらに爪が食い込むほど、きつくこぶしを握りしめている。

「実に複雑な仕組みだが、それでも理解できたと思う。わたしの指示どおりにすれば、その仕組みを作用させられるはずだ。ただし古文書によれば、時間を戻すにはそれなりの対価が必要になる」

「血の生贄という意味ですか、閣下?」メグがそう尋ねたあと、思わず疑問を口にしたのを恥ずかしがるようにあたりを見まわした。「わたしも少し勉強したんです。中には、生き血を〝魂の面での通貨〟と考える伝統もあるそうですね。たとえばブードゥー教のように」

「キリスト教もそうだ」カムデン公爵が満足そうに答える。「しかし今回の場合、対価は血ではない。ほかの誰かの人生の歳月なんだ」

「あら、わたしを見ないでちょうだい」ヴェスタがウィンクしながら言う。「歳月というものを寄せつけないように見えているかもしれないけれど、この美貌を保つのは大変なの。一分でも惜しいくらいよ」

「ぼくがいる」ギャレットは大股で前に出ると、片方の手を広げた。「ぼくから奪ってくれ。カサンドラの若返りに必要なら、何十年奪われてもかまわない」

「ありがとう、スタンステッド伯爵。惜しみなく自分が犠牲になろうという姿勢は立派だ。だが、それでは問題をすり替えただけで解決には至らない」カムデン公爵は言葉を継いだ。

「わたしにある考えがある。われわれがそれぞれに残された時間の一部を、ミス・ダーキンのために提供するのはどうだろう?」ヴェスタにうやうやしくお辞儀をしてみせる。「われわれは彼女に十年ずつ時間を差し出すべきだと思うんだ。そうすれば彼女も少しは本当の年齢に近づける」

「そんなことを許すわけにはいきません」その場にいた誰もがカサンドラを見た。らせん階段のいちばん下で、銀色の飾りが施された杖をついて立っている。今にも倒れてしまいそうな彼女を見て、ギャレットの胸は押しつぶされそうになった。「わたしのために、それほど貴重でかけがえのないものを手放す必要はないわ。あなたたちの誰からも、そんなものは受け取れない。絶対に」

ギャレットは説得しようとしたが、彼女は頑として聞き入れようとはしなかった。「時間泥棒の犠牲になったからといって、わたしまで同じ泥棒になる権利が与えられたわけではないもの」

「もし相手の厚意で時間が与えられたら、盗んだことにはならない――」

「失礼ですが、閣下」ミスター・バーナードがさえぎった。「いちばん提供者にふさわしい人物をお忘れではありませんか？　時間泥棒の本人が、この独房で快適な休息を楽しんでおります。しかしこの世には、彼を裁くための法廷はありません。ＭＵＳＥを率いる閣下が、彼に正義の鉄槌を下すべきだと思うのです。ミス・ダーキンに人生の歳月を提供するのは彼女の時間を奪った張本人、アンドレ・サイモン・パスカルであるべきです」

「なるほど、すばらしい提案だ」カムデン公爵が言う。

少年っぽい顔をくしゃくしゃにしながら、パスカルが鉄格子にすがりついた。「ミス・ダーキン、誰にもぼくを傷つけさせないで。あれはわざとやったんじゃない。お願いだよ、ぼくを信じて。本当にわざとじゃなかったんだ」

「いいえ、あなたはわざとやったのよ」カサンドラが言った。

「わかった、それは認めるよ。だけど、ぼくがとても難しい立場に立たされていたことを理解してほしいんだ。あなたはぼくに選択の余地を与えてくれなかったじゃないか」

カサンドラは首を横に振った。「いいえ、人には必ず選択の余地があるものよ」

「実際」カムデン公爵が言う。「今、きみには選ぶ権利がある。知ってのとおり、われわれは特殊な能力を持つ個人の集まりだ。明らかにきみもそうだろう。わたしはそういう超自然的な力という重荷を背負った人々に敬意を払っているんだ。だからある条件を満たしたら、きみもMUSEの一員として迎え入れる準備がある」

「ぼくは自由になれるの？」パスカルは痛ましいほど熱心に尋ねた。

「ああ。もしきみが信頼できる人物だと証明されたらな」公爵は片方の手をあげ、今にも小躍りしそうなパスカルを制した。「そのためには一歩ずつ段階を踏んでいかなければならない。まず、きみに一種の護衛をつけるつもりだ。ただし、それはきみの能力を制御できる人物でなければだめだ」

ギャレットは気づいた。カムデン公爵は必要とあらば、時間泥棒を征服できる特殊能力者を探し出すつもりなのだろう。とはいえ、そんな人物が簡単に見つかるとは思えない。気が遠くなるような年月が必要なはずだ。だが、パスカルはそういう点は何も理解していない様子だった。クリスマスを迎えた少年みたいに顔を輝かせている。

「いいよ、わかった」パスカルは言った。「それはいつから始めるの？」

「もし残りの条件に同意するならば、今すぐに」公爵が答える。

パスカルが一瞬、慎重な表情を浮かべた。その瞬間、ギャレットは改めて思い知らされた。今、彼らが相手にしているのはただの子供ではない。人の信頼につけ込みながら長い年月を渡り歩いてきた、一筋縄ではいかない存在なのだ。

「条件とは？」パスカルが尋ねた。

「きみはミス・ダーキンに害を加えた。その償いをしなくてはいけない」カムデン公爵が言う。

「もう謝ったじゃないか」

「いや、実際には謝っていない」

「それなら今、謝るよ」パスカルは怒ったように言った。「あなたにはすまないことをしたと思ってる、ミス・ダーキン。ぼくを友だちみたいに扱ってくれたのは、あなただけだったのに」

「あなたを許すわ、アンドレ・サイモン」カサンドラが優しい声で応じた。

「これでよし。もしミス・ダーキンがきみの謝罪に満足なら、わたしも満足だ」カムデン公爵が言う。「さあ、きみは奪ったものを返さなければならない」

パスカルは両手を広げて肩をすくめた。「そんなことできないよ。ぼくは歳月を奪うことしかできないんだ」

「幸いにも、わたしはそれを逆転させる装置を持っている。もしきみさえその気なら、きみが奪った歳月を返せるかどうか試せるんだ」

「こいつがその気にならないなら」ギャレットは歯を食いしばりながら言った。「ぼくが彼を押さえつける。その間に歳月を奪ってやればいい」

カサンドラが震える手をギャレットの胸に押し当てた。「だめよ、ギャレット。そんなことはできないわ。もし彼がいやがるなら、無理じいする気にはなれないの。意に反して生命力を吸い取られるのがどんな感じか、わたしにはわかっているから。あんな思いは誰にもさせたくない」彼女は独房の中にいるパスカルに向き直った。「でも、もしあなたが心からわたしに歳月を返したいと思うなら、喜んで受け取るわ」

パスカルが再び鉄格子に近づき、カムデン公爵に話しかけた。「そのあと、ぼくは自由になれるの？」

「MUSEの一員になるなら自由になれる。きみはもう一人じゃない。わたしたちの一員となるんだ。しかるべき訓練を積めば、きみは能力をもっと制御できるようになり、他人にとって危険な存在ではなくなるだろう。護衛にふさわしい人物が見つかれば、きみも今よりはるかに大きな自由を手に入れられる。こちらの誠意の証として、明日この独房にハープシコードを届けさせよう」

「わかった。閣下は本物の紳士なんだね、誰かさんとは違って」パスカルはギャレットを鋭く一瞥し、再び公爵を見つめた。「その申し出を受けるよ」

カムデン公爵はてきぱきとその場を仕切った。まずパスカルに独房の端に椅子を運ばせて座らせ、彼の左腕を――「きみの心臓の最も近くに寄せてから」――伸ばして鉄格子の間から出すよう命じた。次にギャレットとウエストフォールに、パスカルの腕を留め具でしっかりと固定させた。少年が腕を引っ込めないようにするためだ。それから鉄格子の手前側に、パスカルと向き合うように椅子を置いてカサンドラを座らせた。続いて公爵はガラスケースからインフィニタムを取り出すと、軸の部分を何度か直してから彼女に差し出した。

「これを受け取り、パスカルの手のひらにのせ、きみ自身の手で包み込んだ」カムデン公爵が指示を出す。「たとえ何が起きても、わたしがいいと言うまで手を離してはいけない。この試みが許されるのは一度きりなんだよ」

「ちょっと待ってくれ」ギャレットは公爵の脇から小声で言った。「〝たとえ何が起きても〟とはどういう意味だ？　どんな結果になるか、あなたは知らないのか？」

「ああ、正確にはわからない。超自然的な力は変化しやすい。どう作用するか、確実には予測できないものなんだ」カムデン公爵はギャレット以外の者たちには聞こえないよう、声を落として答えた。「だが、わたしは希望を抱いている。これはミス・ダーキンにとって絶好の機会だ。彼女にとっては唯一の」

「ならば、ぼくに少しだけ時間をくれ」

ギャレットはカサンドラに向き直った。彼女はなだめるような口調で、パスカルに恐れなくていいと言い聞かせている。本当はカサンドラの何倍も年上なのに、彼が本当に子供であるかのような話し方だ。ギャレットは彼女の前にひざまずいた。「ぼくはきみを愛している、カサンドラ・ダーキン」彼女の右手に口づける。「これが終わったら、ぼくと結婚してほしい。どうかイエスと言ってくれ」

「あなたなら返事を待てるわよね？」カサンドラは体をかがめ、ギャレットの額にキスをすると、切ない笑みを浮かべた。「あとで答えるわ」

彼はただうなずいた。何か言えば声が震えてしまいそうだ。慎重を期して手袋をはめた手にインフィニタムを持ち、カサンドラに近づいてきたカムデン公爵を制止したくなる。もしカサンドラを永遠に失う危険があるなら、このままでいいから彼女と一緒にいたい。だが、それを決めるのはギャレットではない。

カサンドラだ。

彼女はインフィニタムを強く握りしめると、パスカルの手のひらの上に置き、自分の手を重ねた。

何も起きない。

カサンドラが横目でカムデン公爵を見る。「何も変わったことは――」

その言葉は悲鳴で中断された。彼女自身の悲鳴だ。インフィニタムから青い光が発せられカサンドラとパスカルを包み込む。二人は同時に金切り声をあげた。パスカルは苦しげに身をよじっている。もし鉄格子の間に腕を固定しておかなければ、インフィニタムから手を離していたに違いない。そのとき、少年の胸から小さな稲妻が飛び出し、カサンドラの体の中へ吸い込まれた。「もうよせ」ギャレットはうなった。「彼女が死んでしまう」

「いや、そんなことはない」カムデン公爵が言う。「あれをよく見るんだ」

カサンドラの白髪がどんどん消えている。頬にもピンク色が戻ってきた。

「しっかり持っているんだ、キャシー」

彼女は何も言わなかったが、すでに叫んでもいなかった。パスカルのほうは、まだ苦しげに声をあげている。ただし、彼の甲高い声が変わり始めていた。もはやおびえた少年の悲鳴ではない。立派な喉仏を持つ大人の男の叫びだ。

いつしかパスカルは少年から、ひょろ長い若者に成長していた。胸は厚く、太腿も太くなり、今や服は縫い目から裂けそうだった。

「腕が！　腕がちぎれる！」

彼の左腕はぱんぱんに腫れていた。留め具で縛られたときは少年の細い腕だったのが、大人の太さになってしまったせいだ。

「公爵がいいと言うまでインフィニタムから手を離さないと誓うか？」ギャレットはパスカルに尋ねた。カサンドラと彼の周囲には、青い光がまだパチパチという音をたてている。

「誓う、神の愛に誓うよ。だからお願いだ、はずしてくれ」

ギャレットは青い光の中に手を伸ばした。その瞬間、体を切りつけられたように感じた。焼けつく熱さなのか、身を切られるほどの冷たさなのかわからないが、極度に痛くて不快な感覚だ。それでも腕は引っ込めずに、パスカルの左腕を留め具から解放した。

パスカルはギャレットに歯を見せてにやりとしたものの、約束どおり腕を引こうとはしなかった。

「あと少しだ」カムデン公爵が言う。「わたしが三つ数えたら、インフィニタムを離すんだ。一、二、三、よし」

カサンドラが手を引っ込め、パスカルはインフィニタムを石造りの床に落とした。たちまち表面にひびが入る。それから圧力に耐えかねたかのように、ばねや針金が何本か飛び出した。青い光は火花を散らしながらシューッという音をたて、やがて完全に消えた。

「うまくいったかしら?」カサンドラがためらいがちに片方の手を頬に当てた。

「ああ、愛しい人。うまくいったよ」ギャレットは彼女の足元から立ちあがった。カサンドラの全身からこわばりが消え、いかにも若々しい、弾けんばかりの美しさが戻っている。

「きみはいつだって美しい。若くても、年を取っていても、そんなことは関係ない。でも、今この瞬間ほど美しいきみは見たことがない」

彼はカサンドラの体を抱きあげ、くるくるとまわった。

「ぼくはどうなった?」低い声が聞こえた。

パスカルだ。今や彼はギャレットと同じく、一八〇センチを超える長身だった。髪は濃い色のままだがもはや若者ではなく、こめかみに白いものが交じっている。

「そうね、ちょっと年を取ったけど、いい感じよ」ヴェスタが気取った歩き方で、パスカルの独房に近づいた。「もしあなたがこれほど危険な男じゃなければ、わたしも一緒にここへ入りたいくらいだわ」

「ミス・ダーキンは六十年の歳月を失っていたはずだ。それなのにパスカルはせいぜい三十歳くらいしか年を取っていないように見える」ウェストフォールが指摘する。「この誤差をどう説明しますか、閣下?」

「ふむ。時間泥棒として、パスカルにはなんらかの耐性があったに違いない」カムデン公爵は答えた。「ふつうの人に比べて、時間の吸収による衝撃を和らげられるのだろう」

「きみがいない人生など考えられないよ、キャシー」ギャレットはカサンドラに熱っぽく語りかけた。まだ悪夢を支配する術は会得できていない。だが少なくとも、悪夢がもたらす結果を変えられることは証明できた。これからもそばにいるかぎり、彼女を守っていけるだろう。「閣下、馬車を貸してほしい」

「もちろんだ。理由を尋ねてもいいかな?」

「もしこのレディがイエスと答えてくれたら、すぐにでもグレトナ・グリーンへ行って結婚式を挙げたいんだ。どうかな、キャシー?」

彼女はつま先立ちになり、ギャレットに口づけた。「ええ、いいわ。さあ、馬車を呼んで。早く出かけましょう」

ギャレットはカサンドラを抱きあげ、らせん階段のほうへ向かい始めた。「ぼくらの旅路は息絶えるその日までずっと続くんだ、愛しい人。ああ、神よ、どうか同じ日に二人に死を与えたまえ。きみなしでは、ぼくは一日たりとも生きていけない」

著者あとがき

今というあわただしい時代に本書を手に取り、わたしやMUSEのメンバーたちと時間を共にすることを選んでくださったことを嬉しく思います。本当にありがとう。特殊能力者を主人公にしたこの作品の世界をあなたが心から楽しみ、シリーズ続編も手に取ってくださるよう願ってやみません。

登場人物たちが特異な能力の持ち主であるにもかかわらず、本書は移ろいやすいこの世界において、変わることのない無償の愛を見つける物語です。相手との心の距離を縮めようとするのは、ひどく危険な旅と言えるでしょう。けれどもカサンドラとギャレットはお互いを、〝そんな危険を冒してでも旅をする価値のある相手〟と考えたのです。

本書では、できるだけ史実に基づいた表現を心がけるようにしました。ジョージ三世が狂気に陥ったのは裏づけのある事実です。この本では、彼が病気になったことをきっかけに、カムデン公爵がMUSE結成を決意したという設定にしています。彼はジョージ三世が正気を失ったのは邪悪な力を持つ古代遺物のせいではないかと危ぶみ、ハノーヴァー家にこれ以上の被害が及ぶのを阻止しなければならないと考えたのです。

それにしても、ジョージ三世の狂気の本当の原因はなんだったのでしょう？　さまざまな説がささやかれています。アメリカの多くの植民地を失ったことによる落胆のせいだという説もあれば、ポルフィリン症だったという説もあります。しかし最近では、彼にはもともと躁鬱の気があったのではないかという可能性が指摘されています。躁状態になると、彼は四百以上もの単語を書き連ねた、長ったらしくてとりとめのない文章を書くことで知られていました（わたしの我慢強い編集者が思わずうめく声が聞こえてきそうです！）。病気にもかかわらず、六十年も英国を統治したジョージ三世は〝成功した〟国王と見なされています。彼は君主制の人気を高め、それに反対していた議会を味方につけたのです。

シリーズ続編となる、次の作品でまたお会いできるのを楽しみにしています！

どうか楽しい読書を。

ミア

謝辞

大勢の方たちの協力がなければ、本書が世に出ることはなかったでしょう。ここに感謝の意を表します。

原稿を熱心に読み込み、最高の作品になるまで何度も試行錯誤を繰り返してくれた、わたしの編集者エリン・モルタ。物語が面白く展開するようあと押しをしてくれる彼女のセンスのよさと――そして何よりも――彼女のスタミナに感謝します！　彼女と一緒に仕事ができたのは本当に光栄なことです。

わたしのエージェントであり、親友でもあるナターシャ・カーン。わたしが迷っているとき、彼女は常に長期的な視点から軌道修正をしてくれる大切な存在です。

いつもわたしの作品を読み、建設的な批判をしてくれるアシュリン・チェースとマーシー・ウェインベック。わたしが褒め言葉や厳しい批判を必要としているとき、この二人は絶対に期待に応えてくれる仲間です。

そして愛する夫。もう何年も一緒にいるのに、同じ女性を愛し続けてくれる彼は間違いなくわたしのヒーローです。

親愛なる読者のあなた。人生の貴重な時間を、わたしの本に費やしてくださり心から感謝します。わたしにとってそれは本当にありがたく、かけがえのないことにほかなりません。

訳者あとがき

本書は超能力ヒストリカル・ロマンス〈MUSE〉シリーズの第一弾『カサンドラ 炎をまとう女』です。

摂政皇太子時代のロンドン。カサンドラ・ダーキンは途方に暮れていました。どういうわけか、彼女の行く先々で不審な発火騒ぎが起きてしまうのです。そんなある日、彼女は社交界でも一目置かれる存在であるカムデン公爵のタウンハウスへ連れていかれます。そして公爵から、彼女が火を自在に操る〝火の魔法使い〟であることを知らされるのです。カムデン公爵はあまたある敵国の脅威から英国王室を守るべく、特殊能力者の集団であるMUSEを結成しており、カサンドラにもその一員になってほしいと申し出ます。実際、公爵のもとには同じ火使いである高級娼婦のヴェスタ、千里眼の元メイドのメグ、読心能力者のウェストフォール子爵らが集まっていました。ですがカサンドラの心を熱く燃えあがらせたのは、人心操作能力者のギャレット。彼女はギャレットと組み、英国王室を守るべく、さまざまな任務に当たることになったのです。

本書の最大の特徴は、なんといっても〝超能力ヒストリカル・ロマンス〟という設定の妙にあるでしょう。ＭＵＳＥのメンバーたちも、彼らが立ち向かおうとする敵側の人物たちも実に個性的であり、あっと驚くような展開が繰り広げられていきます。読んでいるうちに、超能力者ゆえの葛藤に苦しみながらも、力を合わせて英国王室を守ろうとするカサンドラとギャレットを応援したくなるはずです。

著者のミア・マーロウはアメリカのヒストリカル・ロマンス作家であり、ソプラノ歌手でもある異色の経歴の持ち主です。著作は多数で、これまでもＲＩＴＡ賞ノミネートや『ピープル』誌が選ぶ二〇一〇年のベスト作品にリストアップされた経験があります。この〈ＭＵＳＥ〉シリーズは本書を含めて全三冊が刊行されており、『The Madness of Lord Westfall（原題）』ではウェストフォール子爵が、『The Lost Soul of Lord Badewyn（原題）』ではメグ・アンソニーが主役となっています。日常生活を送るにはまだ支障があるウェストフォールと、貴族のレディになりきれないメグの二人が、いったいどんな変身を遂げていくのでしょう？　そして彼らの前に立ちはだかるのは、どんな敵なのでしょうか？　著者ミア・マーロウが紡ぎ出す独創的な世界観を、どうぞ心ゆくまでお楽しみください。

カサンドラ　炎をまとう女

2019年01月16日　初版発行

著　者　ミア・マーロウ
訳　者　荻窪やよい
発行人　長嶋うつぎ
発　行　株式会社オークラ出版
〒153-0051　東京都目黒区上目黒1-18-6　NMビル
営　業　TEL:03-3792-2411　FAX:03-3793-7048
編　集　TEL:03-3793-8012　FAX:03-5722-7626
郵便振替　00170-7-581612(加入者名:オークランド)
印　刷　中央精版印刷株式会社

定価はカバーに表示してあります。
乱丁・落丁はお取り替えいたします。当社営業部までお送りください。

ISBN978-4-7755-2834-1